Zoe le Verdier

Schlaflos

Erotische Erzählungen

Aus dem Englischen
von Annalisa Boari

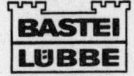

BASTEI LÜBBE

BASTEI LÜBBE TASCHENBUCH
Band 14 415

1. Auflage: September 2000
2. Auflage: Januar 2001

Vollständige Taschenbuchausgabe

Bastei Lübbe Taschenbücher
ist ein Imprint der
Verlagsgruppe Lübbe

Deutsche Erstveröffentlichung
Titel der englischen Originalausgabe: Insomnia
© 1999 by Zoe le Verdier
All rights reserved
© für die deutschsprachige Ausgabe 2000 by
Verlagsgruppe Lübbe GmbH & Co. KG,
Bergisch Gladbach
Dieses Werk wurde vermittelt durch die
Literarische Agentur Schlück GmbH, Garbsen
Lektorat: Rolf Schmitz
Titelillustration: QuadroBildarchiv
Umschlaggestaltung: QuadroGrafik, Bensberg
Satz: QuadroPrintService, Bensberg
Druck und Verarbeitung:
Brodard & Taupin, La Flèche, Frankreich
Printed in France

ISBN 3–404–14415–5

Sie finden uns im Internet unter
http://www.luebbe.de

Der Preis dieses Bandes versteht sich einschließlich der gesetzlichen Mehrwertsteuer

Inhalt

Ich kann nicht schlafen.

Die Schlaflosigkeit überkommt mich immer dann, wenn ich sie am wenigsten erwarte und wenn ich am anderen Morgen unbedingt früh aufstehen muss. Doch es hat keinen Sinn, sich gegen sie zur Wehr zu setzen. Es gibt nichts, was ich tun kann. Sie ist wie eine Krankheit, die meinen Körper ergriffen hat und nicht loslässt. Ganz egal, wie blassblau und leer ich im Kopf sein will (ich stelle mir dabei einen Sommerhimmel vor), die grauen Wolken ziehen bedrohlich auf und drängen mich, tiefer ins Innere zu schauen.

Es ist drei Uhr, und ich bin wacher denn je. Als ich das Licht ausknipste, war ich müde, aber während ich da lag, krochen die Gedanken in meinen Kopf, und jetzt sind meine Augen offen, und mein Geist will nicht still halten.

Schlaf, wenn ich ihn finden könnte, wäre eine offene Tür, durch die meine Gedanken fliehen könnten. Schlaflosigkeit ist das Gegenteil: Eine geschlossene Tür, die mich zurück ins Innere zwingt. Tief hinein in die Finsternis, dort, wo die Erschöpfung alles verdreht. Es ist keine angenehme Reise, aber ich liege hier und folge meinen Phantasien. Ich habe keine Wahl.

Er schläft neben mir, selig unwissend über die anderen Männer und Frauen, die sich in diesem Zimmer bei uns befinden; Männer und Frauen, die ich kenne oder kennenlernen möchte, oder von denen ich auch wünschte, ich hätte sie niemals kennengelernt. Menschen aus allen Ebenen meiner Vorstellungen. Die Bevölkerung meiner Seele.

Ich liege auf dem Rücken. Meine Augen gewöhnen sich an die Dunkelheit. Ich kann sie sehen. Sie warten auf mich.

Genevieve hatte den besten Job der Welt. Das sagte sie jedem, der sie fragte, womit sie ihren Lebensunterhalt verdiente. Und es stimmte. Wie viele vierzigjährige geschiedene Frauen konnten ihr Berufsleben umgeben von athletischen jungen Männern verbringen? Wie viele wurden dafür bezahlt, die Körper dieser athletischen jungen Männer anzufassen, ihre harten, stämmigen Schenkel zu kneten, die Verspannungen aus den Rücken zu reiben, die Finger tief in das feste Fleisch ihrer knackigen, unbehaarten Backen zu treiben? Ihre Freundinnen – und auch einige ihrer Freunde – waren angemessen neidisch.

Sie hatte sich diesen Job verdient, hatte hart für dieses Privileg gearbeitet. Sie hatte die Ausbildung durchlaufen und Lehrgänge absolviert, weil sie sich einen Namen in der von Testosteron durchseuchten Welt des Sports machen wollte. Seit ihrem zwölften Lebensjahr stand für sie fest, dass sie Physiotherapeutin werden wollte. Ihr Lieblingsonkel war einer, und sie war fasziniert von ihm und seiner Arbeit gewesen.

Außerdem liebte sie Fußball, seit sie ein kleines Mädchen war. Ihr Vater hatte sie und ihren Bruder zu jedem Heimspiel der Waltham Forest mitgenommen und zu einigen Auswärtsspielen auch noch. Deshalb war dieser Job, ganz abgesehen von den athletischen jungen Männern, wie ein Traum, der Wirklichkeit geworden war. Sie half mit, die Mannschaft der Zukunft für Waltham Forest zu formen. Mehr noch als das, denn sie war diesen Jungs nicht nur Physiotherapeut, sie half den vielversprechenden Fußballern auch, erwachsen zu werden. Und manchmal war das der befriedigendste Teil ihrer Arbeit.

Sie genoss es, eine Frau in einer Männerwelt zu sein. Es gab noch andere Frauen im Verein, die Telefonistin und die Sekretärinnen, auch noch ein paar Sachbearbeiterinnen in der Verwaltung; Frauen, die Röcke und flache Absätze trugen und scheu über die Witze des Vorstands lächelten, und die es hinnahmen, dass man sie mit ›meine Liebe‹ oder ›Liebling‹ ansprach.

Genevieve trug nie Röcke zur Arbeit, und niemand sprach sie mit ›meine Liebe‹ an. Sie war die einzige Frau, die es geschafft hatte, über die Büros hinaus zu kommen, hinunter in die Katakomben, und zum Spielfeldrand, wo es wirklich zur Sache ging, wo die Musik spielte.

Manchmal, bei einem Heimspiel, beugte sie sich auf der Bank weit vor, legte die Hände wie Scheuklappen an die Kopfseiten und presste die Augen fest zu. Dann konnte sie sich zurück in ihre Kindheit versetzen. Der Geruch. Die Geräusche. Die Erregung, die in ihrer Magengrube rumorte. Das Gefühl, dazu zu gehören, wenn ihr Vater und ihr Bruder sie in die Mitte nahmen und die Fans um sie herum johlten und tobten. Sie hatte auf den Rängen alles gefunden, was sie brauchte: Leidenschaft, Familie, Lebensinhalt, Seele.

Waltham Forest war ihre Kindheit gewesen. Deshalb war es ihr, als wäre sie heimgekehrt in den Schoß der Familie, als sie diesen Job bekam. Sie hatte das Glück gefunden, das wahre Glück, das zur völligen Zufriedenheit mit dem, was man hat, gehört – jene Art Glück, bei dem man weiß, dass auch der Tod einen nicht umwirft: Man hat alles erreicht, was man je erreichen kann.

Natürlich gab es auch eine Schattenseite. (Gab es nicht bei allem auch eine Schattenseite? Wer hatte Schattenseiten eigentlich erfunden? Waren sie eines dieser unwiderlegbaren Naturgesetze wie das Gesetz der Schwerkraft – jeder Traumjob musste eine Schattenseite haben?) Dass sie die Physio bei Forests Jugendmannschaft wurde, hatte zwar ihre Scheidung nicht verursacht, hatte ihre Beziehung zu ihrem Mann aber auch nicht gerade gestärkt.

Im Laufe der Zeit war er immer eifersüchtiger geworden, verrückt eifersüchtig auf die Zeit, die sie mit ›ihren Jungs‹ verbrachte – nicht nur jeden Werktag, sondern auch noch jeden Samstag und die meisten Sonntagabende. Und natürlich musste sie die Jugendmannschaft zu den Auswärtsspielen begleiten, von denen einige sogar im Ausland stattfanden.

Nachdem sie den Job einen Monat lang ausgeführt hatte, bekam er Sodbrennen, wenn jemand von ›den Jungs‹ sprach, und nach sechs Wochen fing es an: »Warum musst du so viel Zeit bei den verdammten Kerlen verbringen? Wie lange dauert die verdammte Saison eigentlich? Kotzt es dich nicht allmählich an, ein paar Knirpse hinter einem aufgeblasenen Stück Leder herrennen zu sehen?«

Er war nie ein großer Fußballfan gewesen. Er trieb überhaupt keinen Sport. Er war so schwammig und schlapp wie die Jungs hager und fit waren. Aber das war nicht der Grund, warum Genevieve jede Minute während der Arbeit auskostete – so oberflächlich war sie nicht. Diese Jungs zeigten Charakterzüge, die ihrem Mann fehlten: Ehrgeiz, Entschlossenheit, der Drang zum Erfolg. Und sie gaben ihr etwas, was sie zu Hause nie erhalten hatte: Respekt.

Jetzt also war ihr Mann weg, und ihr blieben nur das Londoner Haus, der alte Volvo und die Bewunderung von fünfunddreißig jungen Männern, die sie auf Trab hielten. Kein schlechter Tausch, dachte sie.

Sie überprüfte ihr Spiegelbild im Flurspiegel und war zufrieden. Nicht übel, dachte sie. Ganz gewiss sah sie jetzt besser aus als vor einem Jahr, als es in der Ehe zu krachen begonnen hatte. In ihren grauen Augen lag ein Selbstbewusstsein, das gestorben wäre, wenn sie bei ihrem Mann ausgehalten hätte; ein Selbstbewusstsein, das jeden Morgen aufgeladen wurde, wenn sie aufwachte und realisierte, dass sie allein war. Das tat gut.

Ihr Haar, das sie stets lang getragen hatte, weil es ihrem Mann so gefiel, war jetzt ein schnittiger Bubikopf. Die Frisur passte viel besser zu ihr. Und ihre Brüste – sie stellte sich seitlich, um einen besseren Blick zu haben – nun, ihre Brüste waren immer schon ihr ganzer Stolz gewesen. Als sie jung war, hatte sie sich ihrer geschämt, aber jetzt war sie endlich hereingewachsen. Sie ging aufrecht, die Schultern zurück, die Pracht vorgestreckt. Und gewöhnlich trug sie etwas Enges und tief Ausgeschnittenes, um sie zu betonen.

Die Jungs liebten ihre Brüste. Die Jungs liebten es, ihr in den Ausschnitt zu starren, wenn sie sich über den Massagetisch beugte. Sie liebten es, sie wackeln zu sehen, wenn sie die verspannten Schenkel rieb, und Genevieve hatte keinen Zweifel, dass sie gern von ihren Brüsten träumten, wenn sie zu Hause in ihren Betten lagen und sich streichelten.

Sie hätte gern gewusst, wie viele aus der Jugendmannschaft sich mit Gedanken an sie einen herunter holten. Ihr Blick fiel auf ein Bild neben dem Spiegel, eins von vielen, das ihre Flurwand säumte. Es war ein Mannschaftsfoto, das zum Ende der vergangenen Saison aufgenommen worden war.

Sie fuhr mit den Fingerspitzen über die Reihen der lachenden Gesichter. »Wie viele von euch?«, fragte sie laut. »Wie viele von euch schauen sich meine üppigen Kurven an – Kurven, die eure jungen Freundinnen noch nicht aufweisen – und fragen sich, wie es wohl wäre, eure Jugend meiner Erfahrung zu unterwerfen?

12

Wie viele von euch denken beim Griff unter den Rock der Freundin, wie anders sich eine ältere Frau anfühlt?«

Diese Gedanken beschäftigten sie auch noch, als sie auf dem Trainingsplatz ihre Laufrunden drehte. Die Jungs lagen auf dem Gras und übten paarweise Sit-ups, die Beine jeweils um die des Partners geschlungen. Jeder versuchte sich zu konzentrieren, aber sie wusste, dass sie die Jungs ablenkte, sie spürte ihre Blicke auf sich. Für eine Frau ihres Alters hatte sie eine tolle Figur, das brauchte ihr niemand zu sagen, sie bemerkte es an der Beachtung, die sie beim Joggen erfuhr.

Die gierigen Blicke zum Po, auf die langen, muskulösen Beine und natürlich auf die Brüste, die in dem festen Sport-BH nur wenig hüpften. Aber wurde sie von den Jungs auch begehrt? Oder erhielt sie diese Aufmerksamkeit nur, weil junge Männer eben Frauen anstarrten, besonders jene mit großen Brüsten unter dem engen T-Shirt?

Sie beendeten ihr Training, und Genevieve beendete ihre Laufrunden. Sie schaute hinüber zu den paar Jungs, die wegen Verletzungen am Training nicht hatten teilnehmen können. Da war Paddy, ein dreister junger Bursche, aus dem Großes werden konnte, der aber zur Zeit nach einer Wadenzerrung noch humpelte. Dann Robbie, ein arroganter kleiner Kotzbrocken, der den Mangel an körperliche Länge durch besonderes großspuriges Auftreten wettzumachen versuchte. Er sah gut aus und würde noch eine Menge Herzen brechen. Er fiel wegen einer Lendenzerrung aus.

Und dann war da Michael.

Michael war anders als die anderen Jungs. Michael war ein Einzelkind, er stammte aus einer Ärztefamilie.

Seine Eltern waren entsetzt gewesen, dass er sich ent-schlossen hatte, seine körperlichen Talente zu nutzen und nicht sein Hirn. Es war schon eine Leistung, dass so ein schüchterner, stiller junger Mann es geschafft hatte, seine Eltern zu überreden, ihn seinen Weg gehen zu lassen. Er war ein geborener Verteidiger und hatte einen athletischen Körper, obwohl er groß war für sein Alter und auch noch wuchs, was ihm von Zeit zu Zeit Rückenprobleme bereitete. Aber trotz der Verletzungen, die ihn quälten, hatte er nur das eine Ziel vor Augen – es zu schaffen.

Genevieve wusste, dass es ihm gelingen würde. Wenn er seine Entschlossenheit die ganze Saison bei-behalten würde – und er würde! – dann war ihm in der nächsten Saison ein Vertrag in der ersten Mannschaft von Waltham Forest sicher. Er hatte ihn verdient. Genevieve lächelte still vor sich hin, während sie Michael beobachtete.

Er warf ihr im Vorbeilaufen einen scheuen Blick zu und sah, dass sie lächelte. Seine Wangen erröteten. Irgend etwas wallte in Genevieve auf, eine Mischung aus mütterlichem Stolz und die Freude darüber, dass so ein gut aussehender Junge ausgerechnet für sie schwärmte.

Nun ja, überraschend war es eigentlich nicht. Ein so schüchterner Junge kam wahrscheinlich nicht mit vie-len Frauen in Berührung, von der Mutter mal abgese-hen. Genevieve massierte seinen Rücken fast jeden Tag. Sie sprach zu ihm wie zu einem Erwachsenen, der er natürlich auch war. Diese beiden Dinge genüg-ten wohl schon, um von einem so scheuen jungen Mann wie Michael verehrt zu werden.

Trotzdem fühlte sie sich geschmeichelt, dass er jedes Mal errötete, wenn sich ihre Blicke trafen. Es war rührend und erregend, die Lust eines jungen Mannes zu sehen und zu fühlen, nach so vielen Jahren mit einem Mann, der kaum Notiz von ihr genommen hatte.

»Wie fühlt es sich heute an?« Sie presste die Daumen tief in die Muskeln seiner Schultern. »Irgendwelche Versteifungen?«

Sie biss sich auf die Lippe, als sie Paddy und Robbie schnauben hörte. Bei den beiden musste sie auf der Hut sein, sie legten fast alles, was sie sagte, doppeldeutig aus.

»Eh... nein«, stotterte Michael und wandte den Kopf von den beiden Kameraden weg, als wollte er sich einreden, dass sie gar nicht anwesend wären. »Ich fühle mich gut.«

»Ich fühle mich auch gut, aber es fühlt sich noch besser an, wenn Gen mich reibt.«

Genevieve warf Robbie einen zornigen Blick zu. »Bist du hier, um Kraft zu bolzen, oder um deine dummen Bemerkungen anzubringen?«

Robbie hielt den Mund und konzentrierte sich auf die Kraftmaschine. Genevieve wusste, dass er nicht lange still bleiben würde.

Sie lehnte sich weit über den Massagetisch und legte alle Kraft in ihre Massage. Michaels Rücken neigte zu Verknotungen und Versteifungen, sie musste das Muskelgewebe geschmeidig halten. Er trug das Seine durch Schwimmen dazu bei, aber trotzdem brauchte er die tägliche Massage. Auf diese Weise konnte sie ein Auge auf ihn haben, denn er sagte nie jemandem, wann er verletzt war, bis es zu spät war und er pausieren musste.

»Hältst du auch deine Dehnungsübungen bei?«
»Jeden Tag.«
Sie lächelte. Sie wusste, dass er zuverlässig war. Sie hatte gehört, dass er sich angewohnt hatte, eine

Stunde vor Trainingsbeginn einzutreffen, ein Bad zu nehmen, um die Muskeln zu wärmen, und dann ab in den Kraftraum. Es gab keinen Spieler im Club, der eifriger bei der Sache war als Michael.

Sie goss mehr Öl in ihre Hände und stellte sich vor seinen Kopf. Sie lehnte sich über ihn und bearbeitete seine Schultern. Er hatte schöne, breite Schultern und eine beneidenswert schmale Taille. Vom Sommerurlaub im Ferienhaus der Familie in Südfrankreich war eine leichte Bräune geblieben. Sie spreizte die Beine ein wenig, um von den Schultern hinab zu massieren. Ich bin froh, dass ich kein Mann bin, dachte Genevieve, sonst hätte ich jetzt einen Steifen.

Der arme Michael war ein Mann. Als Gen sich tief über ihn beugte und eine Brust seinen Hinterkopf berührte, zuckte er zusammen. Genevieve beendete die Massage und sagte ihm, er könnte aufstehen. Michael griff hastig sein T-Shirt und hielt es vor sich, als er eilig hinaus lief.

»Ich glaube, er ist scharf auf dich, Gen«, stellte Robbie fest und grinste breit.

Sie musste sich zwingen, Michael nicht sehnsüchtig hinterher zu schauen.

»Für dich bin ich Genevieve, du Schnösel. Komm jetzt her und leg dich hin!«

Es war spät. Sie hatte an einer Sitzung teilgenommen. Sie lief zu den Umkleideräumen, aber dann wurde ihr bewusst, dass es keinen Grund gab, sich zu beeilen. Es wartete kein ungeduldiger Mann mehr auf sie. Vor ihr lag die Freiheit, nichts als die Freiheit.

Sie lächelte still vor sich hin, al sie ihre Tasche packte, und dachte an den Chardonnay, den sie in den Kühlschrank gestellt hatte. Dann hörte sie einen Laut, und sie verharrte mitten im Schritt.

Sie hätte schwören können, ihren Namen gehört zu haben, und danach ein schwaches, aber doch unverkennbares Lachen. Sie überlegte sich, woher die Stimmen kommen könnten und ging leise von einer Wand zur anderen, blieb stehen und lauschte. Die Stimmen wurden lauter, als sie den Duschraum betrat, und als sie sich hinkniete und das Ohr auf das Überlaufgitter im Boden drückte, hörte sie alles.

»Genevieve? Ich könnte sie haben. Ich wette, ihr hängt die Zunge zum Hals raus, so scharf ist sie.«

»Ich habe gehört, die erste Mannschaft ist deshalb so kaputt und abgeschlafft. Sie nimmt sich vor dem Spiel jeden von ihnen vor.«

Genevieve musste kichern, als sie die Stimmen von Paddy und Robbie erkannte. Sie waren derb wie immer.

»Aber war für 'n Leib«, hörte sie Robbie sagen. Da klang tatsächlich Bewunderung in der Stimme mit. »Ich glaube, sie ist scharf auf mich. Ihre Augen haben geleuchtet, als ich ihr sagte, ich hätte eine Lendenzerrung.«

»Das einzige, was bei dir zerrt, ist dein Prügel«, gab Paddy zurück.

»Ha! Hast du sie schon mal in ihrem Trikot gesehen?«

»Gesehen?« Paddy schnaufte verächtlich. »Mann, ich hab's nicht beim Sehen belassen. Ich hab sie gebumst, Mann.«

»Du hast was?«

»Ja, in der Sauna. Sie hat mich praktisch angefleht, es ihr zu besorgen. Sie sagte, sie wollte mal den Körper eines richtigen Athleten in action sehen, Mann.«

Es gab Pfiffe, Gelächter und ein paar durcheinander gerufene Bemerkungen wie »Deine Phantasie möchte ich haben« oder »Das haste bestimmt geträumt, Mann.« Dann hörte Genevieve eine Stimme, die sich

17

über den Lärm schließlich durchsetzte. »Hört auf!
Hört auf!«

Es war Michaels Stimme. Gen spürte einen Schauer
über ihren Rücken laufen – bis hinein in ihren
Schlüpfer.

Im Duschraum der Jungs wurde es plötzlich still.

»Ich wünschte, ihr würdet aufhören, so über sie zu
reden. Sie würde keinen einzigen von euch anfassen.
Sie ist viel zu gut für irgend einen von euch.«

»He, was soll ich denn davon halten?« Genevieve
konnte Robbies verächtliches Schniefen beinahe vor
sich sehen. Wahrscheinlich trat er jetzt breitbeinig auf
Michael zu. »Hat der gute Junge einen Narren an ihr
gefressen?«

»Nein. Ich mag es nur nicht, wenn ihr so gemein
über sie herzieht.«

»Du glaubst wohl, dass du gut genug bist für sie,
was?«

»Nein. Ich weiß nur nicht, warum ihr so hässlich
über sie redet. Ihr habt nur das eine im Kopf.«

»Oh, entschuldige. Ich habe vergessen, dass unser
Wunderknabe noch nie einen schmutzigen Gedanken
gehabt hat. Du hast wahrscheinlich davon geträumt,
im nächsten Spiel einen Hattrick zu schaffen, als du
heute mit einem Steifen von ihrem Massagetisch
gesprungen bist, was?«

Gen hörte, wie eine Tür zuschlug. Wieder brauste
Lachen auf, dann intonierten sie das traditionelle Fuß-
balllied »Er ist ein Wichser...«

Gen richtete sich auf. Sie konnte ein Lächeln nicht
unterdrücken. Es stimmte also, was sie schon länger
vermutet hatte. Die Jungs waren scharf auf sie. Sie
atmete tief durch. Wau. Es war schmeichelhaft. Und
gefährlich. Sie und einer diesen austrainierten jungen
Kerle, besonders einer der arroganten. Robbie oder
Paddy. Oh, ja, sie würde gern den Blick auf ihren

Gesichtern sehen, wenn sie ihnen wirklich das geben würde, was sie haben wollten.

Noch gefährlicher war der Gedanke an Michael, an diesen süßen, scheuen, intelligenten Jungen. Es war auch gefährlich für ihn, denn nun wussten die anderen Jungs, dass er für sie schwärmte. Sie würden nicht aufhören, ihn damit aufzuziehen. Und sie würden nicht aufhören, von ihr zu träumen.

Das war eine Position, in der sie sich noch nie befunden hatte. Eine Position der Macht. Michael betete sie an. Er würde wahrscheinlich alles dafür geben, seine Unschuld endlich zu verlieren – sie hatte keinen Zweifel, dass er sie noch hatte – und das mit der Frau seiner Träume.

Wie sich die Dinge gleichen, dachte sie, und ging verträumt hinüber zur Bank. Sie ließ sich gegen die Wand sinken und dachte zurück an die Zeit, als sie wie verrückt geschwärmt hatte. Damals war sie die Athletin und er war ihr Physiotherapeut gewesen, ein geschiedener Mann in den Vierzigern, dessen blonde Haare grau zu werden begannen. Mit seinen blauen Augen erinnerte er sie an Robert Redford. Glaubte sie jedenfalls.

Wahrscheinlich war er alles andere als attraktiv gewesen, aber damals, an der Schwelle zur Frau, war er ihr wie ein Gott vorgekommen. Wenn sie die Augen schloss, konnte sie immer noch seine festen, warmen Hände auf den Rückseiten ihrer Schenkel spüren. Sie spürte noch die ungeheure Erregung, als er eines Tages in den Umkleideraum gekommen war und sie dabei überrascht hatte, wie sie im Spiegel ihre knospenden Brüste begutachtete.

Es musste der eigenwillige Cocktail ihrer Hormone gewesen sein, der durch ihren Körper wirbelte, aber von einer Sekunde zur anderen wich ihre Scham einer verzweifelten, Nerven aufrüttelnden Erregung. Er

19

hatte sie gesehen. Was auch immer geschah –selbst wenn nichts geschah -, er hatte ihre Brüste gesehen. Er wusste, was ihm entging. Später, wenn sie von ihm träumte, wusste sie, dass er auch vor ihr träumte.

Die Schwärmerei war so überwältigend gewesen, so verschlingend und so lange unerfüllt, dass Genevieves Lieblingsphantasien sich immer noch um diese Situation abspielten. Sie schloss die Augen und lehnte sich mit dem Hinterkopf an die Wand. Ohne richtig zu wissen, was sie tat, öffnete sie die Beine und schlüpfte mit einer Hand unter die Hose ihres Jogginganzugs. Ihr Geschlecht war nass.

Es war sein Finger, der unter den Gummizugs des Schlüpfers glitt und zwischen die geschwollenen Labien drang. Es war sein gedämpftes Keuchen, das den Raum füllte. Er war es, der sie dazu brachte, den Rücken zu krümmen und nun sanft über ihre Klitoris strich.

»Ja«, stieß sie hervor, schloss die Augen ganz fest und sah ihn doch so deutlich, »oh, ja.«

Es war eine gute Saison gewesen. Die Jugendmannschaft hatte in ihrer Liga den zweiten Tabellenplatz belegt, obwohl sie die Seuche hatte, denn ein paar Spieler waren immer verletzt und hielten sich mehr in der Reha auf als auf dem Trainingsplatz. Ein paar Jungs hatten es nicht geschafft und erhielten keinen Vertrag für die erste Mannschaft; sie gingen und versuchten ihr Glück woanders.

Aber die anderen, die etwas zu feiern hatten, gehörten zum Kreis der Spieler, die zu Genevieves Haus pilgerten, um am legendären Saisonabschluss-Grillen teilzunehmen. Die Sonne schien. Sie schien jeden Tag, seit ihr Mann gegangen war.

»Hallo, willkommen!« Genevieve winkte der Meute

zu, die am Gartentor stand und kurz darauf ihren Garten bevölkerte. »Drüben stehen die Getränke, es ist Selbstbedienung.«

Die Erwachsenen langten zu. Die Jungs hielten sich beim Alkohol zurück, sie hielten sich überhaupt zurück: Sie standen auf der Terrasse und starrten mit offenen Mündern auf sie. Wie schlecht gekleidete Statuen, dachte Genevieve am Grill.

Wieso starrten sie so dämlich? Sie schaute an sich hinab und bemerkte, dass sie sich vor der schräg stehenden Sonne befand, wodurch ihr dünnes Sommerkleid völlig durchsichtig wurde. Genevieve lächelte und konzentrierte sich auf die Grillwürste.

Auf der Terrasse stieß Robbie seinen Kumpel Paddy in die Rippen. »Hast du diesen Leib gesehen, Mann?«

Paddy stieß als Antwort ein Grunzen aus.

»Heute ist sie reif«, sagte Robbie laut genug, dass die anderen ihn hören konnten.

»Wovon redest du?«

»Ich werde sie bumsen. Heute ist sie dran.«

»Du machst Witze, eh?«

»Nie ist mir was ernster gewesen. Ich fühle es in den Knochen.« Robbie grinste. »Die einzige Wurst, die ihr heute munden wird, ist meine.«

Paddy und einige andere lachten spöttisch ob Robbies Großspurigkeit. »Hoffen wir, dass sie keinen Hunger hat«, sagte einer von ihnen.

»Ihr könnt lachen«, antwortete Robbie unbeeindruckt. »Aber wenn ich bei der sanften Genevieve im Bett liege, wird euch das Lachen vergehen.« Er dribbelte mit einem imaginären Ball auf der Terrasse, holte dann mit dem rechten Fuß aus. »Drin ist er!« Er stieß die Faust in die Luft und reckte den Unterleib vor.

Michael knirschte mit den Zähnen und versuchte,

die dummen Bemerkungen der Kameraden auszuschalten. Ihm wurde ganz übel davon. Das Gerede erinnerte ihn ständig daran, wie sehr er sie begehrte, wie sehr er sie verehrte. Robbie, aus dessen Mund nur Sauereien kamen, hatte keine Ahnung, wie man eine Frau wie Genevieve behandeln musste. Zu dumm, dass Michael es auch nicht wusste.

Sie war so vollkommen, dass es ihm Angst einjagte. Er schaute hinüber zu ihr, wie sie am Ende ihres Gartens stand, und das Sonnenlicht legte einen Heiligenschein über ihre Haare. Traurige Verwirrung erfasste ihn. Seine Schwärmerei passte gar nicht zu ihm. Er war schüchtern, auch wenn hinter dieser Schüchternheit eine wilde Entschlossenheit lauerte, das zu bekommen, was er haben wollte. Er wusste immer, was er haben wollte, aber wenn es um Genevieve ging, war er absolut hilflos.

Wie oft hatte er es sich schon vorgestellt: Er würde zu ihr gehen und ihr gestehen, was er für sie empfand. Sie würde ihn überrascht ansehen, dann würde ein Lächeln auf ihrem Gesicht durchbrechen, langsam würde sie sein Gesicht in beide Hände nehmen und ihn behutsam küssen.

Sanft würde sie ihn zum Sex führen, und er würde seine Nerven vergessen und es gut für sie machen. Ja, er wollte, dass sie ihr Vergnügen erlebte. Und er würde neben ihr liegen und sie stundenlang ansehen und berühren. Er würde sich jede Einzelheit dieses wunderbaren weichen Körpers einprägen, und nie würde er seine erste Frau vergessen können.

Er holte sich ein Glas Punsch und versuchte, den bitteren Geschmack los zu werden, der sich in seinem Gaumen festgesetzt hatte. Er machte sich doch nur etwas vor. Sein erstes Mal würde sich nicht von dem der anderen Jungs unterscheiden; es würde eine tollpatschige Angelegenheit auf dem Autorücksitz werden, und es würde mit einem Mädchen sein, an das er sich schon am anderen Morgen nicht mehr erinnerte.

Aber er glaubte nicht, dass er bereit war, irgendeinen Kompromiss einzugehen. Es gab nur eine Frau, bei der er seine Unschuld verlieren wollte. Lieber würde er Jungfrau bleiben und weiter von ihr träumen, als wie die anderen alles daransetzen, die Bürde der Unerfahrenheit abzustreifen, die wie ein Mühlstein um ihre Nacken lag.

Er war wütend. Wütend auf sich selbst, dass er ihr so verfallen war. Wütend auf die anderen, weil sie über Genevieve redeten, als wäre sie nur ein Stück Fleisch. Und wütend auf sie selbst. Hatte sie denn gar kein Gefühl? Erkannte sie nicht, was sie ihm antat? Hatte sie das dünne Blumenkleidchen, das im Sonnenschein durchsichtig wurde, nur angezogen, um ihn um den Verstand zu bringen?

An diesem Nachmittag sah sie schöner aus denn je. Er hielt sich im Hintergrund, teils, um ein Gespräch mit ihr zu vermeiden, hauptsächlich aber, damit er sie aus der sicheren Entfernung anschauen konnte. Die anderen Jungs scharwenzelten um sie herum, lachten und flirteten und erzählten schmutzige Witze. Sie saß auf dem Gras und lachte mit ihnen, wobei sie vorgab, über die groben Bemerkungen beleidigt zu sein, doch in Wirklichkeit genoss sie es, im Mittelpunkt zu stehen.

Er verfluchte sie. Wie konnte sie überhaupt mit ihnen reden? Sie waren so kindisch. Sie bedeutete ihnen nichts. Er hasste sie dafür, dass sie ihre Zeit mit ihnen vergeudete.

Er betete sie an. Er schaute auf ihren Hals. Sie hatte einen wunderschönen Hals. Er würde gern ihre Goldkette berühren. Im Ohr hatte sie kleine Diamantenstecker, die in der Sonne funkelten, wenn sie lachend den Kopf zur Seite ruckte oder in den Nacken warf. Sie hatte schöne Ohren. Und ihr Haarschnitt gefiel ihm gut. Er stellte sich vor, wie es sich anfühlen musste, wenn sie mit dem Haar über seine Haut fuhr. Er konnte es fast fühlen. Ganz weich.

Alles an ihr war unglaublich sanft, die Stimme, das Lächeln, das Kleid, der Körper. Er schaute auf ihren Ausschnitt. Als ob sich jeder und alles verschworen hätte, um ihn in den Wahnsinn zu treiben, war ein Träger von der Schulter gerutscht, und so war noch ein bisschen mehr Haut zu sehen. Er schaute zu und träumte, dass die anderen verschwanden und er mit ihr allein sein konnte. Ihr Kleid würde von ihr abfallen, und sie würde die Arme öffnen und ihn aufnehmen.

Er spürte ihren Blick, aber es dauerte noch einen Moment, ehe er genug Mut gesammelt hatte, um ihr in die Augen zu schauen. Als er es tat, wurde seine Verlegenheit sofort riesengroß, und rote Farbe übergoss ihn von der Haarwurzeln bis zum Hals. Langsam verebbte ihr Lachen, es mündete in ein Lächeln, das nur für ihn bestimmt war. Es war das Lächeln des Begreifens, das er in seinen Träumen so oft gesehen hatte.

Irgendein Idiot trat einen Fußball nach ihm. Da er wie hypnotisiert auf Genevieves schönes, sinnliches Lächeln starrte, sah er den Ball nicht kommen, und wurde voll ins Gesicht getroffen. Zornig trat Michael dem Jungen, der den Ball getreten hatte, in den Hintern, und dabei verschüttete er seinen Drink. Verdammt, jetzt hatte er sich blamiert, und das auch noch vor ihren Augen.

»Du verdammter Arsch!«, fauchte er den Balltreter an. »Sieh mal, was du angerichtet hast!«

»He, hört euch das an!« Es war Robbie, der neben Genevieve stand und seinen Spott nicht lassen konnte. »Unser Muttersöhnchen Michael hat einen Tobsuchtsanfall! Was hat denn der nasse Fleck auf deiner Hose zu bedeuten, Michael? Hattest wohl einen feuchten Traum, he, Mann?«

Michael floh ins Haus, froh, allein zu sein. Vom Küchenfenster schaute er hinaus auf die Partygruppe. Er bedauerte sich. Warum hatte er diesen Aufstand inszeniert? Dass er den Drink verschüttet hatte, war doch kein großes Problem.

Es lag an ihr, dachte er. Wann immer er in ihrer Nähe war, endete es damit, dass er sich wie ein Volltrottel benahm. Sie musste ihn für einen Idioten halten, für einen weinerlichen Idioten. Ein Waschlappen, der tobte und dann wegrannte. Er wünschte, er könnte wie die anderen Jungs sein. Die hätten über ein solches Missgeschick gelacht.

Sie flirteten mit Genevieve und genossen den Abend, sie tranken und amüsierten sich. Und für ihn war es einer der schlimmsten Tage seines Lebens. Außerdem wusste er, dass es die letzte Gelegenheit für ihn war, bei ihr zu sein. Nach der Sommerpause würde er zur ersten Mannschaft gehören. Eine Berührung von ihr, nur ein Kuss, und er wäre der glücklichste Mann. Aber er schaffte es ja nicht einmal, sie anzusprechen.

Gen wartete, bis das traditionelle Fußballspiel auf ihrem Rasen begonnen hatte, ehe sie ins Haus schlüpfte.

»Michael! Michael? Wo...ah, da bist du.«

Er errötete schuldbewusst, als sie die Küche betrat und ihn am Spülbecken stehen sah. »Was machst du da?«

»Oh, ich... eh... ich wollte nur helfen. Hier liegen so viele Sachen herum...«

»Michael, du bist ja so süss.« Sie wusste, dass sie ihn schocken würde, aber sie tat es trotzdem: Sie war mit zwei raschen Schritten bei ihm und küsste ihn auf die Wange. »Du brauchst doch nicht zu spülen, ich lege das später alles in die Spülmaschine.« Sie zog seine Hände aus dem Spülwasser.

»Ach so. Entschuldige.«

»Kein Grund, dich zu entschuldigen.« Sie lächelte und fuhr mit einer Hand durch seine Haare. Dann wurde ihr bewusst, dass eine solche Geste eher zu einer gönnerhaften Tante gehörte. Sie sah, dass er vor Verlegenheit fast verging. Sie schaute aus dem Fenster, um ihm die Gelegenheit zu geben, sich zu beruhigen.

»Schau dir Robbie an«, sagte sie lachend, »er hat einen Fallrückzieher versucht. Das wird seiner Zerrung nicht gut tun. Wo hat der Junge nur seine ganze Energie her?«

Michael antwortete nicht. Genevieve betrachtete ihn aus den Augenwinkeln. Auch er sah Robbie zu, aber dabei knirschte er mit den Zähnen.

»Du magst ihn nicht besonders, nicht wahr?«

»Es geht.« Er sah sie von der Seite an. »Mir gefällt nicht, wie er mit dir redet.«

Sie lächelte, mehr zu sich selbst als zu Michael. »Ich werde schon mit ihm fertig.«

»Ich weiß … das habe ich … nicht gemeint. Aber er redet so gemein …«

»Gemein? Ach, Michael, die meisten jungen Leute reden ein bisschen derb. Ich bin nicht so leicht zu beleidigen. Es gibt kaum etwas, was ich noch nicht gesehen oder gehört habe. Ich bin schon alt, musst du wissen.«

»Du bist nicht alt«, widersprach er rasch und voller Eifer. Er wartete auf ihre Reaktion und hoffte, dass er sich nicht verraten hatte.

Zu spät, dachte Genevieve, du hast dich schon lange verraten, Michael. Schon das erste Mal, als ich dich massiert habe. »Aber ich bin viel älter als du.«

Er blinzelte und schaute dann weg. In seiner

Enttäuschung stülpte sich die Unterlippe um, als ob er aus ihrer Antwort gefolgert hätte, dass sie es nie mit ihm machen würde. Und dass er albern war, von ihr zu träumen.

Sie beobachtete Robbie wieder. Jetzt trug er einen Kampf mit Paddy aus, nur so aus Spaß. Seltsam, dachte Gen, wie junge Burschen von einer Sekunde zur nächsten zwischen Kindheit und Erwachsensein wechseln können.

»Robbie hat den ganzen Tag schon schamlos geflirtet«, sagte sie und wartete auf Michaels Reaktion. Sie sah, wie sich sein Körper anspannte. »Er hat mir am laufenden Band schmutzige Witze erzählt. Er wollte mich schockieren, glaube ich. Paddy ebenso. Was wollen die beiden nur?«

Er sah sie anschuldigend an. »Das weißt du doch.«

»Nein.« Sie versuchte, über seine Verärgerung nicht zu lachen. »Was denn?«

Michaels Lippen zitterten, als er versuchte, die richtige Wortwahl zu treffen. »Sie wollen dich haben«, sagte er leise.

»Wirklich?«

Nervös, aber aufgeregt, weil er etwas Vertrauliches mit ihr teilte, nickte Michael.

»Ich kann es nicht glauben«, sagte Gen lachend. »Was können junge Männer wie die beiden schon in einer Frau in meinem Alter sehen?«

Er versteifte sich, und die Antwort war draußen, bevor er Zeit hatte, darüber nachzudenken. »Sie finden dich wunderschön. Du bist wunderschön. Ich habe ihnen gesagt, dass du viel zu gut für sie bist ...« Dann hatte sein Hirn seinen Mund wieder eingeholt, und er errötete sofort.

»Das ist sehr schmeichelhaft für mich, Michael, aber ich weiß selbst, dass ich keine Schönheit bin.«

»Also, alle Jungs begehren dich.«

»Und du?«

Er zögerte. Er hätte die Antwort vielleicht nie gefunden, wenn Genevieve sie nicht mit den Blicken aus ihm heraus gelockt hätte.

»Ich glaube, du weißt, ich bin in dich verliebt.« Es war nur ein Flüstern, kaum lauter als ein Gedanke, aber Genevieve hatte es gehört. Und einen Herzschlag später wusste sie, was sie tun würde. Wenn sie sich getraut hätte, ihre innersten Gedanken hochkommen zu lassen, dann müsste sie zugeben, dass sie es heute Morgen schon gewusst hatte, beim Ankleiden und Schminken.

Aber am Morgen war ihr der Gedanke noch absurd und lächerlich vorgekommen. Jetzt schien er genau richtig zu sein, und es wäre verrückt gewesen, ihn weiter zu unterdrücken.

»Oh, Michael«, sagte sie seufzend und lächelte ihn an. Zärtlich streckte sie die Hände aus und legte sie um seine Wangen. »Du bist nicht verliebt in mich, glaube mir. Du wirst bald ein hübsches junges Mädchen kennenlernen, und dann verliebst du dich richtig und wirst mich längst vergessen haben.«

»Niemals.« Er schüttelte den Kopf. »Ich kann nicht aufhören, an dich zu denken. Den ganzen Tag. Die halbe Nacht. Ich könnte dich gar nicht vergessen.«

Sie wusste, dass er die Wahrheit sagte. Sie hatte ihren ersten Schwarm auch nicht vergessen. »Michael.«. Sie koste seine Lippen mit ihren. Er sah sie mit weit aufgerissenen Augen an. »Michael, ich will Liebe mit dir machen.«

Sie sah ihm an, dass er zerrissen war. Entweder weglaufen oder auf die Knie sinken. »Aber… ich weiß nicht wie. Ich habe noch nie…«

»Mach dir keine Sorgen.« Sie drängte weitere Einwände mit einem neuen Kuss zurück. »Ich zeige dir, wie es geht.«

Intensiv. Die Geräusche von draußen nahmen sie nicht mehr wahr. Es gab nur die Geräusche ihres Atems. Haut an Haut. Die Fingerspitzen in den Haaren. Lippen, die sich berührten. Es war eigenartig und wunderbar, einen Geliebten zu haben, der in ihrem Bann gefangen war, gefangen von jedem Zentimeter ihrer Haut, den sie enthüllte, dankbar für jeden Herzschlag, den er bei ihr sein durfte.

Er sah zu, als sie ihr Kleid auszog. Er schaute ernst und ergriffen. Sein Mund zitterte, während er versuchte, das Gleichgewicht zu halten zwischen Ekstase und Verzweiflung – Verzweiflung wegen der Gewissheit, dass auch ein solcher Moment nicht ewig anhält.

Sie nahm seine Hand und legte sie auf ihre volle Brust. Michael ließ die Hand still liegen, erst allmählich traute er sich, andächtig über die Haut zu fahren. Genevieve sah ihm lächelnd zu, wie seine Phantasie unter den Fingerspitzen lebendig wurde. Der glückselige Ausdruck auf seinem Gesicht ließ sie fast weinen vor Ergriffenheit.

Sie nahm seinen Kopf in ihre Armbeuge, während er an einem Nippel saugte, dann rutschte sie an ihm hinab und drehte ihn, dass er mit dem Rücken zur Spüle stand.

»Was ist, wenn jemand hereinkommt?«

»Ja, was ist dann?«

Er stöhnte auf, als sie seine Jeans öffnete und mit den Shorts über seine Hüften zog, und ihm nächsten Moment hatte sie seinen langen, glatten Penis in den Mund gesaugt. Genevieve rieb mit den Händen über seine kräftigen Schenkel, und sie erwiderte sein Stöhnen, als sie seinen feinen Körper bewunderte. Er schmeckte gut, oder vielleicht lag es auch nur daran, dass er süßer und empfindsamer war als jeder andere Mann, den sie gekannt hatte, und noch nie hatte jemand sie so angehimmelt wie Michael.

Ich werde es dir zeigen, dachte sie und leckte an seinem Glied auf und ab, sie saugte abwechselnd die Hoden in den Mund, während sie mit sanfter Hand am Schaft entlang rieb. Sie stülpte ihren Mund wieder darüber. Ich will dir zeigen, wie schön es sein kann. Dein erstes Mal soll unvergesslich schön sein.

Mit einem würgenden Seufzen, halb Verlegenheit, halb Erleichterung, kam er ächzend auf ihrer Zunge. Sie langte hinter ihn und drückte seine Backen gegen ihr Gesicht, damit er sich nicht zurückziehen konnte, während sie ihn austrank. Sie hob den Kopf, drückte ihr Gesicht gegen seinen Bauch, küsste sich an ihm hoch, arbeitete sich zur unbehaarten Brust vor, bis sie wieder vor ihm stand.

Er zuckte ganz kurz, als sie ihn auf den Mund küsste, wie es Männer immer tun, wenn sie mit ihrem eigenen Samen in Berührung kommen, auch wenn es nur Reste waren, dann aber, getragen von der Welle seiner Leidenschaft, gab er nach und erwiderte ihren Kuss.

Sie ging mit dem Oberkörper zurück, weil sie ihm ins Gesicht sehen wollte. Sie wollte sich später an diesen Ausdruck erinnern, in dem sich Ungläubigkeit, Stolz und Lust mischten.

»Sie werden sich nie wieder über dich lustig machen können«, flüsterte sie.

Seine Finger streichelten durch ihre Haare. »Ich kann nicht glauben, dass es geschieht.«

Sie nahm seine Hand und führte sie wieder, diesmal über ihren Bauch, in ihr Höschen. Sein Mund öffnete und schloss sich wieder, als er das weiche, dichte Haar berührte und mit einem Finger in das reife, weiche Gewebe griff. »Oh, Mann«, flüsterte er. »Das fühlt sich phantastisch an.« Er schüttelte ungläubig den Kopf. »Du bist wunderbar.«

»Ich bin nass«, wisperte sie. »Ich will dich, Michael.

Ich will dich in mir spüren.«

Er beobachtete sie genau, als er einen langen Finger langsam in sie hinein schob. Sie stöhnte auf. »Ooooh.« Das sagte ihm, wie richtig der Weg des Fingers war. Sie wollte mehr. Sie hielt sein Handgelenk, als er zufällig gegen ihre Klitoris rieb. »Oh, Michael, berühre mich da, ja.« Sie hielt das Gelenk fest, drückte es. »Da, ja, genau da. Oh, es ist …«

Offenen Mundes starrte er sie an. Ihr Körper wärmte sich und öffnete sich ihm in Lust.

»Mache ich es richtig?«, raunte er.

»Michael.«. Sie schabte leicht über ihre Nippel, dann drückte sie auf die empfindlichen Spitzen, die geschwollen und hart waren. Michael wusste nicht, wohin er zuerst schauen sollte. »Michael, oh, ja, ich kann dir gar nicht sagen, wie herrlich sich das anfühlt. Es ist wie… wie…«

Sie konnte es nicht beschreiben. Sie zeigte es ihm mit ihrem Körper und sagte es ihm mit ihrem Stöhnen. Ihre Unterhaltung war lautlose Musik, die zwischen ihnen die Luft versüßte. Michael konnte nicht aufhören, sie anzuschauen, um an ihrem Gesicht ablesen zu können, ob er es richtig machte. Er legte einen Arm um ihre Taille und strich über ihren Kitzler und die dick geschwollenen Labien wie über die Saiten einer Geige.

»Ich will Liebe mit dir machen«, hauchte sie. »Ich habe das schon lange Zeit tun wollen, Michael. Ich kann nicht mehr länger warten.« Sie schob seine Hand weg und zog ihn mit sich auf den Boden.

Steif vor Angst und Neugier setzte sich Michael mit dem Rücken gegen den Küchenschrank und schaute erwartungsvoll auf Genevieve, die sich in Position begab. Sie kniete sich über ihn, hielt die Labien auseinander, wartete einen Moment und genoss das Gefühl der Eichel zwischen den Lippen.

»Träume ich?«, murmelte Michael.

Sie schüttelte den Kopf und ließ sich langsam auf ihm nieder. Sie hielt den Atem an, und dann spürte sie einen Atemschwall auf ihrer Haut – auch Michael hatte nicht zu atmen gewagt und prustete jetzt, als er tief in ihr versenkt war, alles heraus.

Er schloss die Augen, weil er seine Gefühle vor ihr verbergen wollte. Sie berührte sein Gesicht, wollte, dass er sie ansah. Er sollte sich an jeden Augenblick erinnern können. Seine Augen öffneten sich, blieben weit offen und nahmen das Bild auf, wie sie mit der Fingerkuppe über ihren Kitzler rieb. Ihre Brüste lagen dicht vor seinem Gesicht, sie schwangen einladend hin und her. Er zog den Kopf ein und küsste sie auf den Mund.

»Du bist einmalig«, keuchte er und fuhr mit einer Hand hinunter zu ihrer, um die Bewegungen ihres Fingers auf dem Kitzler nachzuvollziehen. Offenen Mundes starrte er auf die Stelle, wo sie verbunden waren.

Sie rieb schneller über den vibrierenden Kitzler. Sie wollte, dass Michael miterlebte, wie sie kam. Rhythmisch hob und senkte sie die Hüften über seinem Penis, sie massierte ihn mit den Muskeln und spürte sein Zucken.

Seine Hände flatterten, er wollte sie überall gleichzeitig anfassen, ihre wogenden Brüste, die seidigen Haare, den prallen Po, die Innenseiten ihrer Schenkel. Sie stützte sich mit einer Hand am Küchenschrank ab, dicht neben seinem Kopf, und setzte sich ein wenig schräg auf ihn, so dass sein Schaft beim Einfahren gegen ihre Klitoris rieb. Er war bald so weit, und auch sie hatte das Gefühl, jeden Augenblick vom Orgasmus überflutet zu werden.

Sie erhöhte das Tempo, verstärkte die Arbeit ihrer Muskeln, als wollte sie ihn auswringen. Sie spürte sein

Zucken deutlicher, es übertrug sich auf seinen ganzen Körper, und dann wurde sie von einer Hitzewelle erfasst, die von den Zehen ausging und ihren Schoß zum Glühen brachte.

Unter ihr bäumte sich Michael auf, sein Körper versteifte sich, ehe er sie mit seinem Höhepunkt überflutete. Sie wurde von den Wellen seiner Lust noch einmal mitgerissen, und noch Minuten später ging sie auf ihm immer noch rauf und runter, während sie den Kopf in den Nacken geworfen hatte und sich die Brüste rieb.

Den Rest des Abends verbrachten sie draußen in der Dämmerung. Michael fragte Genevieve über ihr Leben aus, als wollte er vor dem Ende des Tages alles über sie wissen. Sie erzählte alles. Es war leicht, sich ihm zu öffnen, denn sie hatte das Gefühl, dass er gar nicht richtig zuhörte. Er schoss Frage um Frage ab, nur um ihre Stimme zu hören, und währenddessen lief in seinem Kopf die Wiederholung dessen ab, was sie gerade getan hatten.

»Werde ich dich wiedersehen?«

Sie schüttelte den Kopf und lächelte über seinen enttäuschten Gesichtsausdruck. »Es ist zum Besten für uns beide, Michael. Es wäre nie wieder wie heute.«

Der Minibus traf ein und fuhr mit den meisten Partygästen davon. Die wenigen, die blieben, wohnten in der Nähe. Michael riss sich kurz vom Anblick Genevieves los und schaute zu Robbie und Paddy, die sich auf dem Rasen ausgestreckt hatten.

»Wirst du es ihnen sagen?«, fragte sie.

Er lächelte. »Sie würden es mir doch nicht glauben.«

»Vielleicht doch.«

Er sah sie fragend an.

»Küss mich.«

»Vor ihnen? Du machst Witze.«

»Willst du denn nicht, dass sie es glauben?«

»Doch, ja…«

»Dann küss mich.«

Er legte eine Hand in ihren Nacken und küsste sie. Paddy und Robbie schauten sich an und brachten keinen Ton heraus.

Sie öffnet den Mund, während ich den Schaft zwischen ihre Labien ... schiebe. Meinen gewaltigen, schwarzen, steifen Schaft aus Silikongummi. Ihre süßen Augen weiten sich vor Schock. Der Schock über das, was die Sinne ihr sagen: Dies ist schlecht. Dies geht gegen alles, was sie bisher gekannt und für richtig befunden hat. Unser Anblick, der Geruch von Sex und Verlangen, das Gefühl der dunklen Erde zwischen ihren Fingern und das klamme Gras, das ihre Haut kitzelt. Die Stimme ihres Wimmerns. Der Geschmack ihrer Scham. Zwei Frauen – ich weiß, selbst jetzt hat sie einen schlechten Geschmack auf der Zunge.

Sauer, aber süß. Sie kann nicht widerstehen.

Ich verstehe jetzt, wie es sich fühlt, ein Mann zu sein. Als ich ihre Labien das erste Mal mit dem falschen Schwanz teile, überfällt mich ein Schub Testosteron. Ich gewinne der Situation keine körperliche Lust ab, doch der Anblick ihres Gesichts: Wie der Ekel sich in Zustimmung wandelt. Das Gefühl der Macht, das schmeckt mir süß.

Empfinden Männer Muschineid?

Wollen sie wissen, wie es sich anfühlt, sanftes, geschmeidiges Fleisch zwischen den Schenkeln zu spüren? Fleisch, das sich öffnet und zusammenzieht und dich einsaugen kann? Sehnen sie sich nach dem Gefühl der Unterwerfung, das wir empfinden, wenn Männer ihren Schwanz tief in uns hineinstoßen und einen Teil von uns für sich reklamieren? Lechzen sie danach, sich hinzulegen und die Beine zu öffnen und zu erfahren, wie es sich anfühlt, genommen zu werden, konsumiert zu werden von der harten Leidenschaft eines Mannes?

Ich wusste nicht, dass ich Penisneid empfand, bis ich in Andrews und Clares Haus zu arbeiten begann. Bis dahin war ich ganz zufrieden mit mir selbst. Ich hatte keinen Anlass für Penisneid, weil ich keinen Job hatte, bei dem zuerst mein Aussehen betrachtet wurde und dann erst meine Leistung.

Ich liebte meine Arbeit, und ich nutzte jede Stunde, um mein Geschäft aufzubauen. Trotzdem galt ich nicht als selbstsüchtig oder karrieregeil wie alle meine Freundinnen in den Glaskästen der City. Das Leben meiner Freundinnen wird ausschließlich von Problemen bestimmt, die sie mit einem angeborenen Schwanz zwischen den Beinen nicht hätten.

Männer haben es leicht, sagen meine Freundinnen. Männer werden bewundert wegen ihres Ehrgeizes, wir aber sind nur hartgesichtige Biester, wenn wir unseren Ehrgeiz in den Beruf einbringen.

Ich habe solche Probleme nicht, und als Gärtnerin werde ich sie auch nie bekommen. Mein Penisneid unterscheidet sich von dem meiner Freundinnen. Ich war neidisch auf das Organ selbst, auf die Kraft des harten, stoßenden Penis. Der Energieschub einer Erektion. Die pure Lust zur Dominanz. Hartes Fleisch in weiches Fleisch zu stoßen und es bis zum Äußersten dehnen. Zu sehen, wie sich eine Frau der Gewalt meiner Lust ergab. Ich wollte fühlen, was Männer fühlen, wenn sie in uns hineinstoßen. Ich wollte nehmen statt genommen zu werden.

Ich wollte kein Mann sein, verstehen Sie mich nicht falsch, ich wollte nur wissen, wie es sich anfühlte, eine Frau zu nehmen. Sie dazu zu bringen, ihre Lust zu gestehen. Dass sie es genauso wollte wie ich. Ich wollte die Schuld und die Scham in ihrem Gesicht sehen, wenn sie dieses Geständnis ablegte.

Aber ich greife vor. Als ich zu Andrew und Clare ging, wusste ich von diesen Dingen noch nichts. Ich fühlte nur ein leichtes Kribbeln in meinen Fingern, weil ich es kaum erwarten konnte, mich auf den vernachlässigten, verwilderten Garten der beiden zu stürzen.

Anfangs war es nur ein ganz gewöhnlicher Auftrag. Ein guter Auftrag in einem hübschen großen Haus mit einem überwucherten Garten. Es würde bestimmt sechs Wochen dauern, den Bewuchs zu roden, und erst danach konnte ich mit der Planung des Gartens beginnen. Sechs Wochen Arbeit versprachen einen hübschen Batzen Gewinn, und da ich eher dazu neige, meine Arbeit zu billig zu verkaufen, würde ein Batzen Geld meinem Konto gut zu Gesicht stehen.

Als Andrew mich anrief und sagte, er und seine Frau hätten keine Ahnung von Gartenarbeit, und sein Nachbar hätte ihn auf meine Firma aufmerksam gemacht, habe ich sofort zugegriffen. Ich erinnerte mich an das Haus, als ich nebenan gearbeitet hatte, war es unbewohnt gewesen. Ich war einige Male an den Zaun getreten, und als ich den verwilderten Garten betrachtete, lief mir das Wasser im Mund zusammen.

Andrew und Clares Garten war ein Traum. Der vorherige Besitzer hatte ihn drei Jahre lang wuchern lassen. Ein solcher Auftrag bedeutete nicht nur gutes Geld, er befriedigte auch meinen kreativen Hunger. Ich liebe Herausforderungen.

Noch an dem Tag, an dem Andrew mich angerufen hatte, fuhr ich vorbei, um mir den Garten genauer anzusehen und ihnen einen Kostenvoranschlag zu geben.

Clare öffnete die Tür. Sie trug ein dünnes, wadenlanges Kleid mit einem Blumenmuster, es hatte die blassblaue Farbe des Himmels an diesem Tag – und die Farbe ihrer Augen. Sie trug Schuhe mit kleinen spitzen Absätzen, und mir schoss die Frage durch den Kopf, was Frauen veranlassen könnte, solche Schuhe zu tragen. Sie sahen verdammt unbequem aus.

Clare war groß. Sie hatte dunkelblonde Haare mit einigen hellblonden Strähnen, und sie trug die Haare in einem makellos geflochtenen Zopf. Sie war jung, etwa in meinem Alter, schätzte ich. Mitte zwanzig. Aber sie kleidete sich, als wäre sie Mitte vierzig. Sie sah unglaublich sauber aus. Ich wirke immer schmutzig. Schon als Kind habe ich gern im Dreck gespielt.

Auch an diesem Tag sah ich schmutzig aus. Ich hatte Erde unter den zersplitterten und abgebrochenen Fingernägeln, Grasflecken auf meinen zerrissenen Jeans und den Geruch von Schweiß an meinem T-Shirt. Mein langes, welliges dunkelrotes Haar lag wirr um meinen Kopf und sah so stumpf aus, wie ihre Haare glänzten.

Clare verzog das Gesicht und schaute missbilligend auf meine verschmutzten Gummistiefel, als ich in ihren mit hellem Teppich ausgelegten Flur trat.

Sie führte mich durchs Wohnzimmer, durch die offene Terrassentür zur Terrasse, wo Andrew unter einem Sonnenschirm an einem Holztisch saß und an einem Pimm's nippte.

Er stand auf, und im Gegensatz zu seiner Frau lächelte er, als er mich sah. Männer mögen Dreck – besonders offene Typen wie er. Er erinnert sie an ihre Kindheit, an Schlammkuchen und an den Ärger zu Hause.

Er drückte meine raue Hand und bot mir einen Pimm's an. Ich fragte, ob ich auch ein Lager haben könnte. Clare wurde in die Küche geschickt, als ob ich einer der Spezis ihres Mannes wäre. Als sie zurückkehrte, reichte sie mir eine Flasche eines teuren importierten Gebräus und stellte mir ein Glas hin.

Sie reagierte mit einem Stirnrunzeln, als ich das Glas ignorierte und die Flasche an die Lippen setzte. Ich wischte mit dem Handrücken über den Mund und erkannte aus den Augenwinkeln Andrews bewundernden Blick. Eine Frau mit Mumm, dachte er.

Sie zeigten mir den Garten. Genauer gesagt, sie zeigten mir die wenigen Meter, zu denen man gelangen konnte. Selbst das Rasenstück war eher ein Dickicht. Efeu und Brombeersträucher hatten sich in alle Richtungen ausdehnen dürfen, und sie hatten sich für den Rasen, die spindeldünnen Bäumchen, die Sträucher und alles andere entschieden, das ihnen im Weg stand.

Ich sagte Andrew und Clare, dass ich wilde Gärten mochte, und ich würde auch gern ein wenig der Wildheit erhalten wollen, aber es sollte eine gezähmte Wildheit werden.

Das Haus war alt, und auch der Garten sollte so aussehen, als wäre er schon immer so gewesen. Ich sagte ihnen, symmetrisch angelegte Gärten mit getrimmten Hecken und ebenmäßigen Beeteinfassungen wären was für Villen, zu einem Haus wie ihrem würden sie nicht passen.

Clare wollte etwas einwerfen, aber Andrew sagte rasch: »Ich bin sicher, dass Sie wissen, was am besten aussieht. Beim Nachbar haben Sie hervorragende Arbeit geleistet.«

»Danke«, sagte ich. »Wollen Sie jetzt einen Kostenvoranschlag haben?«

»Ja, bitte«, sagte Clare.

»Ich glaube, das wird nicht nötig sein«, widersprach Andrew. Er ignorierte den tadelnden Blick seiner Frau und erklärte, der Garten müsste angelegt werden, und ich hätte vom Nachbarn eine überaus positive Referenz erhalten, und außerdem sei Geld kein großes Problem.

Davon konnte ich mich überzeugen. Das Haus war riesig, viel zu groß für zwei Personen. Ich hatte den Preis im Fenster gesehen, den der Makler für das Anwesen verlangt hatte. In der Einfahrt hatte ich zwei Autos gesehen, einen Mercedes und einen Discovery. Die Einrichtung war alt, aber sehr teuer. Für ein junges Paar war das schon beeindruckend.

Ich schätzte, Andrew musste ein hohes Tier in der City sein.

Ein junger Senkrechtstarter, der mit seiner jungen Frau aus der Stadt gezogen war und ein Haus gekauft hatte, das groß genug war, um die Gören aufzuziehen. Die Gören würden natürlich von einem Kindermädchen versorgt, bis sie auf ein Pensionat geschickt würden.

»Wann soll ich anfangen?«

»Sobald wie möglich.«

»Ich habe zur Zeit noch zwei Aufträge mit festen Terminen, aber Ende der nächsten Woche könnte ich anfangen. Sind Sie damit einverstanden?«

»Das wäre wunderbar«, strahlte Andrew.

Wir gingen zurück auf die Terrasse, und ich zeigte ihnen Fotos und Zeichnungen anderer Gärten, die ich angelegt hatte. Ich schlug ihnen Lösungen für einzelne Bereiche vor und redete mich in Begeisterung. Sie hatten keine Ahnung, was sie wollten, und sie wussten zu wenig, um an meinen Ideen herumzumäkeln. Ich würde freie Hand bei ihnen haben.

Ich konnte meine so oft unterdrückte Kreativität ausleben.

Nicht nur das – ich konnte mir auch vorstellen, dass sie später, wenn der Garten angelegt war, meine Firma mit der regelmäßigen Pflege beauftragten, denn ich ging davon aus, dass sie sich nicht die Hände schmutzig machen wollten. Sie würden zu der steigenden Zahl meiner Stammkunden stoßen. Neue Stammkunden ließen mein Herz höher schlagen.

Auch Andrew ließ mein Herz höher schlagen. Er mochte mich. Er lachte über meine Witze und linste mehrmals auf mein T-Shirt, wenn er glaubte, ich würde es nicht bemerken. Ich konnte mir seine Begeisterung leicht vorstellen, wie sich mein T-Shirt über die vollen, nackten Brüste streckte. Ich trage nie Büstenhalter. Ich hasse es, mich eingeengt zu fühlen. Und ich liebe es, wie die Männer nicht anders können als hinschauen. Und ich liebe die Spannung, die es erzeugt, wenn junge, schöne, zurückhaltende Frauen wie Clare das Gieren ihres Ehemanns bemerken. Ihre Münder werden dann ganz dünn, die Lippen sind nur noch ein Strich, die Augen werden kalt, und ihre sauberen kleinen Arschlöcher ziehen sich noch mehr zusammen.

Ich lächelte auf der Heimfahrt vor mich hin. Sie waren das ideale Paar und lebten ein ideales Leben – ein Leben, das mir ein Gräuel wäre. Andrew und Clare waren symmetrisch und hatten ihre Zukunft bis ins letzte Detail geplant. Ich war Chaos. Meine ungezogene, rebellische Ader drängte ans Licht. Gern hätte ich eine Handvoll Chaos in ihren Weg geworfen, einen Dorn in die Blase ihrer stillen, friedlichen Existenz gestoßen.

Andrew, schätzte ich, wäre ein williger Komplize. Es würde nicht schwer fallen, ihn ein wenig vom Weg abzubringen.

Ich fing an einem Freitag bei ihnen an. Es war wieder ein wunderschöner Tag, und Clare verbrachte ihn auf der Terrasse und schaute uns zu, wie wir dem Dschungel zu Leibe rückten. Die meisten unserer

Kunden lassen uns gewähren, oder sie bieten ihre Mithilfe an.

Nicht so Clare. Sie saß offenbar nicht zum Sonnenbaden auf der Terrasse, denn sie saß den ganzen Tag im Schatten eines Schirms, zusätzlich noch geschützt durch einen Hut und eine Sonnenbrille – für den Fall, dass ein wildernder Sonnenstrahl in die schwarzen Schatten einbrach und ihre eiskalte Aura aufzutauen drohte.

Sie trug ein langes, hübsches Blumenkleid – in der Art, die meine Mutter gern an mir sähe. Sie vergisst nie, das zu betonen, in der vergeblichen Hoffnung, dass ich mir eins kaufen gehe und, ihrer Logik nach, ehemanntaugliches Material anziehe.

»Kein Wunder, dass du nie jemanden zum Heiraten findest«, sagt sie ständig. »Schau dich doch an. Diese schmutzigen T-Shirts, die du trägst. Die schrecklichen Gummistiefel. Und in den verschlissenen Jeans kann nie jemand deine hübsche Figur erkennen. Männer wollen feminine Frauen, mein Schatz.«

Ich habe es aufgegeben, ihr zu sagen, dass ich nicht heiraten will. Wenn sie wieder davon anfängt, lächle ich nur still vor mich hin und danke meinem Freund – ›dieser Reisende‹, tituliert meine Mutter ihn -, dass er Weiblichkeit nicht so definiert wie meine Mutter. Er hat keine Probleme mit den Sachen, die ich trage. Aber ich sehe ihn auch selten, und wenn, dann verbringen wir die Zeit meist im nackten Zustand.

Ich wette, Clare ist nur dann nackt, wenn es sich nicht vermeiden lässt. Ich wette, sie zieht sich im Bad aus, damit ihr Mann sie dabei nicht beobachten kann.

Als sie uns selbstgemachte Limonade brachte, die sie auf einem Tablett über den Rasen trug, trippelte sie mit verzerrtem Gesicht über das Gras, als fürchtete sie, von den Halmen beschmutzt zu werden. Ich hockte da, saß auf den Hacken und beobachtete sie.

Sie zuckte zusammen, als meine Leute – drei junge, kräftige, verschwitzte und attraktive Kerle – ihr Glas vom Tablett nahmen und versuchten, mit ihr ins Gespräch zu kommen. Ich versuchte, sie mir beim Sex vorzustellen, aber das wollte nicht gelingen. Sie war so makellos sauber, dass ich nicht glauben konnte, sie würde ihrem Ehemann gestatten, in ihren Haaren zu wuscheln, über ihre kleinen Brüste zu reiben oder – der größte aller Schrecken – seinen Samen auf die Laken zu spritzen.

Ich lächelte vor mich hin, als sie zu mir trat. Sie deutete es als ein freundschaftliches, geschwisterliches Lächeln.

»Wie kommen Sie voran?«, fragte sie.

»Es ist verdammt harte Arbeit«, sagte ich, trank das Glas in einem Zug leer und konnte einen lauten Rülpser nicht unterdrücken. »Wer vor Ihnen hier gelebt hat, muss ein verdammt fauler Sack gewesen sein.«

Sie zuckte unter meiner derben Sprache wie unter einem Schlag zusammen. Es hätte nicht schlimmer sein können, wenn ich meine Hände in den Matsch gesteckt und dann über ihre blassen Wangen gerieben hätte. Entsetzt drehte sie sich um und trippelte zurück zur Terrasse.

»So 'ne Erfrischung können Sie öfter bringen«, rief ich ihr nach.

Zum Mittagessen gingen wir in den hiesigen Pub. Wir luden Clare ein mitzukommen, aber sie lehnte ab. Als wir zurückkamen, ein wenig laut nach dem Apfelwein, dem wir allzu begeistert zugesprochen hatten, sass sie immer noch dort, wo sie gesessen hatte, als wir aufgebrochen waren. Unter dem Sonnenschirm las sie eine romantische Liebesgeschichte.

Das Foppen der Männer wurde derber nach dem Alkohol, und ich sah, wie Clare einige Male das Gesicht verzog, als litte sie körperlich. Sie versuchte, sich mit ihrem Buch abzulenken, aber als ich dann auch noch mitmachte und über die kruden Witze der Kerle lachte, ging sie voller Entsetzen ins Haus.

Ich ahnte, dass sie mich durch irgendein Fenster beobachtete, und ich empfand einen seltsamen, fast schon perversen Stolz. Es war wie in der Schule, wenn ein ungezogenes Kind die neue Lehrerin unerbittlich zum Nervenzusammenbruch bringt. Ich sonnte mich in meiner Macht. Ich wusste, dass ich sie schockierte und faszinierte, und das gefiel mir. Mir hat es schon immer gefallen, Leute zu schockieren.

Als ich meinem Boss sagte, dass ich bei der Bank kündigte, um mich als Landschaftsgärtnerin selbständig zu machen, erregte mich sein ratloser, verzweifelter Blick.

Die Männer gingen um sechs und nahmen den Lieferwagen mit, der bis obenhin mit den Brombeerbüschen vollgestopft war, die wir gerodet hatten. Ich arbeitete weiter und riss das Efeu weg, das dabei war, einem Apfelbaum den Saft auszusaugen. Mein Freund war immer unterwegs, deshalb wartete zu Hause niemand auf mich. Außerdem wollte ich bleiben, um Andrew zu sehen.

Ich hatte gestern Abend an ihn gedacht, als ich mit der Duschbrause masturbiert hatte. Ich hatte mir sein heimliches Starren auf meine Brüste vorgestellt, und diese Wärme wollte ich noch einmal erleben.

Andrew kam gegen sieben nach Hause. Ich sah ihn seine Frau küssen, und ich spürte einen Stich der Eifersucht. Aber der hielt nicht lange an, denn nach ein paar Worten zu seiner Frau trat er in den Garten und kam zu mir.

»Das ist ja unglaublich«, sagte er. »Ich kann kaum

glauben, wie viel Sie geschafft haben. Sie sind ein Wundermädchen.«

Ich lachte. »Wir waren zu viert.«

»Trotzdem …« Er betrachtete unsere Arbeit. »Wirklich verblüffend. Man sieht endlich, dass hier mal ein Garten gewesen sein muss.«

Ich sah ihn an. Er sah gut aus, glatt, ohne Ecken und Kanten. Alles an ihm roch nach Geld – und nach seinem Aftershave. In diesem Augenblick, in dem die Abendsonne ihm ins sanfte, kindliche Gesicht fiel, wollte ich ihn in mir spüren. In einer Vision, die nur eine halbe Sekunde dauerte, sah ich uns auf den blütenweißen Laken seines Ehebetts (ich hatte mich ein wenig umgesehen, als ich zum Pinkeln ins Haus gegangen war) und Clare, wie sie voller Entsetzen in der Tür stand und uns erwischte, das perfekte Gesicht leichenblass.

Er wandte sich wieder mir zu und lächelte. Ich wusste, dass er dasselbe dachte.

Die Männer arbeiten am Wochenende nicht. Ich gewöhnlich auch nicht, aber in der Abwesenheit meines Freundes, der mir aufmerksam eine Ansichtskarte aus Nepal geschickt und geschrieben hatte, dass die Frauen dort unglaublich schön seien, machte ich bei Andrew und Clare weiter.

Sie waren nicht da, als ich eintraf. Gegen Mittag kehrten sie in ihrer Tenniskluft zurück und luden mich ein, mit ihnen zu Mittag zu essen. Ich lehnte ab und sagte, im Pub hätten sie ein Glas mit meinem Namen drauf, aber sie bestanden darauf in einer Art, wie das wohlhabende Leute tun, dass sie es sich nie verzeihen würden, wenn man ablehnt.

Wir saßen auf der Terrasse und aßen Salat, ciabatta, Käse und hauchdünnen Schinken. Clare bot mir ein

Glas Weißwein an und konnte ihre Verärgerung kaum verbergen, als ich sagte, ein Bier wäre mir lieber.

Ich war alles, was sie nicht war, und im Gegensatz zu den meisten Frauen, die sie kennen gelernt hatte, war ich nicht darauf aus, wie sie zu werden. Sie war schön und hatte eine veredelte Aussprache, sie trug gut geschnittene Kleider und geschmackvollen Schmuck. Sie ging Reiten und spielte Badminton und Tennis und kannte sich in der Kunst aus. Sie hatte ein wunderschönes Haus, ein brandneues Auto und einen Ehemann, der sein Gewicht in Diamanten wert war. Sie duftete nach teurem Parfum. Sie war zurückhaltend und sanft und gediegen. Sie war die vollkommene Frau.

Und doch war ich es, der Andrews Interesse galt. Meinen Brüsten besonders, voll und unübersehbar im Vergleich zu den feinen Brüstchen, die Clare unter dem pinkfarbenen Tennishemd versteckte.

Er tat es unauffällig, aber er flirtete mit mir. Er lachte über meine Witze. Ich wusste, dass er mich haben wollte. Als Clare die Teller in die Küche brachte, ein Messer fallen ließ und sich bückte, um es aufzuheben, drehte ich mich um, weil ich das Geräusch gehört hatte. Er drehte sich nicht um. Er schaute mich an, nicht unter das kurze Tennisröckchen seiner Frau.

Clare hatte schöne lange Beine, schlank und muskulös wie bei einem Vollblüter. Ich sah ihr Höschen blitzen, als sie sich nach dem Messer bückte. (Nun ja, es war mehr Schlüpfer als Höschen!) Als sie sich aufrichtete, sah sie sich nervös zu Andrew um, ob er hingeschaut hatte. Aber Andrew hatte nichts bemerkt.

»Sie haben Ihr T-Shirt zerrissen«, sagte er, als er sicher sein konnte, dass Clare außer Hörweite war.

»Ach? Wo denn?«

Er streckte die Hand aus und berührte meine Schulter. »Hier«, sagte er.

Ich schaute zu der Stelle. Seine Fingerspitze lag auf einem kleinen Stück Haut, das der Riss im Stoff entblößte. Dabei lag seine Hand über meiner Brust. »Ich bin bestimmt an einem Dorn hängen geblieben«, sagte ich.

Clare kam mit Obstsalat aus der Küche zurück, und seine Hand zuckte rasch zurück. Es hatte nur eine Sekunde oder zwei gedauert, und es war nicht wirklich was passiert. Und doch kümmerte er sich von diesem Augenblick an liebevoller und aufmerksamer um seine Frau, als ich das bisher hatte beobachten können, und das sagte mir mehr, als ob er gesagt hätte: »Ich kann nicht aufhören, an deine Titten zu denken.«

Am Sonntag arbeitete ich auch. Es war ein trüber Tag, der Himmel war verhangen, und Andrew und Clare hatten Gäste. Sie blieben im Haus, und ab und zu hörte ich ihr Lachen durch die offenen Fenster. Ich fühlte mich beobachtet und blickte auf. Eine kleine Menge stand an der Terrassentür und schaute zu mir herüber. Ich winkte und lächelte.

Verlegen kam Andrew zu mir und bot mir ein Bier an, als wollte er sich dafür entschuldigen, dass er reich genug war, eine Gärtnerin zu beschäftigen – und dass seine Gärtnerin am Sonntag arbeiten musste, während er zuschaute.

»Haben Sie nie einen freien Tag?«

»Ich habe nichts zu tun, was ich lieber täte«, erklärte ich ihm. Es gab zwar eine Sache, die ich liebe tue, aber ich kannte ihn nicht gut genug, um das zu sagen. »Ich liebe diesen Garten«, fuhr ich fort. »Es macht mir wirklich Spaß. Sie brauchen kein schlechtes Gewissen zu haben. Gehen Sie und amüsieren Sie sich mit Ihren Gästen.«

Er zögerte. »Sie kennen Clares Bruder und

Schwägerin nicht. Ich wäre viel lieber hier bei Ihnen, würde die Ärmel hochkrempeln und Hand anlegen.«

Die Vorstellung, dass er ›Hand anlegte‹, brachte mich zum Lachen. »Gartenarbeit ist schmutzige Arbeit«, sagte ich und zeigte ihm meine dreckigen Hände. »Schauen Sie. Ich wette, Ihre Fingernägel haben in Ihrem ganzen Leben noch nicht so viel Dreck gesehen.«

»Seit meiner Kindheit nicht mehr«, gab er zu. »Aber ich habe früher gern im Dreck gespielt.«

Wir unterhielten uns über unsere Kindheit, und das Gespräch wurde ein wenig anzüglich (wie es fast immer geschah, wenn ich mich mit Andrew unterhielt), als wir über Doktorspiele redeten. Doch dann ließ sich Clare an der Hintertür sehen, und mit kaum verhohlener Verärgerung fragte sie, ob Andrew den ganzen Tag draußen bleiben wollte.

Er lächelte mir zu und verdrehte die Augen. »Entschuldigen Sie meine Frau», sagte er leise. »Sie wird eifersüchtig, wenn ich mit Ihnen spreche.«

Das überrascht mich nicht, dachte ich und sah ihm nach, wie er zurück zum Haus stapfte.

Am folgenden Dienstag hatte Clare zum Kaffeeklatsch eingeladen. Nacheinander trafen Frauen ein, die alle wie Clare aussahen, sie schwebten in ihren Seidensachen herum, teuer parfümiert und frisch frisiert, und wenn sie an mir vorbei gingen, warfen sie mir seltsame Blicke zu.

Ich fuhr mit einer Schubkarre nach der anderen durch den Garten, beladen mit Unkraut und Steinen und übersäuertem Boden, und stieß die Schubkarren eine Rampe hoch auf die Ladefläche meines kleinen Trucks. Es war harte Arbeit, und ich spürte, wie das T-Shirt an meinem Rücken klebte. Meine Nippel waren steif, weil sie gegen den Stoff rieben, und meine Haare fielen in schweißnassen Strähnen vor mein Gesicht.

Ich muss wirklich wie eine Wilde ausgesehen haben. Clare und ihre Klönfrauen lächelten nervös. Seltsam, dass es sie irritierte, eine Frau bei der Arbeit zu sehen. Vielleicht hielten sie mich für eine Missgeburt, für eine Laune der Natur.

Nachdem sie gegangen waren, kam Clare wieder mit einem Tablett zu uns heraus. Sam und ich arbeiteten ganz am Ende des Gartens, wie huben gerade das Loch für den Teich aus. Wir stöhnten und ächzten und unterhielten uns, machten kindische Witze und bemerkten nicht, dass Clare schon eine Weile da stand, um uns die Getränke zu reichen.

Sie hüstelte höflich, und wir brachen unsere Arbeit ab. Ich goss ein Glas Limonade durch meine staubige Kehle und hielt ihr das Glas wieder hin, aber sie bewegte sich nicht. Sie starrte mich mit einem seltsamen Ausdruck an.

»Ist alles in Ordnung?«

Sie schüttelte leicht den Kopf. »Ich habe Ihnen zugeschaut«, sagte sie leise. »Sie sind so stark wie ein Mann.«

»Oh.« Ihr Kommentar überraschte mich. »Ist das ein Kompliment?«

»Ja, ja«, sagte sie rasch. »Ich finde es phantastisch, wie Sie … Ich wünschte, ich könnte so …«

Sie vollendete beide Sätze nicht, ließ sie in der Luft hängen und errötete. Ich sah ihr nach, wie sie zurück ins Haus ging, und ich hätte gern gewusst, was sich hinter dieser vollkommenen Fassade abspielte. Genau in diesem Moment, wie aus heiterem Himmel, zuckte es in meiner Muschi, und es lief mir heiß über den Rücken, während sich in meinem Kopf ein paar unbeantwortbare Fragen formulierten.

Weil ich auch noch arbeitete, wenn die Männer nach Hause gingen, und weil ich auch an den Wochenenden bei ihnen war, wurde ich zu weiteren Essen und Drinks eingeladen, und zweimal sogar zum Abendessen mit Andrew und Clare.

Ich war mehr als nur eine angeheuerte Arbeitskraft, ich wurde zu einer Kuriosität.

Sie erzählten mir zahme Geschichten aus ihrer zahmen Vergangenheit, und ich verblüffte sie mit einigen Dingen, die ich getan und erlebt hatte. Sie waren schockiert über meinen Mangel an Konvention und Kompromissbereitschaft – und über das Repertoire an schmutzigen Witzen. Andrew fand mich erfrischend anders als seine Frau und wahrscheinlich anders als jede Frau, die er bisher kennen gelernt hatte, und Clare, bemerkte ich mehr und mehr, fand mich offenbar spannend und faszinierend.

Einmal half ich ihr, die Teller hinaus zu tragen. Ich drehte mich um und sah, dass sie auf meine Arme starrte. »Worauf schauen Sie?«

Sie zuckte. »Oh … es tut mir leid. Es ist nur … Ihre Hände. Sie sind so groß.«

Ich hielt eine Hand hoch. Sie war groß. Groß und von dicken Adern durchzogen, mit Narben und Rissen und Ratschen bedeckt. Ich betrachtete zum ersten Mal seit langem meine Hand, als sie etwas tat, was mich überraschte. Sie hob ihre Hand zum Vergleich neben meine. Ihre Finger waren zierlich und schlank, die Haut war weiß und makellos. Die Fingernägel waren gepflegt und pink lackiert.

Ich drehte mich zu ihr um und bemerkte das erste Mal, dass wir gleich groß waren. Aber ihre Statur war so zierlich und elegant proportioniert, während ich gröbere Knochen und mehr Pfunde hatte. »Sehen Sie Ihre Arme an«, sagte sie und berührte meine harten Bizeps.

Einen kurzen Moment lang entstand eine atemlose Stille. Sie hielt nur Sekunden an, aber sie kam mir ewig vor, und in dieser Stille schaute ich auf ihre dünnen, blassen Lippen. Ein unwiderstehlicher Drang packte mich. Ich wollte meinen Mund auf ihren quetschen, ich wollte die harten Muskeln meiner Arme einsetzen, um sie zu packen und den spindeldürren Körper gegen meinen pressen, ich wollte sie still halten und ihre pathetischen Proteste mit meiner Zunge zum Schweigen bringen.

Andrew kam mit dem Rest des Geschirrs herein, und sie fuhr herum und nahm Teller und Besteck aus seiner Hand. Sie begann schnell und aufgeregt zu sprechen, als wollte sie irgendwas überspielen.

Ich fühlte mich schuldbewusst ob der Gewalttätigkeit meiner Gedanken, und so rannte ich hinaus in den Garten, und obwohl es der schwülste Nachmittag des Sommers war, begann ich wie eine Verrückte zu graben, bis der Schweiß nur so an mir hinab lief und ich kurz vor dem Zusammenbruch stand.

Ich legte eine Pause ein und spürte, wie Kälte über meine Brust zog. Ich schaute an mir hinunter und sah das klatschnasse T-Shirt, das obszön an meinen Brüsten klebte. Ich sah verstohlen zum Haus und fragte mich, ob mich jemand in dem Zustand gesehen hatte. Dann präzisierte ich meinen Gedanken: Ich hätte gern gewusst, ob Clare mich so gesehen hatte. Ob sie keuchend auf meine schweren Titten gestarrt hatte, während sie mit einer kühlen Hand unter ihre Bluse fasste und durch die Spitze des BHs ihre kleinen süßen Brüste streichelte.

In dieser Nacht konnte ich nicht schlafen. Ich hatte den Drang verspürt, eine Prise Chaos in ihre heile, geordnete Welt zu streuen, aber ich war es, die trudelte. Ich war verwirrt. Meine Phantasien über Andrew verwandelten sich in seltsame Phantasien über Clare. Ich hatte schon früher mit Frauen geschlafen, als ich zu jung war, um mir etwas dabei zu denken. Aber dies hier war völlig anders, das hatte nichts mit lustigen Experimenten im trunkenen Zustand zu tun. Dies war Lust.

Lust auf eine Frau war schon überraschend genug, weil ich mich bisher als hungrige heterosexuelle Frau gesehen hatte. Aber Lust auf diese Frau, mit der ich nichts gemeinsam hatte, war völlig unverständlich.

Aber sie war da. Und sie war auch noch am nächsten Morgen da, als ich nach nur einer guten Stunde Schlaf aufstand, um in alle Frühe zu Andrew und Clare zu gehen. Ein halber Tag schwere, körperliche Arbeit, dann würde ich diese Krankheit, die sich bei mir eingenistet hatte, ausgeschwitzt haben.

Ich traf ein, als Andrew sich gerade mit einem Kuss von seiner Frau verabschiedete. Er fuhr mit dem Pendlerzug in die City. Clare stand in ihrem Morgenmantel – ein dünnes Seidengewand, so sanft und glatt wie sie selbst – in der Haustür, und er gab ihr einen richtigen Kuss, wobei er ihr Gesicht mit beiden Händen hielt. Ich spürte einen unerklärlichen Stich der Eifersucht. Aber als Andrew seine Aktentasche aufhob, sich umdrehte und mich aus dem Truck springen sah, trafen sich unsere Blicke, und mir wurde bewusst, dass ich nicht eifersüchtig auf Clare war. Andrews Flirten war schmeichelhaft, aber nicht überraschend, und es machte mich auch nicht an. Es war Clare, die mich anmachte.

Clare winkte ihm nach. Ich ging hinüber zur ihr und sagte hallo auf dem Weg hinters Haus, aber ich wünschte, wir würden nicht nur hallo sagen sondern ins Haus gehen, die Treppe hoch und in ihr noch warmes Bett. Sie würde da liegen und mich forschen lassen, und dann würde ich sie nehmen, wie es ihr Ehemann eben erst getan hatte.

Als ich näher trat, konnte ich einen leichten Schimmer auf ihrer Haut sehen, und ich hatte den Eindruck, dass sie ihn mit Stolz zeigte. Als sie mich anlächelte, war es nicht das gewöhnliche nervöse, ein wenig verunsicherte Lächeln, bei dem sie jeden Augenkontakt mied. Nein, es war ein offenes, entspanntes Lächeln. Ein Lächeln, das mich ärgerte.

»Sie sehen zufrieden mit sich aus«, sagte ich grausam, aber ich wollte sie verletzen. »Er hat es Ihnen gerade besorgt, nicht wahr?«

Ihr Lächeln zerbrach.

Ich weiß nicht, was mit mir geschah. Ich war müde. Irgendwas Hässliches reckte seinen Kopf. »Ich kann mir euch beide im Bett gar nicht vorstellen. Muss Andrew um einen Termin bitten? Notieren Sie es sich im Tagebuch wie Ihr Kaffeekränzchen? ›Andrew, 6.30 Uhr, Hundestellung.‹«

Angewidert hielt sie die Luft an und schlug mir die Tür vor der Nase zu.

Vom Garten aus konnte ich sie beinahe vor Wut schäumen sehen. Sie brauchte über eine Stunde, ehe sie sich aus dem Haus traute und über das Gras auf mich zu kam.

»Sie hatten kein Recht, so mit mir zu sprechen!« Ihre Stimme klang scharf.

»Sie haben Recht«, sagte ich. »Ich entschuldige mich.«

Sie hörte gar nicht hin. Offenbar hatte sie die Zeit genutzt, um Mut und Kraft zu schöpfen, und jetzt wollte sie alles los werden, was sie sich vorgenommen hatte, mir zu sagen. Ihre Stimme klang nicht nur schärfer als sonst, sondern auch noch akzentuierter.

»Ich dachte, wir könnten Freunde werden. Ich wollte das jedenfalls. Ich möchte verstehen, warum Andrew Sie so sehr mag. Ich versuche mein Bestes, um nett zu Ihnen zu sein, und dann sagen Sie so etwas. Warum müssen Sie immer so gemein sein? Ich habe versucht, Ihre schmutzigen Witze zu überhören und Ihre derbe Sprache, weil Andrew solche Dinge offenbar amüsant findet, aber diesmal sind Sie zu weit gegangen. Unser Sexualleben geht Sie nichts an. Sie werden für Ihre Arbeit bezahlt. Es gibt genug andere Gärtner.«

»Andrew mag mich?«

»Das wissen Sie ganz genau!«, fauchte sie. »Er ist ein Mann. Natürlich gefällt ihm eine Frau, die ohne Büstenhalter herumläuft. Man kann doch alles bei Ihnen sehen.« Sie starrte angewidert auf meine Brüste. »Kein Wunder, dass man Sie empfohlen hat. Ist die billige Schau, die Sie bieten, frei, oder stellen Sie die auch in Rechnung?«

»Ich weiß nicht, was Sie meinen«, sagte ich ernst, aber ich wollte sie natürlich necken.

Sie nahm ihre Hände zur Hilfe, als sie den Tatbestand zu erklären versuchte, ohne sich auf die Ebene meiner derben Wörter zu begeben. »Wenn Sie so schwitzen, dann klebt Ihr Hemd an Ihren … Also, Ihnen bei der Arbeit zuzusehen, das ist, als wäre man bei einem dieser schrecklichen Wet-T-Shirt-Wettbewerbe.«

»Ach, wirklich?« Meine Stimme klang ruhig, aber innerlich schrie ich. »Und beobachten Sie mich oft bei der Arbeit?«

Wir starrten uns an. Ihr Ärger raste so wild wie meine Lust. Es überkam mich wieder, dieses Verlangen, das ich das erste Mal in der Küche gespürt hatte.

Ich konnte mich nicht zurückhalten. Ich gab ihm nach. Ich legte eine Hand um ihren Hinterkopf und zwang meinen Mund auf ihren.

Ich habe es in Filmen und Fernsehspielen gesehen, und ich habe es immer für lächerlich gehalten, aber es geschah jetzt mit ihr. Eine Weile war sie so verdutzt von meiner Leidenschaft, dass sie einfach nur da stand und mich ihren süßen weichen Mund küssen ließ. Dann begriff sie langsam, was da geschah, und sie stiess die Hände gegen mich und versuchte, sich zu befreien. Ich hielt sie noch fester, und ihre Versuche wurden verzweifelter, bis sie aus Versehen gegen meine Brust drückte. Das Gefühl ihrer Hand auf meiner Haut war so entsetzlich erregend, dass mein Verstand und mein Körper ihre Verbindung verloren, und ich ließ sie los.

Wir standen da, starrten uns atemlos an, sie voller Panik und Scham, ich voller Lust. Ich begehrte sie. Ich begehrte sie mehr, als ich je einen Mann begehrt hatte. Ich wollte sie, wie ein Mann sie gewollt hätte. Wieder erlebte ich eine Vision, kurz wie ein Blitz, aber intensiv und deutlich: Ich auf ihr, mein Schaft zwischen ihren weißen Schenkeln, dann kräftig in ihr wunderbar weiches, würziges Geschlecht.

»Warum haben Sie das getan?«, fragte sie, und ich hatte Mitleid mit ihr, als ich ihre zitternde Stimme hörte.

Was auch immer mich gepackt hatte, es hatte mich noch unter Kontrolle. Ich zögerte keinen Augenblick. »Ich glaube, du weißt warum«, sagte ich. »Ich will mit dir schlafen, Clare.«

Sie drehte sich einmal um die eigene Achse und wich einen Schritt zurück, verharrte aber im Spannungsfeld, das sich zwischen uns aufgebaut hatte. Es dauerte eine Weile, bis wir beide die Geräusche registrierten, die das Eintreffen meiner Männer verriet.

Dann nahm sie es wahr, drehte sich um und rannte ins Haus.

Mein Bauch fühlte sich hart und gespannt an. Mein Schoß fühlte sich so prall und hart an, dass ich an mir hinunter schauen musste, um sicher zu sein, dass ich eine Frau war.

Danach traten einige Veränderungen ein. Clare heuerte keinen anderen Gärtner an, denn dann hätte sie Andrew den Grund sagen müssen. Aber sie ging mir aus dem Weg. Sie ging häufiger aus dem Haus, und wenn sie im Haus war, ließ sie sich nicht sehen. Sie brachte uns auch keine Erfrischungen mehr. Sie sagte einem meiner Männer, wir könnten uns die Limo aus der Küche holen. Sie hatte ein Plastikstück auf dem Küchenboden ausgebreitet, damit wir den Dreck von den Schuhen nicht ins Haus trugen. Wenn ich zum Pinkeln ins Haus ging, versteckte sie sich hinter einer der vielen geschlossenen Türen.

Andrews Verhalten mir gegenüber veränderte sich nicht. Jeden Abend kam er auf einen Schwatz zu mir. Er brachte ein Bier, und wir standen da und begutachteten den Fortschritt unserer Arbeiten. Ihm gefiel die Gestaltung, die sich allmählich abzeichnete. Er flirtete nach wie vor mit mir und ließ keine Gelegenheit aus, meine Brüste zu beäugen. Als ob sie alte Freunde wären. Aber den Kick, den ich von seiner Aufmerksamkeit erhielt, wurde immer schwächer, wie die Wärme von einem Feuer, das schon vor Stunden ausgegangen war.

Ich lächelte und lachte und plauderte mit ihm, als wäre nichts geschehen. Aber es war etwas geschehen. Ich begehrte Clare so sehr, dass ich kaum hörte, was er sagte, wenn wir zusammen standen und ich Clare am Küchenfenster wusste. Meine Blicke gingen über

Andrews Schulter, und ich schickte meine Botschaft an sie: Ich will mit dir schlafen. Du bist wunderschön. Ich will dich genießen, wie ein Mann dich genießen würde. Sage mir, dass du auch daran denkst.

Ich sagte es immer und immer wieder, als wäre ich davon überzeugt, dass sie meine Botschaften auffangen könnte. Ich träumte davon, dass sie vom Küchentisch aufschaute, ein wenig lächelte und mir sagte: »Ja, ich habe auch daran gedacht.«

Aber sie sagte es nie.

Die Wende setzte ein, als mein Freund mit einem Heißhunger auf ein anständiges Essen und auf eine ausgiebige Nummer von seinen Reisen zurückkehrte. An diesem Wochenende arbeitete ich nicht. Ich fütterte seinen Leib und seine Seele und verwöhnte ihn mit all den kleinen Dingen, nach denen man sich nach einer so langen Reise sehnt: Saubere Betttücher, Guinness und Coronation Street. Am Sonntagabend gingen wir ins Dorf und ließen uns im Pub volllaufen. Nach der Sperrstunde torkelten wir hinaus und machten uns zu Fuß auf den Heimweg. Wir hatten lange was davon, weil wir immer wieder stehen blieben und knutschten.

Ich stand gerade am Straßenrand, während Jason sich zum Pinkeln in die Büsche schlug, als ein Auto heranfuhr, das mir bekannt vorkam. Es hielt neben mir an.

»Hallo«, sagte Andrew, während die Scheibe noch geräuschlos nach unten sirrte. »Ist alles in Ordnung mit Ihnen?«

»Alles in Ordnung«, sagte ich und lachte, weil ich Jason fluchen und hinfallen hörte.

»Wir haben Sie an diesem Wochenende nicht gesehen und haben uns schon gefragt, was aus Ihnen geworden ist.«

»Mein Freund ist zurückgekommen«, erklärte ich. »Ich arbeite nicht an den Wochenenden, wenn er da ist.«

»Ich verstehe«, sagte Andrew und gluckste. Clare saß am Steuer. Er hatte offenbar auch etwas getrunken, sonst hätte er wohl nicht gesagt: »Dann haben Sie Besseres zu tun, was?« Dabei grinste er anzüglich.

Jason trat aus den Büschen heraus und stellte sich an meine Seite. Aus irgendeinem Grund empfand ich Stolz, als er seinen Arm um meine Taille legte und mich an sich zog. Ja, ich fühlte mich wahnsinnig stolz, dass Andrew und Clare mich beobachteten, während Jason meinen Nacken küsste. Er tat das immer, wenn er mal zwei, drei Minuten weggewesen war.

Clare musterte ihn mit ihren blauen Augen, sie betrachtete den schweren, muskulösen Körper und hob den Blick zu seinen zerzausten Haaren. Ich sah, dass sie sich zu Jason hingezogen fühlte, wie Andrew sich zu mir hingezogen fühlte. Jason war alles, was Andrew nicht war. Er war rau und spontan und roch nach dem wahren Leben. Aber noch wichtiger war, dass ich in ihrem nervösen Lächeln den Anflug von Eifersucht zu erkennen glaubte. Wie jeder, der glaubt, Ziel der Aufmerksamkeit eines anderen zu sein, auch wenn sie nicht erwünscht war, empfand sie Enttäuschung, als sie erkennen musste, dass meine Aufmerksamkeit geteilt war.

Als ich am Montag ins Haus ging, um mir einen Tee aufzuschütten, lief sie nicht aus der Küche, als ich kam, und dann brach sie ihr düsteres Schweigen der letzten Woche.

»Hatten Sie ein schönes Wochenende mit Ihrem Freund?«, fragte sie mich.

Ich war überrascht, dass sie wieder mit mir redete.

»Eh, ja, es war großartig, danke.«

»Sind Sie schon lange mit ihm zusammen?«

Wohin sollte das führen? »Seit drei Jahren etwa, mal nicht, dann wieder ja.«

Sie schien verblüfft zu sein, und ihre Augen blickten hart. »Dann weiß er also nicht, dass Sie eine ...«

Jetzt war ich verblüfft. »Eine was?«

Sie sammelte ihre ganze Kraft. »Eine Lesbierin«, spuckte sie aus.

»Was lässt Sie glauben, ich sei eine Lesbierin?«

Ihre fein geschwungenen Augenbrauen hoben sich und warfen einen winzigen Schatten auf die vollkommene Stirn. »Haben Sie Ihr Verhalten mir gegenüber vergessen, an dem Sie gesagt haben, Sie wollten mit mir ...«

»... schlafen«, sagte ich. »Nein, das habe ich nicht vergessen.« Sie auch nicht. Ich sah, dass ihre Unterlippe zitterte. »Ich möchte mit Ihnen schlafen, aber das macht noch keine Lesbierin aus mir, Clare. Warum müssen Sie den Menschen Etiketten anhängen? Fühlen Sie sich dann besser oben in Ihrem Elfenbeinturm? Ich habe ein wenig Stoff in meiner Wohnung, das macht mich noch nicht zum Drogenhändler.«

»Ich verstehe das nicht«, sagte sie leise, schaute zu Boden und schien in sich zu fallen wie eine im Mieder eingeschnürte Heldin in einem Kostümstück.

»Das habe ich auch nicht erwartet«, sagte ich.

»Aber wie konnten Sie diese Dinge zu mir sagen? Wie konnten Sie mich küssen, wenn Sie nicht ...?«

Ich fuhr mit meinen Fingern über ihre Wange und berührte mit dem Daumen ganz leicht ihren geöffneten Mund. Sie zuckte, aber sie wich nicht zurück. »Hast du dich nie gefragt, Clare, wie es mit einer Frau sein würde?«

Sie versuchte, den Kopf zu schütteln, aber in ihren Augen sah ich Angst und ein stummes Ja. Sie hatte

sich diese Frage gestellt, seit ich ihr den Gedanken ein-
gepflanzt hatte.

»Du bist wunderschön«, sagte ich. »Wenn ich dich
ansehe, möchte ich mit dir schlafen, wie Jason mit mir
schläft. Ich will wissen, wie man sich fühlt, wenn man
eine so schöne Frau zum Orgasmus bringt. Ich will
wissen, wie es sich anfühlt, ein Mann zu sein..«

Ich küsste sie sanft auf die Lippen.

»Ich glaube, du denkst auch darüber nach. Du
willst auch wissen, wie es ist, wenn ich auf dir liege
und nicht Andrew. Wir haben alle schon darüber
nachgedacht, Clare. Wir haben auch alle daran
gedacht, wie es mit einer anderen Frau sein würde,
denn eine Frau weiß genau, was sie zu tun hat, nicht
wahr?«

Sie rührte sich nicht. Sie wehrte sich nicht gegen
mich, aber sie reagierte auch nicht, woraus ich eine
Ermutigung hätte folgern können. Ich küsste sie wieder auf den Mund.

»Gib es zu«, bat ich. »Gib zu, dass du schon mal
darüber nachgedacht hast.«

Keine Reaktion außer dem Entsetzen in ihren
Augen. Auch ich spürte eine Furcht in mir, aber da
war ein stärkerer Drang, der mich voran gehen ließ.
Ich wisperte in ihr Ohr: »Kannst du die Spannung
zwischen uns nicht fühlen, Clare?«

»Nein«, sagte sie zitternd.

»Gib's zu. Es ist nicht nur Andrew, der mir auf die
Titten starrt, nicht wahr? Du schaust auch hin.«

Sie formte die Lippen zu einem entsetzten ›Oh‹,
aber der Laut war nicht zu hören.

»Ich weiß, dass du an mich denkst«, fuhr ich fort.
»Ich wette, am meisten denkst du an mich, wenn du
im Bett liegst. Andrew berührt dich, und du schließt
die Augen und stellst dir vor, dass ich dich berühre.«

»Nein«, sagte sie leise. »Ich habe nie an eine Frau

gedacht. Und an Sie würde ich niemals denken. Sie widern mich an.«

»Das glaube ich nicht«, flüsterte ich.

»Glauben Sie, was Sie wollen.«

»Ich glaube, Sie wollen es so sehr wie ich.«

»Sie sind wahnsinnig«, fauchte sie und wich vor mir zurück. »Der einzige Mensch, den ich begehre, ist mein Mann. Mir dauert es zu lange, bis Sie hier fertig sind, damit ich Sie nie wieder sehen muss.«

»Andrew hat mich beauftragt, die Pflege des Gartens zu übernehmen«, sagte ich. »Ich bin also wenigstens einmal in der Woche hier.«

Sie stöhnte frustriert auf und stürmte ins Wohnzimmer.

Das war's. Von diesem Moment an wusste sie so gut wie ich, dass es geschehen würde. Ich würde nicht aus ihrem Leben verschwinden. Sie konnte sich Abneigung und Hass einreden oder ihre Gedanken reinigen, aber alles würde ihr nicht helfen. Ich saß in ihrem Gehirn fest wie Gift und breitete mich allmählich aus. Sie konnte nicht anders, als an mich denken, mich beobachten und sich vorstellen, wie es wäre.

Sie war verloren. Meine Suggestionen hatten sie infiziert, und so sehr sie auch versuchte, dagegen anzukämpfen, so sehr war ihr Entsetzen mit Strähnen der Neugier durchzogen. Wie gut würde es sein? Konnte es so gut sein wie mit einem Mann? Bestand sogar die geringe Möglichkeit, dass es besser war?

Vom Heiligtum ihrer Küche schaute sie hinaus in den Garten, wo ich mich mit Andrew unterhielt, und unsere Blicke trafen sich für einen Moment. Nur für einen Moment, aber der genügte schon.

Ich konnte ihr Einverständnis sehen. Es würde geschehen. Ich war wie besessen davon.

An dem Sonnabend, an dem Jason zum Klettern nach Wales fuhr, ging ich zum Einkaufen nach London. Ich kaufte einen großen, glatten, schwarzen Dildo und eine Vorrichtung, um ihn umzuschnallen. Diese Vorrichtung befand sich in einem G-String aus weichem Leder, und vorne war eine Öffnung gelassen, in die der Dildo passte.

In dieser Nacht, als ich in meinem Bett lag, konnte ich kaum glauben, was für ein überwältigendes Gefühl es war, alles zu haben: Der harte Schwanz und der Trieb eines Mannes und darunter der Körper und die Gefühle einer Frau. Ich konnte es nicht abwarten, dieses Gefühl mit Clare zu teilen.

Ich brauchte nicht lange zu warten. Das war auch schon gut so, sonst wäre ich wahnsinnig geworden.

Am folgenden Dienstag traf ich vor ihrem Haus ein. Clares Auto war nicht da, während Andrews noch in der Einfahrt parkte. Aber er selbst war nirgendwo zu sehen. Kurze Zeit darauf sah ich Clare zurückkommen. Ich wollte gerade zum Garten-Center fahren.

»Ist Andrews Auto kaputt?«, fragte ich.

»Nein«, sagte sie. »Andrew ist nach Frankfurt geflogen. Ich habe ihn gerade zum Flughafen gebracht.«

»Oh«, sagte ich. »Kommt er heute zurück?«

»Morgen.«

Ich sah sie an. Heute Abend wird es geschehen.

Die Männer gingen nach Hause. Ich arbeitete länger. Sie saß allein im Wohnzimmer und hatte mir den Rücken zugewandt. Seit ich den Dildo gekauft hatte, bewahrte ich ihn unter dem Sitz meines Trucks auf. Man konnte nie wissen.

Jetzt rief er mir zu. »Tu‹s endlich«, hörte ich ihn rufen. »Besorg's ihr.«

Ich ging zum Truck und zog mir den G-String mit

dem eingebauten Gummiding an. Der Geruch des Leders und des Silikons erregte mich, er verband sich mit dem Schweiß meines Körpers. Es war schwierig, die gewaltige Erektion so zu biegen, dass sie aus meiner Khakihose kein Zelt formte. Es sah obszön aus, und ich fühlte mich auch obszön.

Immer noch unternahm ich nichts, ich begab mich wieder an die Arbeit. Ich labte mich an dem Gefühl der immer bereiten Erektion und an den Blicken auf meinem Rücken. Sie erwartete, dass ich ins Haus kam und sie nahm, aber das wollte ich nicht. Sie musste schon zu mir kommen. Bisher hatte ich die Initiative übernommen – jetzt war es Zeit, dass sie sich zu dem bekannte, was sie wollte.

Und sie kam. Wie ein sich windendes Insekt, das auf den Sonnenuntergang wartet, kam sie hervor und reichte mir stumm ein Bier. Wir standen nebeneinander und schauten zu, wie die untergehende Sonne die Wolken rot und gelb färbte. Der Puls in meiner Muschi fand einen Widerhall im steifen Schwanz. Ich ließ sie schweigend leiden, während ich mein Bier trank.

»Wissen Sie noch, worüber wir uns letzte Woche unterhalten haben?«, fragte sie zögernd.

»Ja.« Ich wandte mich ihr zu und sah sie an.

In ihrem Gesicht zuckte es. Sie schlug die Augen nieder und verschränkte die Finger nervös ineinander. »Ich habe daran gedacht«, sagte sie leise.

Wenn ich nicht schon einen Steifen gehabt hätte, hätte ihr scheues, stilles, verschämtes Geständnis dafür gesorgt. »Ich weiß«, sagte ich.

Sie blickte auf, schaute mich an. Ich ließ die Bierflasche fallen und packte ihre Schultern. Ich zog sie fest an mich und küsste sie so hart, dass ich sie nach Luft ringen hörte. Zuerst stand sie nur da und ließ mich machen, aber dann, als sie spürte, dass kein

Blitzschlag uns niederstreckte, begann sie meinen Kuss zu erwidern. Ich fühlte, wie ihr Körper sich sanft an meinen schmiegte.

»Du willst es so sehr wie ich«, raunte ich in ihren offenen Mund.

Sie antwortete, indem sie meine Zunge mit ihrer Zungenspitze berührte. Eine seltsame Energie floss zwischen uns – zwei Frauen, die so vieles und so wenig gemeinsam hatten. »Du willst, dass ich mit dir schlafe.«

»Ja«, stieß sie hervor. »Ich verstehe es nicht. Vor dir habe ich nie daran gedacht.«

Ich auch nicht. Ich hatte es schon getan, aber ich hatte nie wirklich daran gedacht. Ich dachte wie ein Mann. Ich wollte, dass sie ihr Kleid auszog. Ich wollte ihre Brüste sehen, wollte sie betasten und saugen und lecken, ich wollte die blassen kleinen Warzen drücken, bis sie sich steil aufrichteten und hart wurden.

Ihre Brüste waren so delikat. Meine waren groß und schwer, schmerzend vor Lust. Ihre waren wie die eines heranwachsenden Mädchens, klein und blass und rein, als ob sie nie angefasst worden wären. Ich berührte sie ehrfürchtig mit den Fingerspitzen und dann mit den gierigen Lippen, ich nuckelte an ihnen und freute mich über ihren sich windenden Leib und ihre wimmernden Laute. Ich zog sie mit mir auf den Boden hinunter, und bevor sie über Grasflecken auf ihrem Kleid jammern konnte, lag sie offenen Mundes da und versuchte stumm gegen meine Finger in ihrem Höschen zu protestieren.

Weiche, cremige Seide, mit Spitze besetzt, die langen Beine zur Seite geworfen wie eine tote Blüte auf dem Gras. Die sanfte Haut an den Innenseiten ihrer Schenkel. Das helle, weiche Haar, die sanften Lippen und innen diese unendliche Weichheit. Alles an ihr war weich, sogar ihre Stimme, die sich in die Dämmerung kräuselte wie die letzten Rauchwölkchen eines süß duftenden Lagerfeuers.

Ich lag flach auf ihr, zwischen ihren geöffneten Schenkeln. Ausgehungert senkte ich den Mund über ihrer Muschi und aß sie. Alle Bedenken, die sie vielleicht noch gehegt hatte, waren von der Lust beiseite gedrängt. Sie zog die Beine leicht an und hob mir ihr Becken entgegen. Meine Zunge und Lippen waren so unersättlich wie mein Hunger. Ich saugte einen Orgasmus aus ihr heraus und labte mich an ihren Säften und an dem Schütteln, das ihren ganzen Körper erfasste.

Aber wie ein Mann war ich ungeduldig, meinen Schaft in sie zu versenken. Ich zog den Reißverschluss meiner Hose auf, zog sie mit den Shorts hinunter und sah in das vor Lust verzerrte Gesicht, als sie meinen großen, schwarzen Schwanz entdeckte.

»Oh, nein«, flüsterte sie.

Bevor sie noch etwas sagen konnte, hielt ich mich über ihrem Körper, stützte mich auf einen Arm und glitt in sie hinein. Ich beugte den Kopf und beobachtete sie, während sie mich aufnahm. Ich schaute ihr in die Augen und sah alle Emotionen vereint: Verwirrung und Abscheu und Ungläubigkeit, dann die entsetzliche Erkenntnis, dass ihr Körper bestimmte und dass sie dies wollte, obwohl ich eine Frau war. Sie brauchte es. Brauchte diese Füllung, ob sie nun echt oder falsch war, schwarz oder weiß, aus Fleisch und Blut oder aus Gummi.

»Oh, nein«, wisperte sie wieder und schaute mich ängstlich an. »Das ist so schrecklich. Ich kann nicht glauben, dass es geschieht.«

Ich auch nicht, dachte ich, als ihre zitternden Finger meine Hüften berührten und langsam nach oben griffen und mein T-Shirt hoch zogen. Während ich in sie hinein stieß, entblößte sie meine vollen, schwingenden Brüste. Sie konnte nicht aufhören, sie anzustarren, und dann hob sie wieder eine Hand und berührte zögernd einen braunen Nippel.

Gebannt zog sie meine Schultern nach unten. Ich ließ mich ein wenig sinken und schaute zu, wie unsere Brüste aufeinander drückten. Wir sahen obszön und schön aus. Meine weichen dunklen Nippel küssten ihre steifen, pinkfarbenen. Ich spürte ein scharfes Zucken in meinem Bauch. Ich senkte den Kopf und küsste sie, und sie, mit zitternden Fingerspitzen auf meinen Brüsten, küsste zurück.

Sie war weg. Sie verlor die Kontrolle über sich. Ein Machtgefühl durchlief mich: Ich war es, die sie dazu gebracht hatte, die Beherrschung zu verlieren. Ich hatte sie beleidigt, hatte sie wütend und eifersüchtig gemacht und dann neugierig. Jetzt schlang sie die Beine um meinen Rücken und zog mich tiefer in sich hinein. Sie wollte, dass es geschah, wollte das seltsame Sehnen sättigen, das ich in ihr geweckt hatte.

Ich hatte die Kontrolle. Über sie, über ihr Sehnen, über diesen Akt. Ich hatte die Kraft eines Mannes, und sie stöhnte bei jedem Stoß laut auf. Und ich hatte eine Klitoris, die in dem G-String brannte und bei jedem Stoß des Dildos gerieben wurde, so dass mein Stöhnen in das ihre überging.

Ich hielt mich an ihr fest und rollte mich auf den Rücken. Befreit vom Druck meiner schweren Gliedmaßen zögerte sie einen Augenblick. Sie schüttelte den Kopf, als müsste sie sich erst klar werden, wo sie sich befand. Ich langte zwischen ihre Beine und streichelte über ihren Kitzler. Sie stellte das Denken ein. Ihre Knie stützten sich auf der Höhe meiner Hüften auf dem Gras auf, jetzt ließ sie sich langsam sinken und vereinnahmte den saftverschmierten schwarzen Gummi.

Ich begriff, warum mein Freund mich gern oben

hat. Eine Frau, die oben ist, hat sich verpflichtet. Sie bestimmt den Rhythmus, sie geht es schneller oder langsamer oder härter an, ganz so, wie sie es braucht.

Clare also, die perfekte, unverdorbene Ehefrau, kniete über mir und trieb es mit dem Kunstschaft. Sie war nackt, und mein Blick folgte dem sterbenden Sonnenlicht, das ihren langen Hals streichelte, ihre kleinen Brüste und den flachen Bauch. Meine Finger rieben über ihren Kitzler, bis sie aus dem Rhythmus geriet, sie schwankte hin und her und schloss die Augen.

»Oh, nein«, stöhnte sie wieder, und ich zog die Beine an und setzte meine ganze Kraft ein, um tief in sie hinein zu stoßen, während meine Finger sie in den Wahnsinn trieben. »Ja, ja«, schrie sie, und dann kam es ihr, sie warf den Kopf zurück und berührte ihre Brüste und riss den Mund weit auf, als wollte sie ein stilles Gebet sprechen.

Noch zitternd ließ sie sich auf mich sinken und legte den Kopf an meine Schulter. Ich fühlte ihren hechelnden Atem an meinem Hals und wie sie sich an mich schmiegte. Stolz schwoll auf im geschwollenen Fleisch hinter meinem immer noch steifen Schaft.

Jason hatte wochenlang um mich geworben, ehe ich nachgegeben hatte, und jetzt wusste ich, wie er sich gefühlt hatte, als er das erste Mal in mich eingedrungen war, als sich die ganze Spannung auflöste, die sich zwischen uns aufgebaut hatte.

Clare hatte auch nachgegeben, sie hatte mir ihre Sehnsucht gestanden. Es verwirrte und verärgerte sie, und wahrscheinlich war sie auch jetzt noch verwirrt, während sie dankbar in meinen Armen lag. Wie eine Frau, die sich immer zur falschen Sorte Männer hingezogen fühlt, war sie machtlos gewesen, gegen ihre Sehnsucht anzukämpfen.

Sie lachte leise. »Ich hatte gedacht, dass es Andrew

war, auf den du es abgesehen hattest.«

»Zuerst war es auch so.« Sie schaute hoch zu mir, als wollte sie etwas sagen. »Alles in Ordnung?« fragte ich.

»Ja.« Ihre Stimme klang schwach. »Ich bin ein wenig geschockt. Andrew bringt mich nicht immer … also, eigentlich habe ich noch nie …« Sie atmete durch. »Ich bin noch nie so heftig gekommen.« Ein schwaches Lächeln ließ ihre Lippen zucken. Sie sah mich an. »Du hattest Recht. Frauen wissen genau, was zu tun ist.«

Ich lächelte zurück. Ich langte mit einer Hand nach unten und rieb über die gereizte Klitoris. Ihre Hüften ruckten, als wollten sie mich anflehen. »Nicht. Es ist zu viel.« Aber einen Moment später wand sie sich auf mir hin und her, sie hob rhythmisch das Becken und wollte meiner forschenden, streichelnden Hand mehr Platz geben.

Ich spürte, wie sie erneut von der Lust gepackt wurde. Sie spreizte die Schenkel, und dann griff sie unwillkürlich wieder nach meinem schwarzen Schaft.

»Das ist ein weiterer Vorteil, den wir Frauen haben«, sagte ich lächelnd.

»Was?«

»Wir brauchen nicht zwanzig Minuten zu warten, ehe wir es wieder tun können.«

Eine gefährliche Sucht

Er traf sie in einer Homo-Bar. Seine Augen fanden sie sofort und fühlten sich von ihr angezogen, obwohl das verständlich war, denn er war der einzige Hetero im Lokal, und sie war eine von vier Frauen , und sie stand für sich allein da. Sie war keines dieser kriecherischen Schmeichelkätzchen, das kichernd über die Witze der bösartigen Mamas lachte.

Sie saß allein an der Bar, und es störte sie nicht, dass sie hier mal gestoßen und dort mal angerempelt wurde. Die Langeweile spiegelte sich in ihren Augen wider. Er sah sie trinken – sie trank wie ein Mann -, und irgendwie packte es ihn. Vielleicht war es Lust, aber es fühlte sich stärker an, dunkler, ernster. Es rann durch seine Adern, schneller und klebriger als Blut, es pulsierte tief in ihm und nahm den pochenden Beat der Musik an.

Er zwängte sich zur Bar vor und sah sie an, während er darauf wartete, bedient zu werden. Sie war eine schöne Frau, sie besaß eine Schönheit, die ihn ängstigte. Wie ein Kind, das einem Insekt die Flügel ausrupfen will, wollte er sie zerquetschen. Ihr seinen Schwanz in den Mund stoßen. In ihre private Welt eindringen. Er wollte, dass sie ihn ansah, dass sie seine Anwesenheit zur Kenntnis nahm.

»Hallo«, sagte er voller Hoffnung, dann wünschte er sofort, er hätte nichts gesagt.

Sie wandte sich zur Seite und schaute ihn an. Sie musterte ihn mit Blicken, die seinen Körper zu überfallen schienen, dann schaute sie auf seine Schuhe. Es waren hübsche Schuhe. Er zahlte immer etwas mehr für seine Schuhe, das war es ihm wert. Aber sie schien nicht sonderlich beeindruckt zu sein.

»Kann ich Sie zu einem Drink einladen?«

Ihre Augen zogen sich zusammen. »Was wollen Sie?«

»Ich will nichts«, log er. »Ich möchte Ihnen nur einen Drink anbieten.«

»Sie kennen mich nicht. Warum sollten Sie mir einen Drink anbieten? Es sei denn, Sie wollen mit mir ins Gespräch kommen.«

Ach so, dachte er. So läuft das also bei ihr. »Nun, haben Sie was dagegen, wenn ich ein Gespräch mit Ihnen beginne?«

»Hat Ihre Mutter Ihnen nicht beigebracht, nicht mit Fremden zu reden?«

»Ja, aber …«

Sie lächelte. »Aber was?«

»Sie sind attraktiver als der durchschnittliche Fremde.«

»Und dafür wollen Sie Mutters Regeln brechen? Sie wissen, dass es Ärger bringen kann, wenn man Fremde anspricht.«

In ihren Augen blitzte es böse. Ein Schwall puren Verlangens schoss aus dem Bauch in seinen Mund. »Ist das ein Versprechen?«

»Es ist eine Warnung.« Ihre dunklen Augenbrauen zuckten. »Ich sollte Sie auch warnen, dass ich verheiratet bin.«

Aber der Blick, mit dem sie ihn bedachte, sagte nicht: ›Hände weg, ich bin verheiratet‹, er sagte eher: ›Ja, ich weiß, ich bin scharf. Und ich weiß, dass du mich willst. Ich wäre überrascht und sogar enttäuscht gewesen, wenn du mich nicht angequatscht hättest.‹ Jedenfalls glaubte er, das aus ihrem Blick herauslesen zu können. Aber gleichzeitig hob sie die Hand und zeigte ihm das unmissverständliche silberne Band ihrer Ehe.

»Gehen Sie deshalb in Homo-Bars? Um den

Männern auszuweichen, die sonst versuchen, mit Ihnen anzubändeln?«

»Woher wollen Sie wissen, dass ich nicht lesbisch bin?«

Das war unmöglich. Lesbierinnen sahen nicht so aus wie sie. »Sagten Sie nicht, Sie seien verheiratet?«

»Ich könnte mit einer Frau verheiratet sein. Die Dinge sind nicht immer so, wie sie aussehen.«

»Sind Sie mit einer Frau verheiratet?«

»Nein. Und ich komme auch nicht her, damit man mit mir nicht anbändeln kann. Ich mag es, wenn man mich anspricht.« Diesmal bedachte sie ihn mit einem Blick, aus dem er las: ›Vergiss es. Dich verspeise ich zum Frühstück. Komm und probier's, wenn du dich stark genug fühlst.‹

Er war verwirrt. In der stickigen, nikotinverhangenen Atmosphäre strahlte sie widersprüchliche Signale aus. Johnny war solche vorkoitalen Spielereien nicht mehr gewöhnt; er war seit drei Jahren verheiratet.

Die Beziehung zu seiner Frau war bequem und unkompliziert. Seit dem Hochzeitstag hatte er nicht mehr daran gedacht, mit einer anderen Frau zu flirten, erst recht nicht, eine Frau in einer Homo-Bar abzuschleppen, sie in eine dunkle Gasse zu führen und auf die Knie zu drücken, die Finger durch ihre blonden Haare zu spreizen und mit der anderen Hand den Hosenstall zu öffnen und –

»Und was ist Ihr Vorwand?«, fragte sie und sah ihn lächelnd an.

Er blinzelte. »Bitte?«

»Was suchen Sie hier, wenn Sie nicht schwul sind? Natürlich könnten Sie bi sein, das würde Ihre Anwesenheit in einer Homo-Bar erklären – und dass Sie eine Frau anquatschen.«

»Ich bin strikt hetero«, sagte er. »Ehrlich«, fügte er hinzu, als er ihr argwöhnisches Lächeln sah. »Sie können die da drüben fragen.« Er wies mit dem Kopf in eine Ecke, wo eine kleine Gruppe junger Männer in sehr engen Jeans und T-Shirts saß. »Ich arbeite mit denen. Sie haben mich mitgeschleppt. Vielleicht wollen sie mich umdrehen.«

Sie drehte sich nicht um. »Sie sind also ganz normal?«

»Und wie.«

Sie schaute ihn an, als wüsste sie es besser. »Sind Sie sicher?«

»Sehr sicher.«

Ihr kleiner, sinnlicher Mund zuckte leicht. »Schade. Bisexuelle Männer sind viel interessanter.«

Er schwieg und hätte sich – zu seiner gelinden Überraschung – in den Bauch beißen mögen, weil er nicht bi war. Sie hatte ihn wohl als hoffnungslos konservativ eingestuft. Seit wann war ›ganz normal‹ denn so langweilig?

»Nun, wollen Sie mich anquatschen?«

»Sie sind verheiratet.«

»Sie auch.« Sie lächelte verschmitzt und fand Genugtuung, dass sie seinen Ehering entdeckt hatte.

»Wenn ein Mann verheiratet ist, bedeutet das nicht, dass er anderen Frauen nicht mehr hinterher schaut.«

»Und wie ist es mit dem Bumsen?«

»Bitte?«

»Ist das alles, was Sie noch tun – Frauen hinterher schauen? Oder gehen Sie auch mit ihnen ins Bett?«

Ihre aggressive Art hätte ihn abstoßen sollen, aber das tat sie nicht. Sie war nur beängstigend. Er hatte nie solchen Druck empfunden, einer Frau zu imponieren – und so einen Drang, mit ihr schlafen zu müssen.

»Sehen Sie sich meinen Ehering an«, sagte sie und hielt ihm die Hand hin.

Er nahm ihre Finger in seine. Himmel! Das Gefühl, einen Teil von ihr in der Hand zu halten. Ihre Haut zu spüren. Die Versuchung, sie vom Hocker zu ziehen, sie auf den schmutzigen, klebrigen Boden zu pinnen, ihren Rock hoch zu schieben und hart zu nehmen.

»Sehen Sie?«

Ihre tiefe, lustvolle Stimme schlang sich um seinen Hals und drückte sanft. Er wollte die Augen schließen und sich in den liederlichen Gedanken wälzen, die aus seinem Gehirn einen schmutzigen Sumpf machten. Aber er gehorchte und betrachtete den Ring aus der Nähe. Er bestand aus gewalztem, dunklem Silber, und rundum waren Buchstaben eingraviert.

C K M E F U

Er sah sie fragend an.

»Fuck me«, sagte sie.

Er schluckte. »Wie, bitte?«

»Das steht auf meinem Ring.«

Er sah wieder auf den Ring. Die Buchstaben formierten sich und schlugen ihm zwischen die Augen. »Ihr Mann hat Ihnen einen Ehering mit der Inschrift ›Fuck Me‹ gegeben? Wie originell.«

»Wollen Sie denn nicht?«

»Bitte?«

»Das tun, wozu der Ring auffordert?«

Er hätte es sich denken können. Eine Frau, die ihren Mann mit einem Fuck-me-Ring heiratet, war gefährlich. Aber er dachte nicht nach.

Wie ein Kind, das sich langsam zum Rand des Sprungbretts vorwagt, versuchte er sich einzureden, er könnte es tun. Er zählte bis zehn und stürzte in die Tiefe. »Ja«, sagte er und spürte die Luft, die ihm um die Ohren flog und die Kraft, die ihn nach unten zog. Er spürte sein Herz im Mund pochen.

Sie starrte ihn lange an, den Kopf leicht schräg gelegt, die Augen zu Schlitzen verengt. Sie musterte ihn wieder, schätzte ihn ab. Überlegte, ob sie es ihm gestatten sollte. »Wie wirst du es tun?«, fragte sie schließlich, als ob dies die letzte Frage wäre, ehe sie sich entschied. Die letzte Hürde.

»Wie werde ich…?«

»Ich will wissen, wie du mich bumst.«

Verdammt. Sie setzte ihn wirklich unter Druck. Diese Frau hatte bestimmt schon alles gesehen, alles erlebt. Was konnte er ihr bieten, womit er sie schockieren oder erregen würde? Womit konnte er sie beeindrucken, dass sie sagte: ›Okay, gehen wir‹?

Der Barmann blieb wie eine stumme Aufforderung bei ihnen stehen. Sie schaute ihn an und brach den Bann, verhinderte, dass Johnny mit etwas Witzigem herauskam.

»Was trinken Sie?«, fragte Johnny.

»Southern Comfort.«

Er lächelte vor sich hin. Sie hätte das Mädchen auf dem Werbeplakat von Southern Comfort sein können, während sie überhaupt nicht dem Bild der Frau entsprach, die er bisher für sexy gehalten hatte. Klein, süß, zierlich, scheu waren die Stereotype, die er bei einer Frau schätzte. Frauen, die hübsche Kleider trugen und Halsketten und ein teures Parfum. Frauen, die gut aussahen, wenn sie am Sonntagmorgen sein Rugbyshirt trugen. Frauen, die bei unanständigen Witzen zuckten und erröteten. Empfindsame Frauen. Sanfte, mädchenhafte Frauen.

Sie war nichts davon.

Er beobachtete sie, wie sie dem Barmann gelangweilt zuschaute, und Johnny hätte gern gewusst, was in ihrem Kopf ablief. Sie nickte lässig, als das gefüllte Glas vor sie gestellt wurde. Sie nahm einen männlich-kräftigen, gierigen Schluck, Zeichen dafür, dass sie den Drink eher nötig hatte als genießen wollte. Dann wandte sie sich wieder ihm zu.

»Also, fangen Sie an. Schildern Sie mir, wie Sie mich bumsen würden. Ich sterbe, es von Ihnen zu hören.«

Sie leckte sich über die Oberlippe. »Reden Sie mich nass«, forderte sie ihn heraus.

»Ich… ich…« Verdammt, ihm fiel nichts ein. »Nun, ich…«

Sie grinste. »Erzählen Sie mir, was Sie dachten, als Sie mich das erste Mal gesehen haben. Die Wahrheit.«

Die Wahrheit?

Die Wahrheit kauerte in einer dunklen Kammer seines Gehirns, versteckte sich hinter einer Tür, die er nicht öffnen wollte. Er konnte ihr unmöglich sagen, was er gedacht hatte, als er sie dort hatte sitzen sehen. Sein Mund öffnete sich. Er schluckte Luft. Sie hob eine Augenbraue und wartete.

»Ich … also, ich …«

Sie trommelte mit den Fingern auf die Bar.

»Ich dachte: Sie ist sehr attraktiv.«

»Das ist alles?«

»Ja«, log er.

Sie dachte eine Weile darüber nach. »Sie haben nicht daran gedacht, mir Ihren Schwanz in den Mund zu stecken?«

Sie sprach jedes Wort langsam aus, ließ es über die Zunge rollen und dann erst über die Lippen kommen. Sie ließ den Mund einladend offen, und er musste einfach auf ihre kleinen Lippen starren. Sein Schweigen war sein Eingeständnis, dass sie Recht hatte.

»Ich habe Recht, nicht wahr? Viele Männer haben dieses Verlangen. Das muss an meinem kleinen engen Mund liegen.«

Sein Handy meldete sich. Er war taub vom sexuellen Sturm, der zwischen ihm und dieser Frau raste, deshalb hörte er zunächst den schrillen Klang nicht.

»Das ist meine Frau«, sagte er, nachdem er das Telefon aus der Tasche seines Jacketts gezogen hatte.

»Ignorieren«, sagte sie und sah ihn herausfordernd an.

Er senkte den Blick. »Sie ist meine Frau. Ich kann sie nicht ignorieren.«

Sie hob die Schultern, um ihn wissen zu lassen, dass sie seine Loyalität für Schwäche hielt. Er sah sie mit dem Barmann reden, während er mit seiner Frau sprach, und er wünschte, er hätte der Unterhaltung folgen können. Sie lachten über einen heimlichen Witz, vermutlich ein Witz über ihn. Er konnte kaum hören, was seine Frau sagte – es waren irgendwelche Anweisungen.

»Sieh zu, dass du so schnell es geht zu Hause bist, Liebling. David und Penny kommen zum Essen, und dann wollen wir uns zusammen ein Video anschauen. Kannst du auf dem Nachhauseweg ein französisches Brot mitbringen? David wird fahren, deshalb besorgst du besser noch etwas Mineralwasser. Wo bist du? Ich kann dich kaum verstehen, die Musik ist zu laut. Hast du getrunken?«

Sie glitt vom Barhocker. Als sie stand, sah er, dass sie so groß war wie er. Für eine Frau war sie sehr groß. Turmhoch. Gebietend. Sie stieß gegen seine Schulter, als sie an ihm vorbei ging und sich einen Weg zum Zigarettenautomaten bahnte.

»Hörst du mir überhaupt zu?«, fragte seine Frau. »Ja«, sagte er und sah dem Schwung ihrer Hüften nach, den weit ausholenden Schritten, dann sah er die Finger, die das Zellophan der Schachtel aufrissen, als wäre es seine Haut. Er versprach seiner Frau, in einer halben Stunde zu Hause zu sein und steckte das Handy wieder in die Tasche.

»Überprüft Ihre Frau Sie?«, fragte sie und schwang sich wieder auf den Hocker. »Weiß sie, dass Sie Homo-Bars besuchen und versuchen, mit fremden Frauen ins Gespräch zu kommen?«

»Weiß denn Ihr Mann über alles Bescheid, was Sie tun?«

»Mein Mann und ich haben eine vertrauensvolle Beziehung. Er lässt mich mit anderen Männern schlafen – und ich lasse ihn.«

Oh, verdammt. Verdammt, wenn das keine Einladung war. Er knirschte mit den Zähnen und verfluchte seine hübsche, süße, kluge, liebende Frau und ihre glückliche, bequeme Ehe, die ihm plötzlich zu bequem schien – ein Bett, so weich, dass er nicht heraus kam; weiße, flauschige Kissen, die ihn mit einer Mundvoll Federn erstickten; Laken, so rein, als ob das Leben aus ihnen gebleicht sei.

Ein frisch gewaschener Alptraum. Er verfluchte langweilige Dinnerpartys und Freunde, die er viel zu gut kannte, und Freitagabende mit Wein und Videos. Er verfluchte die ganze verdammte Sicherheit seines bisherigen Lebens.

Sie zog eine Zigarette aus der neuen Schachtel heraus, ohne ihm eine anzubieten. Er rutschte näher heran und bot ihr Feuer an. Sie hielt sein Handgelenk und zündete die Zigarette an. Sie hielt das Gelenk weiter fest und las die Gravur auf dem gehämmerten Gold seines Zippos. Für Johnny – In Liebe – Rebecca. Sie ließ die Hand los. »Vertraut Rebecca Ihnen, Johnny?«

Er schluckte hart. »Sie vertraut mir so weit, dass ich nicht mit anderen Frauen schlafe.«

»Aber manchmal wollen Sie es.« Sie saugte an ihrer Zigarette und atmete einen Gedanken aus. »Ich kenne das Gefühl, Johnny. Manchmal ist mir mein Mann nicht genug. Manchmal will ich die ganze Nacht schmutzigen Sex mit einem Mann erleben, den ich gerade erst kennen gelernt habe.«

Oh, verdammt.

Sein Telefon meldete sich wieder. Hatte Rebecca Radaraugen?

»Ja?«

Es klang zu gepresst, und sie fragte sofort, was nicht in Ordnung sei, er solle sich nicht anstellen, schließlich sei sie es, die den ganzen Tag schon am Herd stehe und kochen müsse, während sie ihn lediglich bitte, ein paar Dinge zu besorgen, die sie vergessen hätte, und ob das zu viel verlangt sei.

»Eine halbe Stunde«, versprach er. »Nein, ich bin noch nicht losgefahren. Ich will jetzt los. Nein, ich werde den Balsamico nicht vergessen. Versprochen.«

Seufzend stellte er das Handy ab. Wozu, zum Teufel, brauchte sie Balsamico? »Ich muss gehen«, sagte er, Bedauern in der Stimme. »Ich wünschte, ich müsste nicht.«

»Dann tun Sie's nicht.«

»Ich muss.«

Sie hob die Schultern. »Man muss nichts tun, was man nicht will.«

Himmel, wie er wünschte, dass das stimmte. Sein ganzes Leben lang tat er Dinge, die er nicht tun wollte. »Glauben Sie mir, ich muss nach Hause.«

Sie blies Rauch in sein Gesicht. »Sie haben bloß nicht den Mumm, mich zu vögeln.«

Wahrscheinlich, dachte er. »Ich muss wirklich gehen.«

»Okay, gehen Sie.«

Plötzlich begriff er, wie wenig ihr das bedeutete. Er wusste, wenn sie ihn nie wieder sah, würde sie das nicht jucken, sie würde keinen weiteren Gedanken an ihn verschwenden.

Sie dagegen würde viele Stunden und Tage und schlaflose Nächte bei ihm sein. »Kann ich Sie anrufen?«

»Welchen Sinn soll das haben, wenn Rebecca Sie nicht zum Spielen aus dem Haus lässt?«

»Ich würde Sie gern wiedersehen.«

Sie starrte auf die Finger, die ihre Zigarette hielten,

und folgte dem kräuselnden Rauch mit versonnenem Blick.

»Werde ich Sie wiedersehen?«

»In Ihren Träumen.«

Sie wandte sich ab. Er tat etwas, was er nicht hätte tun sollen – er packte ihr Handgelenk. Er konnte sich nicht zurückhalten, aber sie schaute hinunter auf seine Hand und versengte die Knochen mit ihrem Blick.

»Was soll das?«

»Tut mir leid«, sagte er kleinlaut und öffnete seine Finger.

»Gehen Sie nach Hause«, riet sie. »Gehen Sie und bumsen Sie Ihre Frau durch.«

»Das will ich nicht.« Seine Stimme klang schwach. »Ich will Sie durchbumsen.«

»Dann rufen Sie Ihre Frau an, dass Sie die Nacht nicht heimkommen werden.«

»Das kann ich nicht.«

»Dann schließen Sie die Augen und stellen sich vor, ich sei's.« Sie sah ihn von der Seite an, und seine Eingeweide wurden zu Kohle – schwarz, bröckelnd, tot. »Es wird die beste Nummer sein, die Ihre Frau je erlebt hat.«

»Aber ...«

»Aber was? Ich habe es doch klar genug ausgedrückt, dass ich mich von Ihnen bumsen lasse, und trotzdem sagen Sie mir, Sie müssen heim. Also, gehen Sie schon. Mir ist's einerlei, ob Sie nun gehen oder bleiben.«

Sie sah ihn so lange an, dass es ihm wie ein Ewigkeit vorkam. Dann wandte sie ihm den Rücken zu und begann ein leises Gespräch mit dem Barmann.

Johnny musste den Drang bekämpfen, ihr Glas zu nehmen und den Southern Comfort voller Wut und Frustration gegen die Wand zu werfen, Geld auf die Theke zu knallen und zu seinen Freunden zurückzugehen, ihnen die Drinks zu bringen und zu sagen, er führe jetzt heim.

Er konnte die Wut in seinem Mund schmecken. »Verdammt«, murmelte er, trank rasch sein Glas aus, schließlich war es bezahlt, und sagte noch einmal: »Verdammt.«

Er beobachtete sie. Noch nie hatte er so ein starkes sexuelles Verlangen gespürt. Er wollte sie an den langen blonden Haaren ziehen. Er wollte in ihre Lippen beißen. Er wollte sie vögeln. Hart. Bis es weh tat. Bis sie schrie. Bis diese großen blauen Augen gezwungen waren, Ergebung zu signalisieren. Sie hatte die sinnlichsten Augen, die er je gesehen hatte.

Sie hatte eine Tätowierung auf dem Oberarm, die ihm bisher nicht aufgefallen war. Ein kleiner, grünblauer Schmetterling. Eine dunkelblaue Schläfe lief auch durch ihre Haare, und ihre langen Fingernägel waren dunkelblau lackiert, abgestimmt auf den kurzen Baumwollrock, der den Blick auf die muskulösen Schenkel frei ließ. Sie trug schwere schwarze Lederstiefel und ein dünnes Lederband um den Hals. Ihr dünnes T-Shirt war blassblau und spiegelte ihre Augenfarbe wider, der Stoff glänzte seiden und schien an der Haut zu kleben.

Johnny hätte wetten wollen, dass sie keinen BH darunter trug. Ihre Brüste sahen wunderschön aus, fest und eine Handvoll. Er stellte sich vor, wie sie hin und her schwangen, wenn sie auf ihm ritt. Er stellte sich vor, die Nippel zu beißen, bis er Blut schmeckte.

Sie schluckte ihren Drink in einem Zug, stand auf, lehnte sich über die Bar und küsste den Barmann auf beide Wangen. Der Rock rutschte hoch, und Johnny spürte, wie sich die Luft in seinem Hals staute und ihn verbrannte wie ein Mund voller Trockeneis.

Er stellte sich diese langen, gebräunten, muskulösen Schenkel vor, wie sie zuckend seine Hüften umschlangen. Oder seinen Hals. Er stellte sich vor, wie er seine Daumen in ihr Fleisch bohrte. Wie er in diese Schenkel biss und dunkelrote Abdrucke seiner Zähne hinterließ.

Er blinzelte und versuchte, nicht an solche Dinge zu denken. Er sah, wie der Barmann – ein Schwuler, der sein Anderssein durch Glatze, gepiercte Zunge und dicken Schnauzer so heftig herausschrie, dass Johnny eine Gänsehaut bekam – ihr etwas ins Ohr flüsterte, worauf sie nickte, und als sie sich umdrehte, lag ein heimliches Lächeln auf ihrem Gesicht.

Panik kroch in ihm hoch, als sie sich durch die Menge zur Tür schob, und plötzlich, zum ersten Mal, seit er zehn oder so war und eine Faszination entwickelt hatte, Schmetterlinge zu fangen und ihre Flügel aufzuspießen und zuzusehen, wie das Leben langsam aus ihnen wich, entdeckte er, dass die Gewalt immer noch in seinen Gedanken lauerte.

Durch das Fenster sah er sie in die schwüle Sommernacht treten. Wie ein wildes Tier, das man im Stadtdschungel ausgesetzt hatte, blieb sie stehen und blinzelte, als müsste sie sich erst zurechtfinden. Sie schaute den Bürgersteig hinauf und hinunter, unsicher, wohin sie sich wenden sollte. Sie wandte der Straße den Rücken zu, um sich vor der Welt in Sicherheit zu bringen, und tat einen tiefen Zug aus ihrer Zigarette, während sie sich mit einer Hand durch die Haare fuhr. Dann schaute sie ihn direkt an. Sie lächelte.

Das war der entscheidende Augenblick.

Scheiß auf das Essen. Auf Balsamico und Videos und David und Penny. Scheiß auf Rebecca. Er stellte den halben Liter auf den Tisch, dass etwas überschwappte, aber der Tisch klebte ohnehin schon, und seinen Freunden sagte er: »Ich muss weg.«

Aber als er dem Marquis endlich entkommen war,

musste er feststellen, dass sie verschwunden war. »Verdammt, verdammt, verdammt.«

In der Dunkelheit würde er sie nie finden. Seine Panik steigerte sich unerklärlicher Weise zu Schock. Blankes Entsetzen. Er jagte hinter etwas Blauem her, erfolglos.

Er würde also nach Hause gehen müssen. Er würde die Augen schließen und sich die andere Frau vorstellen, wenn er auf seiner Frau lag, und sie bis zur Bewusstlosigkeit bumste. Er ging Richtung U-Bahn.

Dann sah er sie. Auf der anderen Straßenseite stand sie an der Bushaltestelle. Mit ihren kalten Augen lachte sie ihn an. Während er ungeduldig auf eine Lücke im Verkehr wartete, starrte er sie an, ließ sie nicht aus den Augen. Er würde sie nicht ein zweites Mal entkommen lassen – nicht nach diesem Lächeln.

Sie drehte den Kopf ein wenig zur Seite, als er außer Atem neben ihr stand. Ihre Selbstsicherheit verunsicherte ihn, er kam sich albern und dümmlich und kindisch vor wie ein pickeliger vorpubertärer Junge, der ein Supermodel um ein Rendezvous bittet. »Noch einmal hallo.«

»Sind Sie immer noch nicht weg? Ihre Frau wird sich Sorgen machen.«

»Ich…« Was sollte er sagen? Sie haben mich angelächelt, deshalb habe ich mich anders entschieden? Ich würde gern mit Ihnen ins Bett gehen, wenn es Ihnen Recht ist. »Mir ist noch nicht danach, nach Hause zu gehen«, meinte er dann, und er hoffte, dass es sich rebellischer anhörte, als er sich fühlte. »Ich dachte, wir könnten irgendwohin gehen, wo wir … eh … das fortsetzen können, was wir begonnen haben.«

Sie legte den Kopf leicht schief und betrachtete ihn abschätzend. »Okay«, sagte sie schließlich. »Kommen Sie. Ich bin Ihnen einen Drink schuldig.«

Er stand in der Ecke, und sie brachte die Getränke herüber. Im Liberty war es viel ruhiger, ein Pub in einer Nebenstraße, hauptsächlich frequentiert von Geschäftsleuten. Sie stellte die Getränke auf den Tisch und fragte mit raunender Stimme: »Und wie hat Ihnen das Marquis gefallen?«

»Es ist okay«, antwortete er, »aber es ist nicht meine Szene, um ehrlich zu sein. Trotzdem bin ich froh, mit den Kollegen gegangen zu sein. Ich hätte nie erwartet, jemand wie Sie dort zu treffen.«

Sie sah ihn über den Rand ihres Glases an und führte das Glas an die Lippen. Sein Penis versteifte sich, als er die Schönheit ihrer Augen bemerkte. Groß mit dichten, langen, schwarzen Wimpern, die nicht zu ihren blonden Haaren passten. Die blassblaue Iris hatte einige Punkte in einem dunkleren Blau. Die Pupillen waren geweitet. Bedeutete das, sie war scharf auf ihn? Sie konnte direkt in seinen Kopf schauen und lockte ihn mit ihrem Schweigen.

»Möchten Sie etwas sehen?«, fragte sie und wartete nicht auf eine Antwort, weil sie wusste, dass er alles sehen wollte, was sie zu zeigen bereit war. Ein seltsamer Ausdruck erhellte ihre Augen. Sie zwängte sich in die Ecke und zupfte an seinem Ärmel, schob ihn vor sich, damit er sie vor den Blicken der anderen Gäste schützte. Sie stellte ihr Glas ab, drehte ihm den Rücken zu und hob ihr T-Shirt hoch.

Das T-Shirt hing tief über den Hüften, jetzt zog sie es bis zur schmalen Taille hoch. Ihre Haut glänzte golden braun, aber sie war beschädigt wie ein Pfirsich, den jemand mit einem stumpfen Messer attackiert hatte. Zu beiden Seiten des Rückgrats prangten purpurfarbene Striemen der Gewalt.

Johnny spürte sein Herz laut und heftig pochen. Sie drehte sich zu ihm um, ließ das T-Shirt fallen und zog einen Zipfel ihres Rocks hoch. Zuerst sah er die schwarze Spitze, die ihren Slip umsäumte, dann die dunklen Schamhaare, die durch die Beinöffnung lugten, und schließlich tiefe, grün, braun und blau gesprenkelte Wunden ganz oben auf ihren Schenkeln. Auf den Innenseiten glänzte ein hellroter Striemen, unter dem die Haut noch geschwollen war. Johnny hielt den Atem an, und ohne zu wissen, was er tat, strich er mit seinen Fingern über die Wunde. Zu beiden Seiten des Striemens war die Haut wunderbar kühl und glatt, so sanft, dass es ihn fast schmerzte.

Seine Stimme war kaum hörbar in der verräucherten Atmosphäre des Pubs. »Wer hat Ihnen das angetan?« Er hielt sie an den Schultern fest. »Wer hat das getan? Sagen Sie es mir!«

»Mein Mann.« Sie schien auf eine wahnsinnige Art stolz auf diese Tatsache zu sein.

Sie ließ den Rock fallen. Johnny schaute sich um, ob jemand die Szene vielleicht beobachtet hatte, während sie wieder nach ihrem Glas griff.

Er schaute sie an, sah ihren geneigten Kopf, das goldgelbe Haar, das ihr vors Gesicht fiel, als wollte es ihre Scham verbergen, sah die langen Finger, die das Glas umklammerten, als ob der Alkohol sie retten könnte, wenn sie sich fest genug daran klammerte. Zorn suchte sich einen Weg durch seine aufeinander beißenden Zähne. Er bekam das alles nicht in den Kopf. Eine so starke, selbstbewusste Frau – wie konnte sie das geschehen lassen?

»Ist er krank?« Die Hand, die sein Glas hielt, zitterte leicht. Er spürte den Zorn in seinem Nacken anschwellen; schlimmer noch, auch sein Penis schwoll weiter. »Ist er krank?«, fragte er wieder, weil er nicht wusste, was er sonst sagen sollte. »Warum lassen Sie das zu? Warum bleiben Sie bei ihm?«

Sie hob den Kopf, bewegte sich in Zeitlupe, als wenn es ihr ungeheure Mühe bereitete. Ihre Augen waren glasig. Sie hatte sich aus der Gegenwart zurückgezogen in ihre eigene dunkle Welt. Ihre Stimme klang ruhig. »Sie würden das nie verstehen.«

»Nein, würde ich auch nicht.« Er schüttelte langsam den Kopf. »Erklären Sie es mir. Ich möchte es gern verstehen. Ich möchte Ihnen helfen.«

»Sie können mir nicht helfen. Ich brauche auch keine Hilfe. Ich brauche ihn.«

Er nahm ihren Ellenbogen in seine Hand. Er wollte ihr T-Shirt am tiefen Ausschnitt packen und zerreißen und an ihren Brüsten lutschen. Er zwang seine Gedanken weg von ihren Brüsten und hin zu dem, was er denken sollte. »Sie müssen sich von ihm trennen.«

Sie schluckte den Rest ihres Getränks und schüttelte sich, als das Feuer ihren Bauch erreichte. »Das will ich nicht. Ich vertraue ihm. Er ist der einzige Mann, den ich kenne, der mich versteht.«

Sie lief aus der Hintertür und in die Dunkelheit hinein. Zum zweiten Mal an diesem Abend ließ Johnny sein Bier stehen und rannte hinter ihr her.

Er konnte sie nicht sehen, was bedeutete, dass sie nicht weit sein konnte. Er spürte den Schweiß im Nacken, kein Wunder an einem so schwülen Abend. Schweiß im Nacken und Nebel im Hirn. Er stolperte über den Bürgersteig, verzweifelt, sie zu finden, obwohl er nicht mehr genau wusste, warum.

Sie versteckte sich in der ersten dunklen Gasse, auf die er traf, versteckte sich wie ein Kind, das entdeckt werden wollte. Sie stand mit der Stirn an einer schwarzen Mauer gelehnt, die Handflächen gegen den Stein gedrückt, als wartete sie darauf, gefilzt zu werden. Als er sich ihr näherte, hörte er ihren unregelmäßigen Atem. Er nahm an, dass sie von einer Panik erfasst worden war.

»Sind Sie in Ordnung?« Er legte eine Hand sanft auf ihre Schulter.

Sie zitterte und drehte sich um.

Er versuchte, den Ausdruck ihrer Augen zu deuten – Bitte, Test oder Warnung? Er schämte sich seines überwältigenden Triebs, mit ihr zu schlafen und fühlte sich verantwortlich für ihren Zustand. »Hier, nehmen Sie meine Karte.« Er tauchte in seine Tasche. »Wenn Sie Hilfe brauchen oder Sie auch nur reden wollen, rufen Sie mich an. Zu jeder Zeit. Versprechen Sie mir, dass Sie das tun werden.«

Sie betrachtete die Karte eine Weile, dann schob sie die Hand mit der Karte weg. »Danke«, flüsterte sie. »Aber ich brauche keine Hilfe.«

»Das glaube ich aber doch«, widersprach er. »Himmel! Haben Sie mir nicht gesagt, Sie und Ihr Mann hätten eine Beziehung, in der einer dem anderen vertraut?«

»Haben wir auch.«

»Tut mir leid, aber das verstehe ich nicht. Er lässt Sie mit anderen Männern schlafen, und Sie lassen sich von ihm misshandeln?«

»Er lässt mich mit anderen Männern schlafen, aber anschließend bestraft er mich dafür. Das ist der Preis, den ich für meine Freiheit zahle.«

»Das verstehe ich immer noch nicht.«

»Sie werden das nie verstehen.«

»Verdammt, verdammt«, murmelte er und seufzte angesichts der leeren Hoffnungslosigkeit und der absoluten Verrücktheit der Situation. Misch dich nicht ein, sagte ihm sein Menschenverstand. Aber er hing schon mittendrin. Er war dieser verrückten, gefährlichen, erschreckend sinnlichen Frau schon verfallen.

Eine lange Zeit standen sie schweigend da, sie schauten sich an und warteten, bis sich ihr Atmen wieder normalisiert hatte.

Dann küsste er sie.

Ihre Lippen passten. Er hatte auch schon Frauen

geküsst, deren Lippen mit seinen nicht in Einklang zu bringen waren. Oder die Nasen stießen an. Oder die Zähne. Es gab auch Frauen, die aufgehört hatten, während er den Kuss noch auskosten wollte. Und Frauen, die fast gewalttätig in den Kuss gingen, während er Sanftheit suchte.

Aber ihr Küssen passte sich seinem an. Als sich die Zungen berührten und er den Southern Comfort schmeckte, spürte er, wie er rasch in den Wahnsinn schwebte. Er nahm ihr Gesicht in beide Hände. Ihre Finger fuhren über seinen Rücken, und er spürte, wie sein Penis hart gegen ihre Hüfte stieß.

Als sich ihre Lippen voneinander lösten, damit sie Luft schnappen konnten, glänzte ihr Mund vom Speichel. Sie lächelte. Ihre Hand fasste an seinen Schritt. »Soll ich dich...?«

»Nein.« Obwohl er es verzweifelt wollte. »Nein.«

Sie presste ihn gegen die Mauer und kniete sich vor ihn. Er stöhnte auf, als sie ihm den Reißverschluss öffnete. Schuldgefühle breiteten sich in ihm aus, weil er diese Szene schon in seinem Kopf gesehen hatte, lange bevor er ein Recht dazu gehabt hatte. Er zwang sich still zu halten und nicht zu stoßen, was er gern getan hätte. Das Wissen, das er jetzt hatte, ließ seinen Orgasmus rasch und gewaltig kommen.

Er zog sie hoch und hielt sie umschlungen und schmeckte sich in ihrem Mund. Bisher hatte er das nie tun wollen, aber bei ihr war es etwas anderes. Der Geschmack überraschte ihn.

»Du bist dran«, sagte er. »Ich will etwas für dich tun.«

Sie zuckte zurück, als hätte er sie geschlagen. »Nein.«

Er schob den schlaffen, feuchten Penis zurück in die Hose und zog den Reißverschluss der Jeans zu. Als er aufschaute, war sie verschwunden. Er hatte sie verloren. Er ging heim, schloss die Augen und bumste seine Frau bis zur Bewusstlosigkeit.

Draußen in seinem Garten lagen der Mann und die Frau, die ihm gefolgt waren, auf dem Rasen, und masturbierten sich gegenseitig.

»Was meinst du?«, fragte der glatzköpfige, gepiercte Mann mit dem Schnauzer.

»Ich halte ihn für perfekt«, sagte die blonde, blauäugige, kichernde Frau.

»Du glaubst, er macht mit?«

»Natürlich macht er mit.« Sie drückte ihre Finger hart um seinen Penis. »Er will es unbedingt mit mir tun. Ich kenne diesen Typ.«

Er stöhnte, teils wegen der drückenden Hand an seinem Schaft, teils aber auch wegen seiner Gedanken an den Mann im Haus, der nichts von dem perversen Paar auf seinem Rasen ahnte und auch nicht davon, was sie mit ihm vorhatten. »Hast du ihm die Peitschenstriemen gezeigt?«

Sie lächelte. »Er wusste nicht, was er davon halten sollte«, sagte sie. »Er bekam einen Steifen und schämte sich.«

»Oooh«, gurrte er freudig erregt. »Wie schade, das hätte ich gern gesehen.«

»Ich dachte, du hättest es mehr mit Schmerzen.«

»Schmerz und Scham. Den Schmerz bekomme ich bei dir zu sehen, aber Scham? Wie kannst du sie mir zeigen? Du bist absolut schamlos.«

Sie grinste und spreizte die Beine noch weiter, als er seine Finger in sie hinein schob und ihren Hunger zu stillen versuchte. »Schamlos«, wiederholte sie in einem dankbaren Flüstern, als wäre sie gerade geadelt worden.

Johnny ging jeden Abend zurück ins Marquis, aber sie ließ sich nicht mehr sehen. Der Barmann beobachtete ihn argwöhnisch. Johnny nahm an, dass er ihn für einen der unglücklich Verheirateten hielt, einen nicht geouteten Schwulen. Seine Frau glaubte wahrscheinlich, er hätte eine Affäre oder würde zum Alkoholiker. Sein Boss nahm an, er hätte Probleme zu Hause und sagte ihm, er sollte sich Urlaub nehmen, nachdem ihm einige Fehler unterlaufen waren, die der Firma ein wenig Geld und viel Ansehen gekostet hatten.

Er versteckte sich in Gedanken an sie. In seinen einsamen Phantasien ging er die Szenen mit ihr immer wieder in blinder Besessenheit durch. Er labte sich an jedem Augenblick, delektierte sich an jedem Wort. Manchmal vergaß er eine Minute oder ein Detail, dann musste er die Erinnerung zurückdrehen und von vorn beginnen. Manchmal ließ er absichtlich eine Sequenz aus, damit er die ganze Szene noch einmal von vorn abspulen lassen konnte, um diesen ersten wundersamen, Erdbeben gleichen, Gedanken verändernden Moment, in dem er sie gesehen hatte, noch einmal durchleben zu können. Ab und zu begann er auch mit dem Ende, dann zuckte sein Schaft schon bei dem Gedanken, dass er ihre Lippen spürte.

Eigentlich wollte er sie nicht wiedersehen. Es war verlockend, sie in seiner Erinnerung zu behalten, wo er sie zu jeder Zeit abrufen konnte. Seine Phantasie hätte sehr befriedigend sein können, besonders, wenn er die Wirklichkeit veränderte und mit ihr schlief, während er masturbierte.

Es war beinahe perfekt, abgesehen von dem Ausdruck in ihren Augen: unentschlossen, widersprüchlich. Es war der Blick eines Menschen, der etwas oder jemanden verloren hatte. Aber gleichzeitig schimmerte auch eine Bestimmtheit durch, die ihn irritierte. Er musste Gewissheit haben, er musste sie finden.

Außerdem musste er sie vor ihrem Ehemann retten. In seinem Kopf sah Johnny jeden blauen Fleck, jede Strieme, als hätte er sich eine Karte ihrer Verletzungen angelegt. Jeder Tag, den er sie nicht sah, konnte bedeuten, dass sie weiteren unerträglichen Qualen ausgesetzt war.

Der andere Mann tobte durch seine Gedanken – ein krankhafter Dämon, der sie unbarmherzig schlug. Johnny stellte sich vor, wie sie gefesselt und gezwungen war, den Schaft ihres Mannes zu saugen, der in Johnnys Gedanken riesig und bedrohlich war, sie zu ersticken drohte. (Diese Vorstellung erregte ihn ungeheuerlich, und hastig begrub er das Bild, wie ein schuldbewusster Jüngling ein pornographisches Heft unter seiner Matratze versteckte.)

Einen Monat lang sah er sie nicht, und er befürchtete das Schlimmste. Beinahe wäre er zur Polizei gegangen, um sie als vermisst zu melden, aber ihm wurde noch rechtzeitig bewusst, wie lächerlich er sich anhören würde. Er kannte nicht einmal ihren Namen.

Er zog sich immer mehr zurück, und seine Frau schlug vor, sie sollten zur Eheberatung gehen.

Dann, an einem Freitagabend, ging er, wie jeden Freitagabend, zu seinem Stamm-Pub, und da war sie.

Sie trug dieselben Kleider, die sie an jenem Abend getragen hatte, und trotzdem sah sie anders aus. Ihre Beine waren so wie in seiner Erinnerung, auch die Hüften, die Taille, der Rücken, die Arme - er war sofort wieder betört von ihrer Haut – aber ihr Haarschnitt veränderte ihr Aussehen völlig. Ihr Haar war lang und blond gewesen, jetzt war es kurz und fast schwarz, es lag dicht am Kopf. Die Frisur betonte ihren langen Hals und den Glanz in ihren Augen. Die Strenge des Haarschnitts entsetzte und erregte ihn gleichermaßen, er unterstrich ihre Zerbrechlichkeit, aber gleichzeitig wirkte sie unbesiegbar und unglaublich sexy, alles in einem.

Der Schmerz seines Verlangens wurde unerträglich; er bohrte sich in sein Bewusstsein und ließ ihn schwindlig werden. Er war eifersüchtig auf die anderen Leute im Pub, weil die anderen sich in ihrem Schein sonnen konnten. Es störte ihn, dass andere Leute sie anfassten, wenn sie sich an ihr vorbei drängten. Andere Leute, die dieselbe Luft einatmeten wie sie. Andere Männer, die sie anschauten und begehrten, wo sie doch ihm gehörte. Ihm wurde der Wahnsinn seiner Gedanken gar nicht bewusst, als er sich durch die Menge zu ihr schob. Er berührte ihre Schulter, und sie drehte sich um.

»Ich habe Sie gefunden. Endlich.«

»Ja.« Sie schien nicht sonderlich überrascht zu sein. Als ob sie gewusst hätte, dass sie sich nach der Tortur des letzten Monats an diesem Freitag, in diesem Pub, wieder sehen würden. Ihre Gelassenheit hätte ihn beunruhigen sollen, wenn er länger darüber nachgedacht hätte.

Er deutete dringlich auf die schmale Diele des Pubs und betrachtete die Bewegungen ihres Hinterns, als er ihr folgte. Sie standen dicht beisammen. Er fühlte sich unbehaglich und wusste nicht, ob er sie anfassen sollte oder nicht.

Ihr Gefühlsmangel beim Wiedersehen hatte ihn gestört, und für einen Übelkeit auslösenden Moment spürte er, wie seine Phantasien von ihm abfielen, wie sie zerplatzten.

Vielleicht wollte sie ihn nicht mehr sehen. Vielleicht mochte sie ihn gar nicht. Vielleicht hatte sie in diesem Monat kein einziges Mal an ihn gedacht. Warum sollte sie auch? Warum sollte sie von ihm so besessen sein wie er von ihr?

»Ich dachte schon, ich würde Sie nie wieder sehen«, sagte er, denn er begriff, ihm blieb nicht anderes übrig, als sie wissen zu lassen, dass sie seine Gedanken bei Tage und meistens auch bei Nacht ausfüllte, auch wenn er sich zum Narren machte. Es war ihm egal.

»Ich habe Sie vermisst. Ich habe nicht aufhören können, an Sie zu denken.«

»Warum? Was ist an mir so besonders?«

Er war sich nicht sicher. »Ich habe noch nie jemanden wie Sie getroffen.«

Sie lächelte, aber es war nicht die Art Lächeln, die er erwartet hatte. So, als ob sie sich anstrengen müsste, nicht laut heraus zu platzen.

Unbeirrt fuhr er fort: »Ich habe Sie im Marquis gesucht, aber Sie sind nicht wieder hingegangen. Ich bin auch in den anderen Pub gegangen, aber …«

»Ich habe auch an Sie gedacht.«

Dem Himmel sei Dank! Er lächelte sie an, und es war die Art Lächeln, das sie von einem armen, besessenen, schwachen, dankbaren, schmerzlich heterosexuellen Mann erwarten konnte.

Aber ihr Blick wandte sich schon ab, bevor sein Lächeln voll erblüht war. Sie drückte sich die Finger an die Schläfen, als spürte sie einen plötzlichen Schmerz. »Ich bin an diesem Abend spät nach Hause gekommen«, sagte sie leise. »An dem Abend, als wir uns kennen gelernt haben. Mein Mann hat auf mich gewartet. Er hat mich bestraft.«

»Oh, verdammt! Sind Sie in Ordnung?« Dabei wusste er, bevor er die Frage formuliert hatte, dass sie nicht in Ordnung war.

Ihre Augen tanzten. »Ich bin stärker als er.«

Er war verwirrt. »Wie meinen Sie das?«

»Beherrschen lässt sich nicht gut definieren, finden Sie nicht auch?« Ihre Augen verengten sich. »Kennen Sie diese Momente beim Autofahren, wenn Sie plötzlich feststellen, dass Sie das Auto nicht unter Kontrolle haben? Dann sind Sie nur dieses hilflose Bündel Mensch, das versucht, die Kontrolle zu gewinnen, denn wenn Sie es nicht schaffen, könnten Sie in der nächsten Sekunde tot sein.«

»Nun ...« Was sollte das? Er wollte doch nur wissen, ob es ihr gut ging.

»Wenn Sie diesen Moment annehmen, ohne sich dagegen aufzulehnen, kann er der erregendste Augenblick Ihres Lebens sein. Manchmal sind es die Machtlosen, die wirkliche Macht ausüben.«

Er hörte nicht zu.

Er hätte aber zuhören sollen.

Er spürte nur, wie sein Blut erstarrte, als er eine Hand hob und mit zwei Fingern über ihre Lippen strich. Er küsste sie. Seine Zunge fuhr leicht über ihre.

Schritte näherten sich, und dann hörte er den Geräuschpegel aus dem Pub viel lauter. Er drückte sie weiter die Diele entlang und auf die Damentoilette. Er sperrte die Tür hinter ihnen zu. Sie starrten sich eine Weile an.

»Was ist mit Ihren Haaren geschehen?«

»Mein Mann mag sie lang. Ich habe sie mir selbst abgeschnitten. Ich habe es getan, um ihn zu ärgern.« Sie lachte trocken auf. Es war das erste Mal, das er sie lachen sah.

»Sie waren blond ...«

»Das war gefärbt. Das ist meine natürliche Haarfarbe.»

Sie passte zu ihr. Jetzt passten auch Augenbrauen und Wimpern zur Haarfarbe. Ihre Augen wirkten viel blauer. »Es gefällt mir«, sagte er.

»Das freut mich.«

Er berührte ihr Haar, ihren Hals, ihre Schultern. Er spürte, wie die Spannung aus ihrem Körper wich, als er über die Schwellung ihrer Brüste strich. Die Seide des T-Shirts schmiegte sich so eng an, dass er die Form ihrer Nippel erkennen konnte. Sie stöhnte verhalten auf, als er sie berührte. Sie senkte den Kopf und beobachtete seine Hand, die sie sanft zu erforschen begann.

Sie war phantastisch. Jeder Zentimeter von ihr. Die

sanften Linien vom Hals zu den Schultern, die Neigung zu den Brüsten und dann die wunderbar weiche Schwellung der Brüste selbst, der Anstieg zu den Nippeln, die Art, wie sie sich aufstellten und sich gegen die Seide drückten, als er leicht darüber fuhr. Sie trug wieder keinen BH, so dass er jede Linie der Haut erkennen und fühlen konnte. Es wäre auch grausam, diese herrlichen weichen Brüste einzuengen. Als er das Wort ›grausam‹ dachte, wurden Gedanken geweckt, die ihn seit jenem Abend, an dem sie sich kennen gelernt hatten, verfolgten.

Ihr Körper versteifte sich, als seine Hände sich langsam tiefer bewegten und nach dem Saum ihres Rocks griffen. Er hob ihn an und schaute ihr ins Gesicht.

»Nicht«, bat sie, aber ihre Augen ermutigten ihn.

Er sah nach unten. Wie in seinen zahlreichen Träumen sah er die Süße ihrer Schenkel vor sich, aber das Bild, das er sich eingeprägt hatte, war überholt. Die alten Striemen waren verschwunden und durch frischere, härtere ersetzt. Aber unterhalb der Striemen gab es eine noch viel schockierendere Wunde. Ein frisches Tattoo, wirr wie der erste Versuch eines Kindes mit dem Filzstift, prangte in Leistenhöhe auf ihrem Schenkel. Große Buchstaben. Das Wort war von weitem lesbar. HURE.

Die Haut, die das Wort umgab, war dunkelrot geschwollen. Er las das Wort wieder, als müsste er es aus einer anderen Sprache übersetzen. HURE. Verlegen suchte er nach den richtigen Worten des Trostes und seines Abscheus, aber ihm fiel nichts ein.

»Das ist meine Bestrafung, dass ich an jenem Abend so spät nach Hause gekommen bin«, erklärte sie. »Er sagte, danach würde kein anderer Mann mich mehr haben wollen.«

Die Grausamkeit nahm Johnny den Atem. Aber – das leugnete er sofort, wie ein Mörder, der plötzlich erkennt, dass er ein Mörder ist und es nicht lassen kann – es erregte ihn auch. In seinen Lenden pochte es. »Ich will dich«, sagte er, und er hoffte, dass die Gewalt seines Verlangens nicht in der Stimme zu hören war.

Sie nahm einen tiefen Atemzug und ließ ihn langsam hinaus.

»Wirklich?«

»Ja.«

Sie presste ihre Lippen auf sein Ohr. Sie hätte genauso gut seinen Schaft küssen können, solche Wirkung hatte der Kuss auf ihn. »Willst du mit mir schlafen?«

Der Schock ihrer Frage ließ seinen Schaft noch ein wenig stärker anschwellen. »Das weißt du.«

Seine Haut fühlte sich kalt an, als sie sich von ihm zurückzog. Sie glühte vor Zufriedenheit. Er zwang sich zur Ruhe, als er erneut auf die Obszönität schaute, die auf ihrem Schenkel eingebrannt war. Dann fiel sein Blick auf das schwarze Dreieck ihres Slips, und sein ganzer Körper wurde von einer schier unerträglichen Hitze gepackt. Mit zitternden Fingern berührte er sie. Sie fühlte sich warm an. Er fuhr mit den Fingern am Rand ihres Slips entlang und spürte die unglaubliche Sanftheit ihrer Schenkelinnenseiten.

Er schlüpfte mit zwei Fingern unter ihren Slip, und im nächsten Moment rutschte er in sie hinein. Er hielt die Luft an. Sie war sehr nass. Er rieb hin und her, und er spürte, wie das rosige Fleisch ihn einsaugte. Die klammen Härchen kitzelten seine Hand. Er schob noch einen Finger nach. Sie hielt sich zitternd an seiner Schulter fest, während jeder ihrer Muskeln vibrierte.

Er berührte ihre Klitoris. Sie lächelte ihn an, und er lächelte zurück, schwindlig vor Lust, die sie wie eine Aura umgab. Sie war gefangen in der Lust, die er ihr bereitete. Sie würde bald einen Orgasmus haben, er spürte das Tremolo ihres Körpers in den Finger-spitzen.

Sie lehnte sich stärker gegen seine Schulter und drückte den Mund wieder an sein Ohr. »Willst du mich haben?«, flüsterte sie.

Er brauchte nicht zu antworten.

»Willst du mir einen Orgasmus besorgen?«

Ja. Ja. Ja. Er wollte sie. Er wollte sie vögeln, lecken, saugen, wollte sie fingern, bis sie schreiend kam, bis sie schrie, er sollte aufhören. Er wollte alles über sie wissen und alles mit ihr machen.

»Willst du mir weh tun?«

Er erstarrte und wusste nicht, warum die Bosheit in ihrer Stimme ihn ängstigte und gleichzeitig schuldbe-wusst machte.

»Nova?« Jemand hämmerte gegen die Tür. »Nova? Ist alles in Ordnung?«

»Alles in Ordnung«, rief sie und schaute Johnny an. Es schien, als hätte sich eine Wolke von ihrem Gesicht gelöst. Sie schien durch irgendwas amüsiert zu sein. »Ich bin in einer Minute wieder da.« Sie fuhr mit der Zunge flüchtig über seine Lippen. »Das ist mein Mann«, flüsterte sie. »Ich muss gehen.«

»Geh nicht«, bettelte er.

Sie schob die Hand von ihrem Schoß weg. »Ich muss.«

Er hielt sie an den Armen fest. Sein Verlangen tobte in ihm wie glühender Zorn. Er geriet in Panik. »Was hast du damit gemeint, als du gefragt hast, ob ich dir weh tun will? Ich würde dir nie weh tun können.«

Sie ignorierte ihn und schloss die Tür auf.

Er legte eine Hand auf ihre, um sie aufzuhalten. »Wann werde ich dich wieder sehen?«

Sie hob die Schultern.

Oh, verdammt. Er musste jetzt irgendwas tun. Sich irgendwas einfallen lassen. »Meine Frau feiert morgen ihren dreißigsten Geburtstag. Wir haben eine Party. Ich möchte, dass du kommst. Ich muss dich wieder sehen. Bitte, sage, dass du kommen wirst.«

»Morgen? Ja, da hätte ich Zeit. Mein Mann muss morgen Abend arbeiten.«

»Ich sage einem Freund, dass er dich abholt. Um acht.«

»Ja, gut.«

Wieder war er verdutzt über ihre Haltung. Als ob sie mit der Einladung gerechnet hätte. Er schloss die Tür hinter ihr und setzte sich auf den Toilettensitz, die Finger im Mund. Er wollte sie schmecken und wiederholte ihren Namen immer wieder, als ob er damit gegen den Wahnsinn ankämpfen könnte, der ihn befallen hatte.

Als er schließlich wieder den Pub betrat, saß sie in einer Ecke am Tisch, bei ihr ein Mann, der Johnny irgendwie bekannt vorkam, vielleicht auch nur aus seinen Träumen. Er konnte nicht viel von ihm sehen, denn er hatte Johnny den Rücken zugewandt.

Mehrere Minuten verharrte Johnny und beobachtete sie. Kälte griff nach ihm. Seine Gefühle schwangen wie ein Pendel. Zuerst wurde er eingelullt von ihr und fiel fast in eine Art Dämmerzustand, während er ihr Gesicht studierte. Im nächsten Moment geriet er in Panik, weil er nicht mit ihr sprechen konnte. Sein Puls raste unregelmäßig. Einmal, als sie aufschaute, tauschten sie ein Lächeln und einen flüchtigen Blick, in dem alles lag, was sie wussten.

Novas Lächeln hatte nicht viel mit dem zu tun, was sie wussten. Es bezog sich auf die Finger ihres Mannes unter ihrem Rock, und diese Finger entdeckten gerade, wie nass sie war.

»Wie lange dauert es noch?« fragte er ungeduldig.

»Nicht mehr lange«, versprach sie. »Morgen Abend gehört er uns.«

Am nächsten Morgen, während seine Frau für die Party einkaufte, rief Johnny seinen besten Freund an, Phil. »Du, ich muss dich um einen Gefallen bitten. Einen großen Gefallen. Ich werde alles für dich tun, wenn du mir jetzt helfen kannst.«

»Was ist denn los, Johnny?«

»Ich bin besessen von einer Frau, die Nova heißt.«

»Was für ein idiotischer Name ist das denn?«

»Du musst mir helfen. Bring sie heute Abend mit. Gib sie als deine Freundin aus.«

Es entstand eine lange Pause. »Heute ist Rebeccas Geburtstag. Rebecca, deine Frau. Die Frau, der du versprochen hast, sie zu lieben und zu ehren – erinnerst du dich an sie?«

»Bitte, Phil. Ich werde dich nie wieder um einen Gefallen bitten, so lange ich lebe. Du musst das für mich tun.«

»Warum sollte ich es tun?«

»Ich muss Nova heute Abend sehen. Ich werde verrückt, wenn ich sie nicht sehe.«

Wieder eine lange Pause. In dem Schweigen lag Entsetzen und Ungläubigkeit.

»Phil, bitte. Erinnerst du dich noch, als du die Frau in der U-Bahn gesehen hast? Wie ein Blitzschlag, hast du gesagt. Nun, genau so habe ich empfunden, als ich Nova das erste Mal sah. Ich kann nicht aufhören, an sie zu denken. Bitte, Phil.«

»Sieht sie gut aus?«

»Sie ist phantastisch.« Seine Stimme versagte, als sich sein Kopf wieder mit Bildern von ihr füllte. »Sie ist … Ich würde alles für eine Nacht mir ihr tun. Alles.«

»Auch deine Frau betrügen?«

Jetzt war er es, der schwieg. Es war ungeheuerlich, aber die Vorstellung, seine Frau zu betrügen – die Frau, die er in den letzten drei Jahren geliebt hatte -, rief nicht das geringste Schuldgefühl in ihm hervor.

»Aber du planst nicht, diese Frau in deinem Haus zu bumsen, oder? Das musst du mir versprechen.«

»Ich will sie nur sehen.«

»Ich hoffe, du hast dir das gut überlegt.«

»Ich muss sie sehen.«

Es war ein Fehler. Er wusste es sofort, als sie zusammen eintrafen. Eifersucht würgte ihn, als Nova als Phils Freundin vorgestellt wurde, und er fauchte seine Frau an, als sie meinte, dass sie ein gutaussehendes Paar seien. Er suchte Zuflucht im Cognac, von dem ihm immer schlecht wurde, und da er vorher Champagner getrunken hatte, plagten ihn bald Kopfschmerzen, die ihn aggressiv werden ließen.

Trotzdem kippte er weiterhin den goldgelben Cognac und hoffte, dass die wärmende Flüssigkeit seinen Magen beruhigte und seine furchterregende Leidenschaft betäubte. Er wollte betäubt werden. Seine Gefühle für Nova waren zu heftig, um sie beherrschen zu können.

Seine Blicke brannten sich in Phil. Phil, das blonde, schwerfällige, Rugby spielende Faultier. Was, zum Teufel, bildete er sich ein, mit ihr durch die Räume zu paradieren, einen Arm um ihre Hüften gelegt? Er lachte über ihre Witze und schielte in ihren Ausschnitt. Bastard. Du sollst sie zu mir bringen. Nimm deine dreckigen Hände weg von ihr.

Sie machte es noch schlimmer. Sie spielte die Rolle von Phils Freundin mit zu großer Überzeugung. Sie betrachtete Johnny kaum. Sie hatte ein Messer in

Johnnys Herz gerammt und drehte es um. Und genoss seinen Schmerz. Als sich ihre Blicke trafen, sah er, dass sie von der vermaledeiten Situation entzückt war. Was, zum Teufel, trieb sie mit ihm?

Als die Lichter ausgeschaltet wurden für die Geburtstagstorte, gab Johnny seinem brutalen Verlangen nach, das sein Gehirn peinigte. Er wieselte zwischen den Freunden vorbei, bis er hinter ihr stand. Die Gäste sangen, aber die Fröhlichkeit im Zimmer prallte an ihm ab, er war gebannt von ihrer Nähe.

Sie trug ein langes, glattes, schwarzes Kleid mit schmalen Trägern, darunter keinen BH. Eine Handbreit unter dem Kleid lugten rot lackierte Zehen aus den Sandalen im Schlangenleder-Look hervor, die Absätze bestimmt zehn Zentimeter hoch. Sein Blick brannte auf der nackten Haut ihrer Schultern.

Er vergaß Phil, er vergaß seine Freunde, er vergaß seine Frau. Er schob seinen Körper näher an ihren heran, bis er den Sommer ihrer Haut riechen konnte. Er packte ihre Taille und zog sie dicht an sich. Sein Schaft, hart wie immer, wenn sie in der Nähe war, schmiegte sich zwischen die betörenden Kurven ihres Hinterns. Eine Hand griff nach vorn und stieß durch das Kleid zwischen die Labien. Er spürte, dass sie keinen Slip trug. Sie war willig und bereit, schloss er daraus.

»Ich will in deine Brüste beißen«, raunte er ihr ins Ohr. »Ich will dich schreien hören.«

Das Singen hatte aufgehört, und die Lichter gingen wieder an. Er zog sich widerwillig von ihr zurück, ging zu seiner Frau und küsste sie zögerlich.

Als Phil und Nova gingen, verließ Johnny die Party und folgte ihnen. Alkohol und Neid ließen das Autofahren zu einer gefährlichen Angelegenheit werden, denn statt auf den Verkehr zu achten, hatte er nur Augen für Phils dunkelgrünen Sportwagen.

Er passt kaum in diese Angeberkarre, dachte Johnny. Dieser dicke Fettwanst. Er strengte die Augen an, um Novas Kopf zu sehen, wollte ihre Bewegungen erkennen. Oder unternahm sie gerade mit Phil das, was sie auch mit ihm in der dunklen Gasse getan hatte?

Nun ja, sie hatten die Party gemeinsam verlassen, hatten nicht mehr als eine schwache Höflichkeitsfloskel zum Abschied gesagt. »Auf Wiedersehen. Es war eine wunderbare Party, danke.« Sie hatte seine Hand geschüttelt, als wäre er ein Fremder. ›Aber ich will dich vögeln!‹, hatte er sagen wollen. Er hätte gern das Entsetzen in den Augen seiner Frau gesehen.

Er sah sie in einen Türeingang neben dem Marquis verschwinden, und er suchte verzweifelt einen Parkplatz. Hier hatte er sie das erste Mal gesehen. Dies war seine Phantasie, nichts Phils, und Phil hatte kein Recht, mit seinen Stiefeln, Schuhgröße 49, auf seiner gequälten Seele herum zu trampeln.

Johnny fand den Türeingang. Auf der Klingel stand NOVA CAINE & THE MARQUIS, aber er dachte sich nichts dabei. Er hätte sich etwas dabei denken sollen. Nova Caine. Warum erinnerte ihn das an einen Zahnarzt? Und sie lebte mit dem Marquis zusammen. Nicht mit Mr. Caine. Ja, er hätte sich etwas dabei denken sollen.

Aber die Haustür stand offen, und er dachte an nichts. Er wollte sie nur haben. Er rannte den dunklen, klammen Treppengang hoch. Oben stand eine weitere Tür einen Spalt weit offen. Er drückte sie ganz auf, damit er hineinsehen konnte.

Wenn er aufmerksamer gewesen wäre, hätte er den stereotypen Beat der Musik aus dem Marquis gehört und das leise Durcheinander von Männerstimmen. Er hätte registriert, dass sie über dem Marquis lebte, was ihm dann auch zu denken gegeben hätte, ganz bestimmt in Verbindung mit ihrem Namen auf der Türklingel.

Aber er war nicht aufmerksam, er hatte nur Augen für das trübe rote Licht und die schmalen Träger ihres schwarzen Kleids, das langsam von ihren Schultern glitt. Und für Phils klobige Hand, die eine nackte Brust umfasste. Und für Nova, die sich umdrehte, der Blick eine einzige Herausforderung.

»Hau ab jetzt«, zischte er Phil zu.

Phil zuckte erschrocken zusammen. Er sah Nova fragend an. Sie nickte. »Du gehst jetzt besser.«

Ja, dachte Johnny, geh schnell, bevor ich dir den verdammten Schädel einschlage.

»Ich wollte nicht, dass es dazu kommt«, murmelte Phil. »Es ist nur so…« Er blickte verwirrt von Johnny zu Nova, als hätte sie ihn in diese Wohnung gelockt, ohne dass er sich dagegen hätte wehren können. »Es tut mir leid, Mann«, sagte Phil leise.

»Dazu hast du noch mehr Grund, wenn du dich nicht verpisst.« Johnny schlug hinter seinem Freund die Tür zu. Er selbst ängstigte sich wegen der Gewalt seiner eigenen Gefühle. »Was wird hier gespielt, Nova?«

»Ist das nicht zu erkennen?« Sie wartete, die Augen groß, die Lippen leicht geöffnet. Sie machte sich lustig über ihn. »Soll ich es laut und deutlich sagen? Phil und ich wollten gerade vögeln.«

»Aber ich hatte ihn gebeten, dich heute Abend zur Party zu bringen, weil ich…« In seinem Kopf drehte sich alles. »Ich … ich wollte dich vögeln. Du weißt es genau. Ich dachte, du wolltest es auch, aber du lachst über mich.«

Er wollte sie schlagen. Er wollte, dass sie sich so hilflos fühlte wie er. Ihr Lächeln war so kalt, dass ihm übel wurde. Er sog die Luft tief ein, um seine Gedanken zu ordnen und zu formulieren. »Was richtest du mit mir an, Nova? Du machst mich so ...« Er ballte die Hände zu Fäusten, um ihr zu zeigen, welche Gefühle sie in ihm hervorrief.

Sie lachte, und ihre Augen blickten boshaft. »Du hast kein Recht, mit mir zu schlafen, nur weil dir danach ist. Du besitzt mich nicht, Johnny. Du bist nicht mein Mann.«

Er konnte kaum atmen. In seiner Kehle steckte ein Kloß, so dick wie seine Faust. »Ich habe dich nicht zur Geburtstagsparty meiner Frau eingeladen, damit ich zusehen kann, wie du mit meinem besten Freund schäkerst.«

Sie hob die Schultern. »Dann hättest du deinem besten Freund nicht sagen sollen, er soll mich als seine Freundin ausgeben. Was soll ich denn als seine Freundin tun? Einfach herumstehen und mit niemandem reden, damit ich deine Gefühle nicht verletze? Phil gefällt mir. Ich wollte mit ihm schlafen.«

Das Leben wich aus seinem Körper. »Quälst du mich absichtlich?«

»Durch was?«

Sie folterte ihn. Sie lächelte, als ob das alles nur ein Scherz wäre. Sie ließ den anderen Träger von der Schulter rutschen, und ihr Kleid fiel auf den Boden. Sie trat heraus und stand da, nur noch mit ihren Schuhen bekleidet. Sie saugte an der Spitze ihres Mittelfingers und rieb ihn zwischen die Labien. Sie trieb ihn in den Wahnsinn.

Sie hatte einen unglaublichen Körper. Die Narben und Flecken sowie das Tattoo auf dem Oberschenkel unterstrichen nur die Vollendung ihrer Form. Sie war makellos wie ein Statue, marmorne Reinheit, die durch das schmutzige Graffiti noch reiner wurde. Oder eine gefallene Göttin. Oder ein Engel, der sich in

Selbstmordabsicht in die Verlockungen der Hölle stürzt und wieder aufsteigt, in den Augen der Spiegel der Schrecken und der Lust, die sie gesehen und erlebt hatte.

Bevor er wusste, dass er den Mund geöffnet hatte, waren die Worte schon heraus. »Ich will dich haben. Ich will dich mehr als alles andere in der Welt. Ich habe noch nie jemanden so heftig begehrt.«

»Ich weiß.«

Ihr Finger verschwand jetzt ganz in ihrem Innern. Johnny spürte, wie seine Beine schwach wurden. »Ich habe meine Frau belogen, als ich von der Party einfach abgehauen bin. Aber ich konnte den Gedanken nicht ertragen, dass du mit meinem besten Freund schlafen würdest.«

»Ich weiß.«

»Ich glaube, ich hätte ihn umgebracht, wenn ich euch im Bett überrascht hätte.«

Sie nickte und stieß einen leisen Seufzer aus, während sie sich weiter mit dem Finger vergnügte. »Jetzt sind wir allein, Johnny. Was willst du denn mit mir tun?«

So viele Dinge. Womit sollte er anfangen? Er wollte sie schlagen, hart ins Gesicht schlagen, damit sie begriff, wie wütend er war und wie schwach sie ihn gemacht hatte. Er wollte sie aufs Bett drücken und voller Kraft von hinten in sie hinein stoßen. Er wollte ihren Körper für seine eigensüchtigen Bedürfnisse nutzen, ohne darauf zu achten, was sie brauchte.

Aber er wollte auch ihr Gesicht sehen. Er wollte die Dankbarkeit sehen und wie die Kälte in ihren Augen in Lust schmolz, während er sie nahm. Er wollte sie wimmern hören. Er wollte ihr einen Orgasmus besorgen. Er wollte in ihren Gedanken lesen können.

Er trat auf sie zu. »Ich … ich …«

»Sage gar nichts.« Sie nahm seine Hand und legte

sie auf die Stelle, wo ihre gewesen war. »Zeige es mir.«

Er zeigte es ihr. Er fuhr mit einem Finger tief in sie hinein, und sie schüttelte sich und seufzte, und er seufzte auch, denn jetzt wusste er, dass er sie haben würde, auch wenn es nur für einen Moment war.

Er rieb hart in ihr, fuhr mit dem Handrücken über ihre Klitoris. Sie stöhnte und wand sich und klammerte sich an ihn. Ihre Fingernägel gruben sich in seine Haut, und der plötzliche Schmerz trieb ihn noch an. Er stieß schneller und härter zu.

»Zeig mir, was du willst«, flüsterte sie.

Er packte sie am Arm und zog sie hinüber zum Bett, das an der Wand stand. Er drehte sie herum, dass sie mit dem Gesicht zur Wand stand, mit dem Rücken zu ihm. Er drückte kurz in ihre Kniekehlen, ihre Beine knickten ein, und sie kniete auf dem Bettrand, die Hände auf die Matratze gestützt, ihr Körper offen und verletzlich und bereit für ihn.

Johnny ließ sich keine Zeit zum Ausziehen. Er zog den Reißverschluss auf, stellte sich hinter sie, hielt sich mit beiden Händen an ihren Hüften fest und drang mit seinem geschwollenen Schaft in sie ein.

Ihr Stöhnen war voller Schmerz. Er lächelte darüber und spannte sein Gesicht an, als er endlich in dem Gefühl baden konnte, tief in ihrer engen, nassen, heißen Möse zu sein, sie bis zum Äußersten zu füllen. Das hatte sie verdient. Sie hatte es verdient, sich so hilflos zu fühlen, wie er sich jeden Tag fühlte, seit er sie kennen gelernt hatte, ganz besonders aber heute Abend, als er sie mit einem anderen Mann hatte sehen müssen. Sie hatte es verdient, dass sie zu einem zitternden, wimmernden Bündel wurde. Nichts mehr. Nur ein Bündel. Eine Möse. Seine Möse.

Aber sie war nicht nur ein Bündel. Er wollte nicht nur eine Möse. Er wollte sie. Er wollte wissen, dass sie sein war. Er zog sich aus ihr heraus und drückte sie aufs Bett. Er legte sie auf den Rücken und kniete über ihrem Körper, der von der Erregung leicht rötlich schimmerte. Er senkte seinen Schaft über ihre offene Vagina. Sie zog die Knie an und spreizte bereitwillig die Schenkel. Er sah hinunter, sah das Wort HURE, sah den schmalen dunklen Streifen ihrer Schamhaare und stieß mit einer Kraft hinein, die der Wahnsinn unterstützte.

Er beobachtete sie, während er zustieß. Sie blieb stumm, abgesehen davon, dass bei jedem Stoß geräuschvoll der Atem aus ihr gepresst wurde, den er auf seinem Gesicht spüren konnte. Sie schlang die Schenkel um seine Hüften, und die Fersen stützten sich fest auf seinen Rücken. Ihre Hände drückten ihre Brüste, sie zogen an den Nippeln und zwirbelten sie. Sie schaute ihn unablässig an. Sie wartete.

Sie lächelte. Als er das sah, platzte das Verlangen aus seinem Schaft, und er stieß noch einmal tief zu. Er wollte sie überschwemmen, wollte sie auf ewig mit ihm selbst beflecken, wollte sie markieren, wie ihr Ehemann es getan hatte. Sie war noch nicht gekommen, aber das war ihm egal.

Er hatte sich genommen, was er wollte. Er hätte sich erleichtert fühlen sollen. Aber als sie lächelte, wurde ihm bewusst, dass er süchtig war. Er wollte sie nicht nur für diesen Augenblick – er wollte sie jeden Tag und jede Nacht. Er wollte sich laben an ihr. Er wollte nie wieder nach Hause gehen, er wollte in ihrem Schatten existieren.

Losgelöst vom eigenen Körper sah er plötzlich, was er war: Nicht der lustgetriebene Mann, der sich selbstsüchtig genommen hatte, was er wollte, sondern ein armes, hilfloses Insekt, geblendet vom unwiderstehlichen Licht, in ihren Armen langsam sterbend. Er fühlte sich klein und schwach und wütend, dass sie das aus ihm gemacht hatte.

Sie fragte ihn: »Was würdest du für mich tun?«

»Alles«, antwortete er wahrheitsgemäß.

»Wie rührend«, sagte eine Männerstimme.

Johnny riss den Kopf herum, der Stimme entgegen. In ihrem Zimmer stand ein Mann, und irgendwie wusste Johnny, dass er schon die ganze Zeit da gestanden und sie beobachtet hatte.

»Johnny, ich möchte, dass du meinen Mann kennenlernst, den Marquis.«

Er zuckte zusammen und wollte sich aus ihr zurückziehen, aber ihre Schenkel waren unglaublich kräftig, und sie schlang die Beine noch fester um ihn, so dass es ihm unmöglich war, sich zu bewegen. Er musste einfach liegen bleiben, den Schaft in der Frau des anderen Mannes, der da stand und zusah.

Diesmal erkannte Johnny ihn sofort. Er war der Barmann aus dem Marquis, groß, gepierct an Stellen, die man eigentlich nicht piercen sollte, buschiger Schnurrbart und Glatze. Er hatte einen breiten, muskulösen Brustkorb, nackt bis auf eine gewaltige blaugrüne Tätowierung, die sich über die ganze Brust erstreckte. Von den Nippeln hingen Goldringe hinunter. Er trug fingerlose Lederhandschuhe. Seine Beine waren lang und stämmig, sie steckten in engen schwarzen Lederhosen.

Johnny schaute Nova an. Er spürte, wie es in seinem Gesicht zuckte, während er nach einer Erklärung suchte. »Dein Mann?«, fragte er. In ihr Lächeln hinein sagte er: »Aber er ist …«

»…schwul, willst du sagen.« Der Marquis trat näher, blieb neben dem Bett stehen und lächelte, als könnte er an der Situation nichts Ungewöhnliches erkennen. Er legte eine Hand auf Johnnys Schulter. »Die Dinge sind nicht immer so, wie sie scheinen, Johnny. Du darfst die Menschen nicht nach ihrem Aussehen beurteilen. Ich mag Frauen und Männer.«

Was konnte er sagen? »Oh.«

»Wenn man nach dem Aussehen urteilt, Johnny, kann man falsche Eindrücke erhalten.« Seine grausamen Finger – die gleichen, die auch Nova diese Schmerzen zugefügt hatten – quetschten Johnnys Wange. »Du kannst einen Mann wie mich ansehen und rasch Schlussfolgerungen ziehen. Ja, ich schlafe auch mit Männern.« Er beugte sich tief hinunter und flüsterte in Johnnys Ohr, wobei der Schnurrbart leicht über die Haut rieb: »Aber es geht nichts über eine Muschi, was, Johnny? Kerle wie du können ihr einfach nicht widerstehen, stimmt's?«

»Es tut mir leid. Es tut mir leid. Ich wusste nicht, dass Sie … Es tut mir leid«, stammelte Johnny.

Der Marquis hörte gar nicht zu. »Wenn du Leute nach ihrem Aussehen beurteilst, könntest du auch bei meiner Frau zu bestimmten Schlussfolgerungen kommen. Du siehst die Narben und Striemen und denkst, diese Frau sei mit einem brutalen Mann verheiratet. Hast du das nicht gedacht, Johnny? Hat sie dir das gesagt?«

»Ich …« Bitte, Gott, lass es nur ein Traum sein.

Der Marquis setzte sich aufs Bett. Johnny war schwindlig von dem Wirbel an Emotionen, der in ihm tobte. Gefühle, die nicht zueinander passen wollten. Hier lag er, sein abgeschlaffter Penis noch in ihr, während der Ehemann dicht neben ihm saß und über Novas Haare strich. Himmel. Das war doch verrückt.

»Hat sie dir gesagt, dass ich sie bestrafe? Dass ich ihr Schmerzen zufüge? Hat sie dir gesagt, wenn ich weiß, dass sie mit einem anderen Mann zusammen ist, dass ich sie mit der Peitsche bearbeite, bis sie mich anbettelt aufzuhören?« Er grinste und zeigte dabei einen Goldzahn. »Hat sie gesagt, dass ich das Wort ›Hure‹ in sie eingeritzt habe, damit kein Mann sie mehr anfassen sollte?«

Johnny hatte Angst. Mehr Angst, als er je gehabt hatte. Mehr Angst als damals beim Rugbyspiel, als jemand auf sein Gesicht gestampft war und sein Wangenknochen gebrochen war. »Ich weiß nicht, was hier eigentlich gespielt wird«, sagte er, »es tut mir alles sehr leid, aber ich glaube, ich sollte jetzt gehen, um euch beide in Ruhe über …«

»Aber hat sie dir auch gesagt, dass sie mich anfleht, ihr weh zu tun?« Der Marquis legte eine Pause ein, um die Wirkung seiner Aussage sinken zu lassen. »Siehst du, das meine ich mit vorschnellen Urteilen. Sie ist eine so schöne Frau, nicht wahr? So eine starke Frau. Man würde es einfach nicht glauben.« Er streichelte über ihre Wange, dann fuhr die Hand hinunter über den Hals und über eine Brust. Er zog am Nippel, bis sie den Rücken leicht krümmte und aufstöhnte. »Sie ist süchtig nach Schmerz, das arme Mädchen. Sie steht darauf, dass man ihr weh tut.« Der Marquis blinzelte Johnny zu, als teilten sie jetzt ein Geheimnis. »Sie mag es, als Hure behandelt zu werden.«

Johnny schluckte. Er machte sich vor Angst bald in die Hose. Er wollte nicht hier sein, er wollte nicht länger zuhören, nicht tiefer in diesen Alptraum sinken. Er hatte keine Ahnung, was ablief, und er wollte es auch nicht wissen.

»Willst du ihr weh tun, Johnny?«

Er sah von Nova zum Marquis. Beide grinsten ihn dümmlich an, sie erinnerten ihn an zwei Teenager, die den Streber der Klasse zu einer Zigarette verführten, wissend, dass er süchtig wurde und sich zu einem frühen Tod rauchte. »Was?«, murmelte er.

»Ich wette, du würdest es gern ausprobieren. Ich wette, du willst es ihr heimzahlen, weil sie dich so hilflos macht.«

Woher wusste der Marquis, wie er sich fühlte?

»Ich wette, du hast schon darüber nachgedacht,

nicht wahr? Du hast bestimmt schon bei eurem ersten Treffen daran gedacht.«

Er schluckte seine Schuld hinunter und versuchte, sich von Novas Schenkeln zu lösen. »Ich glaube, ich sollte jetzt gehen.«

»Ich wette, du willst sie so hilflos sehen, wie du selbst bist«, sagte der Marquis.

Das war zu bizarr. Zum ersten Mal, seit er Nova kennengelernt hatte, dachte er an seine Frau zu Hause, und dieser Gedanke gab ihm die Kraft, sich aus Novas Umklammerung zu befreien. Er zog den Reißverschluss seiner Hose hoch und rannte zur Tür.

Aber sie ließ sich nicht öffnen. Er fuhr herum und sah den Marquis am Bett stehen und Nova quälen. Sie kniete sich gehorsam hin und hob die Hände zu ihm hoch. Er legte ihr lederne Manschetten an, die an Ketten von der Decke hingen. Johnny waren sie bisher nicht aufgefallen. Viele Dinge waren ihm nicht aufgefallen.

Was er aber bemerkte war, dass seine Angst schwand und durch etwas viel Entsetzlicheres ersetzt wurde. Er hätte nach dem Türschlüssel suchen sollen, um aufzuschließen und wegzulaufen, irgendwas, nur nicht langsam zum Bett zurück zu gehen. Er bewegte sich zögernd, sah offenen Mundes zu, wie der Marquis seine Hose öffnete und dann Novas Kopf an den Haaren zu seinem Schoß führte. Er sah ihren vernarbten Rücken, sah, wie sie den Kopf hin und her wand, um dem Schaft des Marquis zu entgehen.

»Siehst du, Johnny?«

Er sah Dinge in sich selbst, die er nicht sehen wollte. Er spürte, wie er wieder hart wurde, und er schämte sich. Aber seine Scham hielt ihn nicht davon ab, Nova zu begehren, im Gegenteil, sie trieb ihn immer näher ans Bett heran, bis er den Wahnsinn in ihren Augen erkennen konnte.

Er stand neben dem Bett und sah, wie der viel zu große Schaft in dem schmalen Mund verschwand. Der Marquis stieß hart zu, und sie versuchte, den Kopf zurück zu nehmen, aber der Griff an ihren Haaren war zu fest. Ihr Gesicht war schmerzverzerrt.

Sie hustete und stieß wüste Beschimpfungen hervor, als der Marquis sich über Hals und Brüsten seiner Frau ergoss.

»Siehst du, Johnny? Sie ist eine Hure. Nur so kannst du sie behandeln. Stimmt es nicht, Liebling?«

Er packte sie an den Haaren und zwang sie, ihn anzuschauen. Sie sah erschöpft und erregt und heiß aus, ein bisschen wie ein Junkie, dachte Johnny. »Tu mir weh«, flüsterte sie heiser.

»Hast du gehört, Johnny?« Der Marquis hob eine Augenbraue und sah ihn an. »Sie will, dass du ihr weh tust.«

»Ich kann nicht«, sagte er. Ihre Haut war so wunderschön. Sie hatte so viele Narben, die von den Schmerzen kündeten, die sie schon erlitten hatte. »Ich könnte ihr nicht weh tun«, raunte er. Aber er wollte es.

»Tu mir weh«, bettelte sie. Der Marquis stieg vom Bett und schritt durchs Zimmer. Er hob etwas von einem Stuhl auf und brachte es Johnny. Es rollte sich auseinander und schleifte hinter dem Marquis über den Boden. Was er Johnny in die verschwitzte Hand drückte, war ein dicker, glatter Griff.

»Tu ihr weh«, sagte der Marquis.

Johnny schaute auf seine Hand, dann zum Bett. Aufgekratzt und wimmernd lag Nova da und bewegte sich provozierend.

»Ich kann nicht«, sagte Johnny. »Ich kann das nicht.«

Der Marquis stand wie ein Teufel neben Johnny, sie standen Schulter an Schulter, und der Marquis raunte ihm all die Gründe zu, warum Johnny es doch können sollte. »Denke nach«, sagte er. »Denke daran, was sie aus dir macht. Denke daran, wie sie mit deinem besten Freund geflirtet hat. Das hat sie absichtlich getan, um dich zu quälen. Sie hätte es am liebsten direkt vor dir mit ihm getrieben. Sie will, dass du ihr weh tust. Sie ist eine Hure. Tu ihr weh.«

Die Spannung in seinen Eingeweiden schoss in seine Hand. Er packte den Griff, hob ihn über den Kopf und ließ das schmale Lederband durch die Luft zischen, ehe es mit lautem Knall auf ihrem Körper landete. Ihr Schrei war noch lauter. Ihr Körper zuckte wie nach einem Stromstoß. Sofort wurde ihre Haut von einem hellen Rot markiert, ein schmaler Streifen quer über Rücken und Po.

Das Gefühl der Scham ließ ihn das Gesicht verziehen. Himmel, was hatte er getan? Was dachte er?

»Mehr«, stöhnte sie.

Er tat es wieder, schlug diesmal quer über den Hintern. Die Backen zuckten unkontrolliert. »Mehr«, sagte sie wieder, und er traf die Oberschenkel, die Schulter, die Hüften, und er spürte, wie seine eigene Lust sich um sie legte wie die zischende Lederzunge. Schließlich fühlte er Erleichterung.

»Sie ist eine Hure«, sagte der Marquis. Es klang wie eine geheime Nachricht, die Johnny entschlüsselte und nachsprach. »Hure«, murmelte er.

»Ja«, sagte sie seufzend.

»Hure«, sagte er, lauter.

»Oh, ja«, stöhnte sie. »Ich bin eine Hure. Bestrafe mich. Ich habe es verdient.«

Er ließ immer wieder die Peitsche knallen, und der Marquis hörte nicht auf, ihn anzutreiben, bis er ihm die Peitsche aus der Hand nahm und ihn zum Bett schob. »Besorg's ihr. Sie braucht es.«

Voller Scham näherte er sich ihr. Er kniete sich aufs Bett und schaute in ihr Gesicht. Die Augen hatten den

Ausdruck der wahnsinnigen Leere, den er von Drogensüchtigen kannte. »Zeig‹s mir«, flüsterte sie, und ihre Stimme zitterte wie der ganze Körper. »Ich bin deine Hure. Zeig mir, was du mit mir tun willst.«

Die Scham kehrte zurück, als er zwei Stunden später kraftlos neben ihr lag. Sie rutschte an seinem Körper entlang und nahm seinen abgeschlafften Penis in den Mund.

»Was würdest du für mich tun, Johnny?«

Es dauerte eine Weile, bis er verstand, was sie gefragt hatte. Er antwortete nicht.

»Sage mir, was du für mich tun würdest«, sagte sie wieder, ehe sie ihn erneut in den Mund nahm.

Er spürte, wie er wuchs. Er wollte nicht antworten. Er wollte nicht das eine Wort sagen, das sie hören wollte.

»Du wirst nie wieder mit deiner Frau schlafen können«, sagte sie. »Nach dem, was wir alles getrieben haben.«

Er wusste, dass sie Recht hatte. Es war zu spät. Er würde seiner Frau nie wieder in die Augen sehen können, vom Schlafen ganz zu schweigen. Er würde immer mehr wollen, würde Schmerzen erleiden und zufügen. Sein bisheriges Leben war tot. Er war der Sucht verfallen.

Er würde alles tun, um seine Sucht ausleben zu können.

Alles.

»Studenten der Ökonomie sollten es eigentlich besser wissen«, sagte mein Vater, als ich ihm mit der Nachricht kam, dass mein Studentenkredit bereits aufgebraucht war.

Ich argumentierte, dass ich gerade mal im zweiten Semester war und die Grundprinzipien meines Studienfachs noch nicht beherrschen konnte, aber er gluckste nur in jener gönnerhaften Art, die Vätern eigen ist, und sagte, dass mein leerer Geldbeutel mir die Grundlage der Ökonomie schneller vermittelte als jedes Studium. »Und wenn du weiterhin dein Geld gegen Alkohol tauschst, mein Kind, dann wirst du rasch erfahren, dass Banken keine Wohltätigkeitsvereine sind. Sie wollen Geld verdienen und nicht dein Vergnügen finanzieren.«

»Aber ich bin Studentin!« Ich lachte. »Ich lebe in London, Dad. Was erwartest du denn, was ich tun soll? Jeden Abend zu Hause bleiben und bei Kerzenschein lernen? In dieser Bruchbude, die sie hochtrabend Studentenresidenz nennen? Wir haben keine Mäuse, Dad, weil sie sich vor den Ratten fürchten.«

»Nun übertreib mal nicht, meine Liebe. Wenn du kein Geld hast, musst du das tun, was jeder andere auch tut. Was deine Mutter und ich getan haben, als wir in deinem Alter waren. Was deine Brüder getan haben, als sie zur Universität gingen. Schwing dich auf dein Rad und such dir einen Job.«

Ich hätte wissen sollen, dass ich von ihm keine Sympathie erwarten konnte.

Also nur noch von frischer Luft auf Toast leben? Meine Kneipenbesuche aufgeben? Dann lieber einen Job suchen.

In einem Fast-Food-Laden wollte ich nicht arbeiten, das ging mir gegen die Ehre, und als Kellnerin in einem Pub arbeiten kam auch nicht in Frage – ich brauchte meine freien Abende, um sie in Pubs verbringen zu können. So nahm ich einen Job an, Videorekorder neu einzustellen, damit sie Sendungen von Kanal Fünf aufnehmen konnten.

Das war nun wirklich nicht das, was ich unter Spaß verstehe, aber die Bezahlung war okay, und die Arbeitsstunden konnte ich meinen anderen Verpflichtungen anpassen. Wenn ich morgens aus dem Bett kriechen musste, weil ich eine Vorlesung hatte, arbeitete ich an den Nachmittagen und Abenden, wenn meine Abende anders belegt waren, ließ ich eine Vorlesung sausen und arbeitete tagsüber. Außerdem bot der Job mir die Gelegenheit, andere Haushalte kennenzulernen. Ich war immer schon neugierig.

Es war nicht der ideale Job für eine junge Frau, aber man hatte uns gesagt, dass wir ein Haus nicht betreten sollten, in dem wir uns nicht sicher fühlten. Und davon habe ich einige zu sehen bekommen, glauben Sie mir. Ich dachte, die Geschichten meiner Kollegen – vom Hundekot auf dem Boden und Wohnungen voller angriffslustiger Katzen (mit dem Geruch ihrer Exkremente) und einer Ansammlung von Verrückten, die ihre Rolle aus *Einer flog übers Kuckucksnest* lebten – seien übertrieben, aber das waren sie nicht. Die schlimmsten Anblicke erlebte ich hinter den unauffälligsten Fassaden.

Der Anblick des Hauses, vor dem ich jetzt stand, gefiel mir. Noch besser gefiel mir der Anblick des Mannes, der mir die Tür öffnete. »Halloo!«, begrüßte er mich. »Komm herein«, sagte er einladend, bevor er überhaupt wusste, wer ich war und was ich wollte.

»Ich bin hier, um deinen Videorekorder einzustellen, damit du Kanal Fünf aufnehmen kannst, wenn er zu senden beginnt. Sag mal, kennen wir uns nicht?«, fragte ich lächelnd, und in Gedanken fügte ich hinzu: Wenn nicht, möchte ich dich gern kennenlernen.

»Wir haben uns letzten Freitag in der Studentenbar unterhalten«, sagte er mit einem Lächeln, das mir sagte, er hätte gern mehr mit mir getan als nur unterhalten.

»Ich kann mich nicht erinnern.« Ich kann mich eigentlich an keinen Freitagabend erinnern. »War es eine interessante Unterhaltung?«

»Sehr.«

Wir standen da und lächelten uns an. Dann fiel mir auf, dass es nicht nach Katzenpisse roch, auch nicht nach Hundedreck, nicht einmal nach altem Schweiß oder gebackenen Bohnen – dieser Geruch hängt wie eine Wolke in allen Räumen der Studentenresidenz. Nein, dies war keine gewöhnliche Studentenbude. »Das ist ein phantastisches Haus«, sagte ich und schaute mich neiderfüllt um. Viel Platz, viel Licht. Ich fragte mich, wie es sein müsste, in mehr als nur einem Zimmer zu wohnen und keine klammen Kleider mehr anziehen zu müssen.

»Ja«, sagte er und folgte meinem Blick, als ob er sich das Haus jetzt erst richtig betrachtete. Was durchaus der Fall sein mochte. Verwöhnte Kinder wissen solche Dinge nicht zu schätzen. »Es ist ganz in Ordnung hier. Bei unserer Preisvorstellung konnten wir nicht allzu wählerisch sein. Und wir sparen uns die Miete.«

»Was? Dir gehört das Haus?« Ich war sprachlos. Studenten konnten auch etwas besitzen?

»Wir haben unsere Studiengelder in einen Topf geworfen«, erklärte er und führte mich ins Wohnzimmer.

Vier weitere junge Kerle, alle nicht weniger schmackhaft als der Türöffner, hatten es sich dort auf den verschiedensten Möbelstücken bequem gemacht, und ich wette, dass die Möbel nicht älter als ein Jahr waren.

»Wir sind schon zusammen zur Schule gegangen, deshalb fanden wir es lustig, zusammen ein Haus zu kaufen. Wir können hier wohnen, solange wir an der Uni sind, und später vermieten oder verkaufen wir es.«

Voller Neid schaute ich auf den sauberen Teppich, die frische Farbe an den Wänden, den extra großen Fernsehbildschirm, die Stereoanlage, deren Boxen so groß waren wie mein Kleiderschrank, den gefüllten Barschrank und die Schiebetür, die in den Garten führte. Sie hatten einen Garten! Ich fragte mich, ob einer der Hausbesitzer mich heiraten wollte.

»Das ist Owen«, sagte der Türöffner und wies auf den hoch aufgeschossenen blonden Kerl, der den größten Teil des Sofas einnahm. Owen winkte mir zu und lächelte scheu. »Pete, Jules, Ben – und da du dich nicht mehr erinnerst, mich am vergangenen Freitag gesehen zu haben, stelle ich mich auch noch einmal vor, ich bin Adam.« Er hielt mir die ausgestreckte Hand hin.

Lächelnd schüttelte ich seine Hand. »Ich bin Eve.«

»Adam und Eve.« Seine dunkle Augenbraue hob sich. »Wir haben gerade ein paar Bierdosen aufgerissen, Eve. Kann ich dich dazu verführen?«

Ich strahlte ihn an.

Er zog eine Dose aus dem Sechserpack heraus und reichte sie mir.

»Eigentlich sollte ich ja nicht – ich meine, während der Arbeit.«

»Ach, es gibt keine Regel ohne Ausnahme.«

Überredet. Ich nahm einen Schluck und ging hinüber zum Fernseher. Ich setzte die Bierdose auf meine Werkzeugtasche und kniete mich vor den Bildschirm. Ich streckte den Finger nach dem Aus-Schalter aus.

»Eh, ich muss euch das ausschalten, sonst kann ich den Rekorder nicht einstellen. Tut mir leid. Ich weiß ja, dass es bei Neighbours gerade besonders spannend zugeht, aber ich muss arbeiten.«

Sie stöhnten und murrten, als der Schirm dunkel wurde. »Sie stellt uns Kanal Fünf ein, damit wir ihn mit dem Videorekorder aufnehmen können«, erklärte Adam.

»Wozu brauchen wir Kanal Fünf?« rief einer von ihnen. »Was zeigen die eigentlich?«

»Zeigen sie Pornos?« fragte jemand.

»Fragt mich nicht«, sagte ich und fing mit meiner Arbeit an. Es sollte ganz einfach sein, hatte man mir gesagt, aber so ganz beherrschte ich mein Metier noch nicht. »Ich spiele hier nur an den Knöpfen herum.«

»Dann beeile dich. Es gibt noch einige andere Knöpfe, an denen du spielen kannst.«

Ich grinste vor mich hin und ließ mich nicht einschüchtern. Ich konnte trinken, rülpsen, furzen und vulgär sein wie jeder Mann. Wenn sie glaubten, sie könnten mich durch Zweideutigkeiten in Verlegenheit bringen, dann mussten sie schon härter rangehen. Ich hatte drei ältere Brüder, mich schockierte so leicht nichts.

»Ich hätte nichts dagegen, bei dir einen wegzustecken. Voll geil, eh?«

Jetzt hatten sie die Gangart schon erhöht. Ich drehte mich um und sah, wie Pete und Jules das Poster in einem Männermagazin auseinander falteten. Adam stand hinter mir und schaute mich an. »Hübscher Arsch«, sagte er.

Ich war nicht sicher, ob er auch vom Poster des nackten Mädchens redete oder von mir (mein Po kommt in engen Jeans gut zur Wirkung), deshalb drehte ich mich um und probierte die einzelnen Einstellungen durch. Irgendwie kam ich nicht klar.

Unauffällig nahm ich mein Handbuch heraus, in dem die einzelnen Schritte erläutert sind. Um ehrlich zu sein, die Jungs hatten mich ziemlich konfus gemacht.

Das Geplänkel hinter mir dauerte an.

»Starke Titten.«

»Deine Schwester hat starke Titten.«

»Nicht so starke wie ihre.«

»Was meinst du, Eve?«

Ich drehte mich um, und sie hielten mir das Magazin hin, damit ich mir eine Meinung bilden konnte. »Hm. Sie ist nicht naturblond«, sagte ich. »Aber ihre Brüste sind hübsch.«

Ben lächelte mich an. »Deine sind hübscher.«

Ich schaute an mir hinunter. Wenn ich gewusst hätte, was mich bei dieser Adresse erwartete, hätte ich etwas angezogen, was aussagekräftiger gewesen wäre. Nun ja, das enge weiße T-Shirt war auch nicht schlecht. Ich trug einen jener BHs, die so aussahen, als trüge man keinen BH. Man konnte die Umrisse meiner Brüste durch den Stoff erkennen. Im richtigen Licht konnte man wahrscheinlich auch meine Nippel sehen.

»Ja«, stimmte ich zu. »Meine sind viel hübscher.«

»Vielleicht zeigst du sie uns später.«

»Hm.« Ich wurstelte mit dem Schraubendreher herum. »Vielleicht erlässt die Regierung ein Gesetz, dass Studenten ihre Tagesration Bier gratis erhalten.«

»Es hat was, einer Frau bei der Arbeit zuzuschauen.«

Das kam von Adam. Ich schaute unauffällig auf seine Reflektion auf dem Bildschirm. Ich sah, dass sie das Magazin beiseite gelegt hatten und mich alle fünf beobachteten.

Jules schmückte Adams Idee aus. »Wenn ich reich bin, engagiere ich ein junges, scharfes Dienstmädchen, und ich sitze den ganzen Tag nur herum und schaue zu, wie sie meine Schuhe putzt und meine

Bierflaschensammlung aus der ganzen Welt poliert.«

Angefeuert durch das beifällige Nicken seiner Kumpel spann Jules seine Phantasie weiter: »Sie muss eine sehr kurze Uniform tragen, dazu schwarze Strümpfe und Stilettos. BH und Höschen sind nicht erlaubt. Wenn sie in den Ecken den Staub wischt, muss sie auf alle Viere gehen, damit ich ihr unters Röckchen sehen kann.«

Er redete sich wirklich in Eifer, und ich hörte, wie er seine Stimme an mich richtete. Er wollte mich erröten sehen. »Wenn sie nicht ordentlich gearbeitet hat oder Fehler macht, lege ich sie übers Knie und versohle ihr den Hintern. Und wenn sie zu meiner Zufriedenheit gearbeitet hat, erhält sie eine kleine Belohnung. Ich lasse sie Sahne schlucken.«

Ich riss die Augen weit auf und konnte nur hoffen, dass mein Nacken nicht so rot war wie mein Gesicht. Ich versuchte, mich auf meine Arbeit zu konzentrieren.

»Was sagt du, Eve?« fragte Jules. »Willst du dich um den Job bewerben?«

»Das wäre der richtige Karriereschub«, sagte ich, ohne mich umzudrehen. »Meine Eltern wären stolz auf mich.«

»Du solltest lieber den Videorekorder rasch einstellen, sonst muss ich dich auch übers Knie legen.«

Meine Augen wurden noch größer.

»Und wenn du es endlich geschafft hast und ein liebes Mädchen bist, gebe ich dir Sahne zum Schlucken.«

»Das ist dann wohl die kleine Belohnung, von der du gesprochen hast?«

Die anderen lachten, aber Jules gab sich nicht geschlagen. »Du wirst ja rot«, stellte er fest.

»Lass sie in Frieden«, sagte Adam. »Du bringst sie in Verlegenheit.«

»Verlegen? Ich?« Ich schnaufte. »Nee.«

Aber natürlich war ich verlegen. Ich war auch ziemlich feucht – unverständlicher Weise erregte mich die Vorstellung, als Dienstmädchen in einem kurzen Röckchen und ohne Wäsche durchs Haus zu laufen. Und ab und zu über Jules' Knie gelegt zu werden.

Nun reiß dich aber zusammen, redete ich mir zu. Ich war Studentin der Ökonomie, nicht der wahr gewordene Traum eines jungen Kerls. Ich war intelligent. Und eine Feministin.

Aber ich war nass.

Und Jules trieb es noch weiter. »Hast du schon mal mit einer Frau geschlafen, Eve?«

»Ja«, log ich und hoffte, ihn damit zum Schweigen zu bringen: »Und du?«

Die anderen lachten. Ich schaute kurz über meine Schulter und grinste sie an.

Jules gab nicht auf. »Hast du es schon mal mit mehr als einem Mann getrieben?«

Ich ignorierte ihn. Ich hörte auf, an den Knöpfen zu drehen und drückte die Klappe zu. Ich zog den Reißverschluss meiner Werkzeugtasche zu, nahm die Bierdose und richtete mich auf. »Fertig«, sagte ich.

»Wie ist es damit?« fragte Jules.

»Womit?«

»Mehr als einer.« Er schaute von rechts nach links, dann wieder zu mir. »Ist das nichts für dich?«

Er und die anderen warteten alle auf meine Reaktion. Ich tat das einzige, was ich in dieser Situation tun konnte, um die Jungs zu beeindrucken: Ich setzte die Bierdose an und trank sie aus. »Ich schlafe nicht mit Männern, die unentwegt über Sex reden«, sagte ich. »Meiner Erfahrung nach lässt ein großer Mund auf einen kleinen Schniedel schließen.«

Auf dem Weg zur Tür warf ich meine leere Bierdose auf Jules. Adam stand auf und folgte mir in den Flur. »Tut mir leid wegen Jules«, sagte er. »Wenn eine Frau im Haus ist, wird er leicht übereifrig. Er sieht sich zu viele Männermagazine an. Er geht nicht oft aus.«

»Du brauchst dich nicht zu entschuldigen«, sagte ich. »Von meinen Brüdern bin ich Schlimmeres gewohnt.«

Es entstand ein verlegenes Schweigen, während wir an der Tür standen. Es war das Schweigen, das entsteht, wenn man sich überlegt, wie man die Unterhaltung in die Länge ziehen kann. »Was studierst du?« fragte er schließlich.

»Ökonomie, ich will mal Börsenmaklerin werden.« Ich lachte, als ich sein verdutztes Gesicht sah. Die Frauen, die er bisher kennengelernt hatten, waren wahrscheinlich von anderen Berufswünschen beseelt. »Ich will unanständig viel Geld verdienen«, erklärte ich. »Ich will nie wieder arm sein.«

»Bist du arm?«

»Nein, ich mache diesen Scheißjob nur zum Spaß. Natürlich bin ich arm. Die meisten Studenten sind es.«

Er nickte nachdenklich, als hätte er bisher noch nie über das Thema nachgedacht.

»Nun, ich muss gehen«, murmelte ich. »Um auf meine tägliche Quote zu kommen, muss ich noch fünf Besuche abstatten.«

Adam öffnete die Tür. »Vielleicht sehen wir uns am Freitag wieder in der Bar.«

»Ja, vielleicht.« Und vielleicht werden wir dann mehr tun als nur reden.

Ich konnte sehen, dass Adam dabei war, ein neues Thema zu finden, aber dann kam nur ein »Bis dann« heraus, was nicht gerade hilfreich war, die Unterhaltung in die Länge zu ziehen.

»Du gehst nicht!« Jules kam aus dem Wohnzimmer gerannt, langte zwischen Adam und mich und schlug die Haustür zu. »Du hast unseren Fernseher auf dem Gewissen, mein Schatz. Jetzt kriegen wir gar keinen Sender mehr, nicht einmal Kanal Fünf.»

Ich glaube, ich wurde kreidebleich. Ich stotterte etwas vor mich hin und ging benommen zurück ins Wohnzimmer. »Das tut mir echt leid«, sagte ich und kniete mich wieder vor den Apparat. »Ich habe diesen Job noch nicht lange, und so ein Gerät wie dieses habe ich noch nicht eingestellt. Vielleicht ist der große Bildschirm die Ursache des Problems.«

Vielleicht lag es auch daran, dass ich nicht die geringste Ahnung davon hatte, was ich eigentlich eingestellt hatte, und ich wusste auch nicht, was ich tun musste, um den Schaden zu beheben. Ich drehte an ein paar Knöpfen, setzte auch wieder den Schraubendreher ein, nahm mein Handbuch hervor, blätterte es durch und suchte nach Hilfe. Aber als ich alles getan hatte, was mir einfiel – und noch ein paar andere Dinge auch -, lief der Fernseher immer noch nicht. Statt Neighbours flimmerte es, und aus den Lautsprechern kam ein tiefes Summen.

»Das ist nicht weniger unterhaltsam als Neighbours«, sagte ich, aber die Jungs waren nicht beeindruckt.

»Ich rufe morgen im Geschäft an«, versprach ich. »Dann schicken sie jemanden, der erfahrener ist als ich. Es tut mir wirklich leid. Ich arbeite noch nicht lange in der Firma. Ich habe keine Ahnung, was ich falsch gemacht habe, aber ich bin sicher, es kann nur eine Kleinigkeit sein.« Vor Verlegenheit biss ich mir auf die Zähne und ging wieder hinaus in den Flur.

Jules folgte mir. »Wir müssen aber heute Abend noch fernsehen.«

Ich schaute auf meine Uhr. Sechs. »Jetzt ist keiner mehr im Büro. Ich schwöre, ich rufe sofort morgen früh an.«

»Du verstehst mich nicht. Wir müssen den Fernseher heute Abend repariert haben. Wir wollen uns ein paar Videos anschauen.«

Ich bedauerte wieder und sagte, dass ich nichts tun könnte.

»Verdammt«, knurrte er, »du hast uns den ganzen Abend verdorben.«

Einer nach dem anderen trat ebenfalls in den Flur. »Was fangen wir denn nun an?«, fragte Ben.

»Wir können uns über sie beschweren«, meinte Pete. »Sie hat uns tatsächlich den Abend verdorben, das soll sie büßen.«

Überrascht schaute ich ihn an. Er sah nicht so wütend aus, wie er sich anhörte. Seine blauen Augen lächelten.

»Ja«, sagte Owen, es war das erste Mal, dass ich seine Stimme hörte, »sie soll dafür bezahlen.«

»Oh, nun haltet mal ein, Jungs«, sagte ich. »Ich verliere meinen Job, wenn ihr euch über mich beklagt. Lasst mich den Fehler morgen früh beheben.«

»Morgen ist es zu spät«, sagte Ben. »Wir müssen jetzt eine Regelung finden.«

Jules trat näher an mich heran. »Wir müssen dich anschwärzen, Baby. Tut mir leid, aber du hast uns einen Abend verdorben, auf den wir uns gefreut haben. Wir wollten uns Pornos anschauen. Das sollte ein lustiger Abend werden – stimmt's nicht, Jungs?« Die anderen nickten beifällig. »Wir haben drei Klassiker ausgeliehen. Swedish Nymphos, Back Door Bandits und Convent Girls. Und jetzt haben wir nur einen flimmernden Bildschirm. Kannst du mir sagen, was wir statt dessen mit dem Abend anfangen sollen?«

»Ich weiß nicht«, sagte ich kleinlaut. »Ihr könntet lernen.«

Er schnaufte verächtlich und wandte sich an seine Freunde. »Irgendeine Idee, Leute?«

»Vielleicht gibt es eine Möglichkeit, dass sie uns irgendwie für den entgangenen Spaß entschädigt«, meinte Owen. »Ich meine, es sind nur Videos. Sie aber ist real.«

Adam stand in der Wohnzimmertür und schaute amüsiert zu, während die anderen vier mich zurück zur Tür drängten. Ich schaute hilfesuchend zu ihm und fragte ihn stumm, was denn hier ablief, aber er hob nur die Schultern.

Mit ein wenig Unbehagen und großer Erregung sah ich Jules zu, der einen Schlüsselbund von einem Tisch im Flur nahm und alle Schlösser der Haustür verriegelte.

»He, was soll das?«

»Frage nicht, was wir tun, sondern frage dich, was du für uns tun kannst«, sagte er, und die Formulierung klang schwach vertraut. Dann nahm er mich an der Hand und führte mich zurück ins Wohnzimmer.

So geschah es, dass ich ihre Abendunterhaltung wurde. Ihre eigene Live Show. Natürlich hätte ich mich weigern können. Unter ihrer zur Schau getragenen Kraft waren sie Memmen, wenn es drauf ankam. Wie fast alle jungen Kerle in ihrem Alter. Sie hatten Angst vor mir, einer richtigen Frau mit eigenen Gedanken und Gefühlen und einem dreidimensionalen Körper.

Sie waren es gewohnt, Papierfrauen anzustarren, und jetzt war ich bei ihnen, mit richtigen Brüsten und einem Zwinkern in den Augen. Ich hätte sie nur auslachen müssen, und die ganze Schau wäre in sich zusammen gebrochen, sie hätten mir die Tür aufgeschlossen, und ich wäre fast noch pünktlich zu meinem nächsten Auftrag geeilt.

Aber ich lachte nicht. Ich machte mit. Ich weiß nicht warum, aber ich machte mit.

Ich hoffe, das hört sich nicht so an, als wäre ich auch nur eine Memme. Bin ich nämlich nicht. Ich war es auch nicht gewohnt, Männern etwas zu gestatten, was ich nicht geben wollte. Aber bei diesen Männern war es etwas anderes.

Ich weiß immer noch nicht genau, warum ich es getan habe. Ich glaube, es hat etwas damit zu tun, dass ich drei ältere Brüder habe. Sie haben mich immer als kleines Mädchen behandelt, wollten mich stets beschützen. Dabei habe ich immer schlimme Dinge getan, um sie zu schockieren. Ich wollte ihnen beweisen, dass ich nicht anders war als sie. Ich wollte nicht beschützt werden. Ich habe immer versucht, meine Brüder zu beeindrucken. Und ich glaube, ich wollte auch diese Jungs beeindrucken. Ich wollte ihnen beweisen, was immer ihnen einfiel, mich würden sie nicht schockieren. Ich hatte schmutzigere Phantasien, als sie sich vorstellen konnten.

Aber ich konnte nicht vermeiden, dass ich jetzt ein wenig nervös war, wie sie da in einer Reihe auf dem Sofa saßen, und ich in einem Sessel vor ihnen. Sie überlegten, was ich für sie tun müsste, um den angerichteten Schaden zu kompensieren.

Es war gerade sechs Uhr abends vorbei, aber innerhalb weniger Minuten hatte sich die ganze Atmosphäre dieses Herbstabends verändert. Die Haustür war verschlossen, jemand hatte die schweren Vorhänge zugezogen und ein paar Lampen eingeschaltet. Es hätte Mitternacht sein können. Es wurden weitere Bierdosen gereicht und rasch geleert – ich glaube, bei diesem ersten Mal mussten wir alle ein bisschen beschwipst sein. Während sie über mich redeten und wir alle begriffen, dass etwas wirklich Unanständiges heute Abend hier geschehen könnte, war die erwartungsvolle Erregung zwischen uns mit den Händen einzufangen.

»Dieser Abend sollte voller Mädchen für mich sein«, sagte Ben. »Ich hatte mich so auf die schwedischen Nymphen gefreut. Sie muss etwas ganz Besonderes tun, um mich für entgangene Freuden zu entschädigen.«

»Sie muss alles tun, was wir sagen.« Jules genoss die Situation. »Sie muss ein braves, liebes Mädchen sein, sonst schwärzen wir sie bei ihrem Boss an.«

»Nun macht mal halblang, Jungs«, warf ich ein. »Dazu besteht kein Anlass. Ich bin sicher, wir können uns verständigen.«

»Da bin ich mir auch sicher.«

Mehr Bier, mehr Reden. Die Reden wurden schmutziger. Ich saß nur da, spürte es in meinem Schoß pochen und hörte zu, wie sie über mich diskutierten. Mehr Bier. Ich erkannte, dass sie wie die meisten Männer waren – große Klappe, nichts dahinter. Sie waren alle schrecklich scharf und schwelgten darin, über meinen Körper zu reden und wozu sie ihn nutzen könnten, aber es war, als wäre ich ein Mädchen aus ihren Girlie-Magazinen.

Keiner von ihnen hatte den Mumm, den Anfang zu machen. Wie gewöhnlich überließen sie das der Frau. Ich entschied mich für einen – zugegeben – platten Beginn, aber den würden sie bestimmt aus ihren Filmen und Magazinen kennen.

»Es ist heiß hier drinnen«, sagte ich und fächelte meinem Gesicht Luft zu. »Hat einer was dagegen, wenn ich mein Top ausziehe?«

Sie verstummten sofort. Sie stierten schweigend und schluckend, als ich mein T-Shirt auszog. Ich hatte mich bisher nie als Exhibitionistin gesehen, aber ich spürte einen nicht zu leugnenden Kick, ein Glühen zwischen meinen Schenkeln, als ich in meinem BH vor ihnen saß und sie schamlos auf meine Brüste starrten.

Ich sah sie der Reihe nach an, dann senkten sie ihre

Blicke, und die Münder öffneten sich. Als ich Adam anschaute, blickte er auf und lächelte. Er war beeindruckt, nicht nur von meinen Brüsten, sondern auch von meinem Mumm.

Aber es war Ben, der zur Aktion überging. Er hatte schon vorher meine Brüste gelobt. »Komm her«, sagte er. Ich stellte mich vor ihn. Er war groß und hager, und meine Brüste befanden sich auf einer Höhe mit seinem Gesicht. Er starrte einen Moment, und seine Unterlippe zitterte wie bei einem Kind, das am Heiligabend gerade noch gesehen hat, wie Santa Claus im Schornstein verschwand. Er blickte von rechts nach links, als wollte er entscheiden, welche schöner sei, dann gab er auf und begrub sein Gesicht im Tal meiner Brüste.

Er strich mit den Fingern über die Seiten und drückte die vollen Halbkugeln zusammen. Dabei fuhr er mit der Zunge durch die entstandene Spalte, er leckte und küsste abwechselnd. Er rutschte zum Sofarand vor und zog mich näher heran, dann langte er auf meinen Rücken und fummelte mit dem Verschluss. Er schaffte es nicht, also tat ich es für ihn.

Er zog meinen BH langsam weg, und ich sah, wie sein Kinn sackte, als er meine wirklich schön geformten Brüste endlich unverhüllt sehen konnte. Jemand stieß einen leisen Pfiff aus. Fünf Augenpaare streichelten mich.

Ich hatte noch nie im Leben eine so ungeteilte Aufmerksamkeit, und es gefiel mir mehr, als ich sagen kann.

Ben starrte immer noch. Dann begriff er, dass er mehr Optionen als nur Starren hatte. Er strich mit den Fingern über meine Haut. Er senkte den Kopf und saugte einen meiner großen Nippel in den Mund, während er den anderen so hart drückte, als wollte er Milch ziehen.

Beide Nippel waren steif und dunkelbraun, als er

sich wieder zurück lehnte. Er wusste jetzt genau, was er wollte.

»Knie dich hin«, sagte er, zog den Reißverschluss seiner Jeans auf, tauchte in die Unterhose und brachte seinen langen, dünnen Penis ans Licht. »Das habe ich mir schon oft vorgestellt.« Er sagte das zu den Jungs, aber er ließ den Blick nicht von meinen Brüsten. »Fass dich an.«

Das sagte er zu mir. Ich gehorchte, spielte mit meinen Brüsten, streichelte und drückte sie. Ich hörte Geräusche, die mir verrieten, dass er sich selbst befriedigte, aber ich schaute nicht hin. Ich beugte den Kopf und schaute auf meine Finger. Ich speichelte die Fingerkuppen ein und umkreiste meine Nippel, dann drückte ich sie hart, dass ich aufstöhnte. Ich nahm eine Brust in die Hand, hob sie an und schaffte es, mit ausgestreckter Zunge leicht über die geschwollene Warze zu lecken.

Ich hörte Ben stöhnen, und jetzt schaute ich zu ihm. Er sah voll konzentriert zu, den Blick auf meine Brüste gerichtet, und seine Hand pumpte auf und ab. Er war seinem Orgasmus nahe. Die spontane Wildheit der Szene und das Bier trugen dazu bei, dass er rasch seine Beherrschung verlor. Wie ein alter Mann streckte er einen Arm nach meiner Schulter aus, um sich daran festzuhalten. Er ruckte zum Sofarand und hatte meine steifen Nippel im Fokus. Ich hörte ihn mit den Zähnen knirschen.

»Verdammt«, grunzte er, als die ersten Tropfen seines weißen Schaums auf mich spuckten.

Das war der Moment, wo es auch mir geschah. Ich glaubte, in einem Pornofilm zu sein. Ich tunkte meine Fingerspitzen in seinen Schaum und verrieb ihn auf meinem Nippel, und dabei seufzte ich wie eine Pornodarstellerin.

Im nächsten Moment stöhnte er noch lauter und

versprühte alles auf meinen Brüsten. Keuchend warf er sich zurück.

»Das schlägt die schwedischen Nymphen um Längen«, sagte er keuchend.

Nun, danach war das Eis gebrochen. Owen sagte: »Komm her, Darling.« Ich stellte mich vor ihn wie ein Wirklichkeit gewordener feuchter Traum und wartete auf seine Anweisungen. »Jetzt musst du mich entschädigen, Babe.«

Er hatte den Penis schon in den Fingern. Mann, war der dick. Meine Augen wurden größer und größer. Ich kniete mich vor ihn, und er legte eine Hand auf meinen Hinterkopf und schob ihn behutsam zu seinem Schoß. Er schmeckte irgendwie nach Bier – oder war das der Geschmack auf meiner Zunge? Jedenfalls schmeckte er phantastisch gut.

Ich gab ihm mein Bestes, als ob ich mich für eine Hauptrolle in Convent Girls bewerben wollte. Ich zeigte ihm Hunger und Lust und nahm so viel von ihm auf, wie ich unterbringen konnte. Ich massierte seine Hoden, und dann rief er auch schon: »Schluck alles, Babe.« Es war zu spät. Ich hatte es schon getan.

Ich hob den Kopf und fühlte jemanden hinter mir. Ich sah die Jungs auf dem Sofa und wusste, dass es Pete war, der jetzt meine Jeans öffnete und seine Hände über meinen Po rieb. Er zog meine Turnschuhe und die Söckchen aus, und dann fühlte ich die Jeans ungemütlich um die Knöchel drapiert.

Pete schob meine Schenkel weit auseinander, drückte sein Kinn auf meine Schulter und genoss die Aussicht auf meine Vorderseite, während er mit forschenden Fingern in mein hauchdünnes Höschen griff.

Ich spürte, wie sich meine Lippen öffneten. Vor Lust krümmte ich den Rücken gegen seinen Brustkorb. »Gutes Mädchen«, flüsterte er, nahm meine

Hand und schob sie zwischen meine Schenkel. »Ich möchte sehen, wie du es dir selbst machst.«

Ich konnte nicht anders. Als er aufhörte, mich zu reiben, musste ich weiter machen, trotz der Tatsache, dass fünf hungrige Männer zuschauten, ihre Zungen auf dem Boden. Es war ein besonderer Kick, dass sie so gebannt zuschauten.

Mir gefiel es. Der simple Vorgang, dass ich meine Muschi berührte – ich tat es fast jeden Tag – ließ sie hecheln und kam ihnen köstlich schmutzig vor. Vor mir, auf dem Sofa, waren sie alle mit sich selbst beschäftigt, und hinter mir hockte Pete und rieb seine Erektion an meinem Po.

Ich stöhnte und seufzte, als ich fühlte, wie geschwollen, nass und bereit ich war. Ich verrieb den Saft über die vibrierende Klitoris. »Oh…« Es war unglaublich. Ich masturbierte vor Zuschauern, die das zu schätzen wussten. Ich war eine schwedische Nymphe. Und das Mädchen aus dem Konvent.

Und alles, was sie sich vorstellten. Ich war high. Ich hätte alles getan, was sie gewollt hätten.

Der Höhepunkt war nur noch Millimeter entfernt, er kündigte sich schon unter meinen Fingerspitzen an. Es war verblüffend – meist brauchte ich mindestens zehn Minuten, aber die zusätzliche Erregung resultierte aus meinem Publikum.

Der Orgasmus wurde größer, schöner, tiefer und wilder als alles, was ich bisher mit mir selbst erlebt hatte. Meine Schenkelinnenseiten begannen zu zittern, meine Hände schienen von einem zusätzlichen Motor getrieben. »Oh, Mann«, keuchte ich, »ich komme …«

Alle stöhnten zustimmend wie in einem Chor, und in meinen Orgasmus hinein spürte ich, wie Pete sich auf meiner Rückseite ergoss.

Ich hatte mich noch nicht erholt, als Jules mich an

den Armen zu seinem Platz auf dem Sofa zog. »Dein Verhalten an diesem Abend war entwürdigend. Nun, du weißt, was ich mit bösen Mädchen anstelle, nicht wahr?«

Ich wartete, weil ich sah, dass sein Blick über meine Brüste strich und dann zu meinem Delta huschte. Ich wartete und hoffte.

»Ich lege sie übers Knie und züchtige sie.«

Oh, ja!

Er drückte meine Schultern nach unten und gab keine Ruhe, bis ich quer über seinem Schoß lag, mein Gesicht auf dem Sofa, mein nackter Po hoch gereckt. Ich weiß nicht warum – ich scheine nie zu wissen warum –, aber wie ich dort so lag, hilflos, ausgeliefert, das war das bisher Schärfste für mich. Ich war so heiß, so nass, und es gab in diesem Augenblick nichts, was ich mehr wollte, als von ihm gezüchtigt zu werden.

Er enttäuschte mich nicht. Er schlug mit der flachen Hand zu, und ich schrie auf. Immer wieder klatschte die Hand auf meinen blanken Po, und bei jedem Schlag hüpften meine Brüste aufgeregt. Dann schlug er zu hart, und Tränen quollen aus meinen Augen, aber es gefiel mir trotzdem. Ich spürte seinen Penis, der sich gegen meinen Bauch drückte. Es war einmalig.

Er kam. Seine Nässe breitete sich auf meinem Bauch aus. Er schob mich abrupt von seinem Schoß, offenbar verlegen, dass es ihm gekommen war, ohne sonst etwas getan zu haben.

Ich landete unsanft auf dem Boden. »Ich hoffe, dass dir das eine Lehre ist, junge Frau.«

Ich hatte keine Zeit, darüber nachzudenken. Adam hockte vor mir. Er breitete mich auf dem Fußboden aus. »Arme kleine Eve«, sagte er leise. Seine Stimme klang wie Balsam, sie ließ mich dösen. »Was haben sie dir angetan?« Sanft wälzte er mich auf den Bauch. Ich spürte seine Lippen, als er zärtlich meinen roten Po küsste. »Was haben sie mit dir gemacht, kleines Mädchen?«

Das war Sanftheit pur. Er küsste meinen Hintern, und wenn er zwischendurch auf mich einredete, lullte mich seine Stimme ein. Ich spürte, dass ich mich nicht entspannen sollte, weil ich vorher sein Lächeln gesehen hatte und wusste, was es bedeutete.

Genau: Ich hörte, wie er seinen Reißverschluss aufzog und spürte seine Hände an meinen Hüften. Ich wurde auf alle Viere gezogen, und bevor ich Zeit hatte, mich darauf vorzubereiten, war er in mir drinnen.

»Ooooh«, presste ich stöhnend heraus. Er war groß. Er füllte mich so aus, dass ich an nichts anderes denken konnte als an besinnungslose Lust.

Ja, so begann es. Dann fragte Adam, ob ich nicht zu ihnen ziehen wollte, und während ich noch überlegte, sagte Jules mit seinem Hang für dramatische Auftritte (kurz darauf verließ er die Uni und wurde Schauspieler), dass ich gar keine andere Wahl hätte: Sie würden mich einfach nicht mehr gehen lassen.

Am nächsten Morgen packte ich meine mickrige Habe in der Studentenresidenz und zog zu den fünf Jungs, die ich kaum kannte. Aber ich brauchte sie nicht zu kennen, um zu wissen, dass dies eine perfekte Lösung war. Alle meine Probleme waren verflogen.

Die Jungs wollten nicht, dass ich für die Unterkunft bezahle. Ich kaufe ab und zu mal was zu essen oder zu trinken ein, und so einen beschissenen Job wie bei Kanal Fünf habe ich nicht mehr nötig. Ich habe denen gesagt, wohin sie sich ihren Job steckten könnten, aber erst, nachdem sie unseren Videorekorder gerichtet hatten – ja, jetzt ist es unser Videorekorder.

Wir sind unzertrennlich. Wir unternehmen alles zusammen. Es ist das Vertrauen, das uns bindet und zusammen schweißt. Andere Menschen verstehen das nicht und halten uns für merkwürdig oder sogar verrückt, weil wir immer nur gemeinsam auftreten.

Was würden sie erst sagen, wenn sie uns zu Hause sehen könnten, ich in der kurzen Dienstmädchentracht, die Jules für mich gekauft hat, die Jungs in einer Reihe auf dem Sofa, ihre Hände in der Hose, und ich auf Händen und Knien, Staub wischend in allen Ecken?

Es ist uns egal, was die anderen denken. Hinter verschlossenen Türen bekommen wir alles, was wir brauchen. Die Jungs holen sich keine Videos mehr. Sie verehren mich. Manchmal flüstert mir Adam ins Ohr, dass er mich liebt.

Mein Dad rief gestern an. »Was macht das Studium?«

»Ich lerne jeden Tag was Neues«, antwortete ich.

Vertrauen

Alle Augen waren auf die errötende Braut gerichtet. Sie war vollkommen, groß, schlank, das lange blonde Haar hoch gesteckt, nur ein paar zauberhafte Löckchen tänzelten an den Seiten ihres Gesichts entlang. Sie sah wie eine Braut in den Hochglanzmagazinen aus, rein und unberührt, unglaublich glücklich, dazu das Glühen einer scheuen Sexualität, das Prinzessin Dianas Besonderheit gewesen war. Jede neiderfüllte Frau im Zelt wollte an ihrer Stelle sein, jeder lechzende Mann wollte die Hochzeitsnacht mit ihr verbringen.

Zwei Männer ausgenommen. Tom und Joe wollten sie nicht haben. Sie schauten nicht einmal hin, als die Braut und ihr beschwipster, grinsender frischgebackener Ehemann auf die Tanzfläche traten, begleitet von Ohs und Ahs und freundlichem Lächeln.

Tom und Joe fanden groß und blond und süß und scheu nicht sexuell anziehend. Ihre Idee von absolutem Sex stand in einer Ecke und saugte so intensiv an einer Zigarette, dass die Wangen hohl wurden.

Gail war klein und dunkel. Ihr schwarzes Haar, sehr kurz geschnitten und dicht am Kopf, widersprach dem gängigen Klischee, was eine Frau sexy aussehen ließ. Alles an ihr war eher unauffällig, von ihrer Kleidung – stets Schwarz, selbst zu einer Hochzeit – bis zum zögernden Lächeln um den schmalen Mund und dem gelangweilten Ausdruck der Überlegenheit in ihren schwarzen, wissenden Augen. Selbst im sanften Licht des Hochzeitsempfangs hatte sie einen Platz gefunden, an dem sie sich mit jener Aura der Unnahbarkeit umgab, die zu ihrer Attraktivität gehörte.

Joe hatte immer schon eine wilde, brennende Gier nach Gail empfunden. Sie war alles, was er nicht war, und das zog ihn auf eine Weise an, wie es eigentlich nicht hätte sein dürfen. Er war ein Abenteurer, ein Typ für die frische Luft, der sich aus der Welt der Konventionen verabschiedet und sich geschworen hatte, nie lange an einem Ort zu verharren. Nie sesshaft zu werden. Er wollte sich den Wind um die Nase wehen lassen, die See riechen und spüren, dass er ein mikroskopisch kleiner Teil des Universums war.

Gail war ihr eigenes Universum. Sie schaute verächtlich auf Reisende wie Joe und fragte sich, wovor genau sie davonliefen.

»Alles, was ich brauche, habe ich hier«, sagte sie. »Wenn du etwas suchst, kannst du es in deinem Kopf finden – wenn du mutig genug bist, hinein zu gehen und zu suchen.«

Seit Jahren schon hatte sich Gail nicht mehr den Wind um die Nase wehen lassen. Ihre natürliche Blässe war durch ihren Lebenswandel zu einem fahlen Grau geworden. Sie war den ganzen Tag eingeschlossen und saß über den Schreibtisch gebeugt. Der einzige Sonnenstrahl, der sie erreichte, musste sich durch die Ritzen der Jalousie stehlen. Die einzige Farbe in ihrem Gesicht stammte von der blauen Tinte ihres Füllers, der zuerst ihre Finger beschmierte und von dort auf ihr Gesicht kam.

Heute Abend war ihr Gesicht sauber, aber ihre Augen hatte jene undefinierbare Färbung angenommen, die Joes Blick verschwimmen ließ. Er wusste, dass er es nicht sollte, aber er starrte sie an. Das erste Mal, als er sie gesehen hatte, hatte er Lust verspürt – aber es war nicht die Lust, ein schönes Mädchen zu sehen und es sich nackt vorzustellen.

Was er für Gail empfand, noch bevor er mit ihr ein Wort geredet hatte, war überwältigend, und für einen

Mann, der sich nie vor etwas fürchtete, war es erschreckend.

Wann immer er unterwegs war, redete er sich ein, dass seine Gier nicht so schlimm war, dass es andere Frauen gab, die ihm dieses Gefühl vermitteln konnten. Aber jede Nacht, ob er allein oder mit einer anderen Frau war, zwängte sich Gail in seine Gedanken. Und jedes Mal, wenn er sie wieder sah, wusste er, es war eine Lüge. Niemand konnte solche Gefühle in ihm wecken wie Gail. Gail ließ ihn Gedanken spinnen, auf die er selbst nicht gekommen wäre. Ohne ein Wort – ein Blick von ihr genügte – konnte sie Phantasien in seinem Kopf frei setzen, die ihrer Vorstellung entsprungen sein mussten. Vorher hatte er nie solche Phantasien gehabt.

Tom schaute seinen Bruder an und lächelte, da die Gedanken so deutlich im wettergegerbten Gesicht standen. Es war genauso wie damals, als sie noch Kinder waren: Joe wollte, was Tom gehörte. Sie gehört mir, dachte Tom und lächelte, als sein Bruder durch das gefüllte Zelt auf sie zu ging. »Du gehörst mir«, flüsterte er und schickte seine Warnung über Musik und Lachen hinüber zu seiner Frau.

Sie tat so, als hätte sie nicht bemerkt, dass Joe sich ihr näherte. Aber Tom kannte sie zu gut, besser, als Joe sie je kennen würde, fast besser, als sie sich selbst kannte. Deshalb hatte sie sich für ihn entschieden und nicht für seinen besser aussehenden, jüngeren und abenteuerlustigen Bruder. Tom wusste, wie sie tickte.

Er wusste auch, wenn er seinen Segen gab, würde sie in der folgenden Sekunde mit Joe in die Kiste steigen. Sie wurde nass, weil sie wusste, dass Joe sich nach ihr verzehrte.

Tom flüsterte es ihr zu, wenn er sie streichelte:

»Mein Bruder ist heiß auf dich.« Er schmiegte sich näher an sie, wollte ihre Erregung riechen. »Er starrt dich unentwegt an. Erzähle mir nicht, du hättest seine hungrigen Blicke nicht aufgefangen.« Noch enger schmiegte er sich an sie, damit er hören konnte, wie sie nach Luft schnappte. »Ich wette, er hat einen Steifen, wenn er heute Abend mit dir spricht. Er konnte dich nicht aus den Augen lassen. Er würde alles geben, um in dein Höschen zu gelangen.« Ihr Stöhnen hörte sich anders an als sonst, höher, schwächer, verzweifelter. Und sie gab sich selbst gegenüber zu, dass sie Joes Interesse vom ersten Blick an wahrgenommen hatte.

Sie hatte sich den ganzen Abend für Joe angestrengt. Sie hatte ihm ihr bestes Profil gezeigt und auf diese unnachahmliche Weise geraucht, die nur Gail und einige französische Schauspielerinnen beherrschen. Sie hatte sich sogar für Joe angezogen und trug die Sachen, in denen er sie sah, wenn er von ihr phantasierte. Strümpfe, Strapse, kurzer schwarzer Rock mit Schlitzen, die viel zu hoch gingen und zu viel entblößten, unangemessen für einen Hochzeitsempfang, und Biker Boots mit dicken Sohlen. Sie trug keinen BH unter dem spitzengesäumten Hemdchen, das die meisten Frauen als Unterwäsche getragen hätten.

»Hast du das wegen meines Bruders angezogen?«, hatte Tom gefragt, als er hinter ihr stand und ihre Brüste drückte.

»Wegen deines Bruders?« Sie bemühte sich, überrascht zu klingen. »Wird er heute Abend dabei sein?«

»Ich habe dir gesagt, dass Joe kommt.«

»Ach? Das muss ich vergessen haben.«

Aber ihr leises Lächeln verriet sie.

Jetzt stand sie da in der Ecke und täuschte vor, dem Tanz des Brautpaars fasziniert zu folgen und nicht zu bemerken, dass Joe sich ihr näherte. Sie lächelte still vor sich hin – ein Lächeln, von dem sie wusste, dass es Joe zum Zittern brachte. Sie nahm einen tiefen Zug aus der Zigarette und stieß den Rauch durch die Lippen aus. Bei jeder anderen Frau hätte es vielleicht albern ausgesehen, aber bei ihr sah es so aus wie bei den begehrenswertesten französischen Schauspielerinnen.

Joe trat in ihr Blickfeld, und sie konnte ihn nicht länger ignorieren. Lässig wandte sie den Kopf, und ihr Lächeln entwickelte sich zu etwas, was das Blut in Joes Lenden schießen ließ, obwohl er wusste, dass er nicht gemeint war.

Von der anderen Seite des Zelts spendete Tom ihr schweigend Beifall. »Hexe«, flüsterte er, als sie sich verriet und mit einer Hand über ihre Nackenhaare strich – das tat sie immer, wenn sie etwas haben wollte.

»Ich beobachte dich«, raunte Tom, als sein Bruder die Hand um Gails Taille legte und sie auf die Wange küsste.

Auch er wurde steif, weil er die Spannung spürte, die in der Luft lag. Es hatte ihn schon immer erregt, wenn andere Männer seine Frau angierten. Es hatte etwas mit Macht zu tun. Sie konnten schauen und starren, aber er war es, der sie mit nach Hause nahm und sie auszog und zum Wimmern brachte wie ein kleines, hilfloses Tier.

Er war es, der sie wirklich kannte. Das sollte sich auch sein Bruder merken. Joe war in allem besser gewesen: Sport, Schule, Geld. Er machte Geld, ohne sich anzustrengen. Er sah besser aus als Tom. Aber Tom hatte Gail, und Joe nicht.

Sie flirteten, wie sie es immer taten. Joe hörte aufmerksam zu, wenn sie erzählte, er beugte sich vor, um seinen Körper näher an ihren zu bringen, er legte den Kopf schief, nickte und lächelte. »Himmel, bist du schön«, sagte dieses Lächeln. »Erzähle mir, was du mir in meinen Träumen sagst: Du bist nicht glücklich, es ist vorbei mit dir und Tom, du weißt, du hast den falschen Bruder geheiratet.«

Gail zeigte ihr gewohntes Verhalten; sie schaute auf einen fernen Punkt, während sie redete, damit er die Gelegenheit erhielt, sie ausgiebig zu betrachten. Sie wusste es, und er wusste es, und Tom wusste es so gut, als hätte er alles inszeniert.

Sie blickte nach rechts, damit Joe den langen blassen Hals bewundern konnte. Sie bat ihn um Feuer, nur um ihm einen Vorwand zu liefern – den er nicht brauchte -, ein paar Momente auf ihren Mund zu starren. Sie ließ den Rauch wieder zwischen den Lippen heraus, und sie wusste, dass Tom sich vorstellte, es wäre sein Saft.

Sie berührte ihn leicht, wenn er redete – eine Hand auf seinem Arm, und diese harmlose Berührung genügte, um ihn aus dem Konzept zu bringen. In den kurzen Augenblicken des Schweigens zwischen ihnen sah sie ihn auf eine Weise an, die einen Mann fühlen lassen musste, er sei der begehrenswerteste Mann auf der ganzen Welt.

Sie hatte dieses kunstvolle Spiel auch mit Tom gespielt, damals an dem Abend, als sie sich kennengelernt hatten. Aber jetzt, da Gail und Tom jede Geste voneinander kannten und alles wussten, was es von ihnen zu wissen gab, war dieses flirtende Spiel für Joe reserviert.

Ich habe es schon so oft gesehen, dachte Tom. Zu jedem Weihnachten. Bei jedem Familientreffen. Auf jeder Party. Wann immer Joe aus irgendeiner entlegenen Ecke der Welt zurückkehrt und seine exotischen Geschichten erzählt. Seine Art, wie er sie anlächelt. Wie sie lacht. Er berührt sie sehnsüchtig, schmachtend, besitzergreifend. Sie gestattet es ihm. Was sie nur noch einem anderen Mann gestattet.

Sie machen sich nicht mehr die Mühe, es zu verheimlichen. Tom wusste, obwohl er auf der anderen Seite des Zelts stand, dass sie feucht war.

Er schaute ihnen beim Tanzen zu. Sie gaben ein seltsames Paar ab. Joe, so groß, gebräunt und wild, Gail so zierlich, fahl und zurückhaltend. Und doch schienen sie zusammen zu passen. Sie bewegten sich wie eine Einheit, als wäre es ihren Körpern zur zweiten Natur geworden, einander so verbunden zu sein. In ihren Gedanken hatten sie schon oft miteinander geschlafen.

Tom konnte deutlich sehen – obwohl niemand sonst von der Familie etwas zu bemerken schien -, dass diese beiden Menschen nur Sekunden davon entfernt waren, sich die Kleider vom Leib zu reißen. Er müsste eifersüchtig sein. Andere Männer wären es. Und für den Bruchteil eines Augenblicks, als er sah, wie die Hand seines Bruders über den schmalen Rücken seiner Frau strich, und wie die kleine Hand seiner Frau auf Joes kerniger Schulter lag, fragte sich Tom, ob sie lieber bei Joe wäre. Überall auf der Welt gab es Frauen, die davon träumten, Joe zu zähmen. Gail hätte nur mit den Fingern schnipsen müssen. Kannte Tom seine Frau so gut, wie er glaubte?

Sie wandten sich um. Gail guckte um Joes mächtigen Körper herum und hielt Ausschau nach Tom. »Ich liebe dich«, formulierte sie wortlos, als sie ihn entdeckt hatte.

Er nickte. »Ich weiß.«

Ihre dunklen Augen lächelten – das Lächeln, das

nur ihm gehörte. Gail und Joe schlenderten von der Tanzfläche und kamen zu Tom. Joe besorgte Getränke, und Mann und Frau schauten auf den breiten Rücken, und beide dachten dasselbe.

Unter dem Tischtuch legte Tom seine Hand auf den Schenkel seiner Frau. »Bist du feucht?«, fragte er. Als Antwort öffnete sie ihre Beine ein wenig. Seine Hand tastete sich unter ihrem Rock vor. »Du liebst ihn, nicht wahr?«

Sie schaute quer durchs Zelt, wo Joe lässig über der Theke lehnte. Gail sah wunderschön aus an diesem Abend. »Willst du, dass ich ihn will?«

Als ob er eine Wahl hätte! Unter dem Tisch, zwischen den samtenen Innenseiten ihrer Schenkel, antwortete er mit einer Berührung, die sie erschauern ließ.

Sie wandte sich wieder ihm zu und schaute ihn mit diesem Blick an, den nur sie drauf hatte. Dann stellte sie ihm eine Frage, indem sie eine dunkle Augenbraue hob.

Er nickte wieder und wusste, dass sie es beide wollten. Aber er hatte große Angst, dass es die Dinge zwischen ihnen für immer verändern könnte.

Sie ahnte seine Zweifel, wie sie fast alles bei ihm ahnte. »Vertrau mir«, sagte sie leise.

Darüber brauchte er nicht nachzudenken. »Das weißt du.«

»Egal, was geschieht?«

»Ja.«

»Versprochen? Ich werde es nicht tun, wenn du es nicht versprichst.«

Er dachte einen Moment nach – lange genug, um sich zu fragen, warum er es war, der sagen musste: »Ich verspreche es.«

144

Er wusste, sie hätte es ohne seine geflüsterten Anregungen und ohne diesen Glanz in seinen Augen nicht getan. Aber wenn es getan war, würde es dann etwas sein, was sie teilten, tief in ihren Seelen und in ihrem schweigenden Flüstern, oder würde das Erlebte nur ihr gehören?

Es war zu spät, um es aufzuhalten. Tom konnte nichts tun, als Gail ihren Schwager bat, mit ihr durch den Garten zu spazieren. Sie schaute über die Schulter zu ihrem Mann, nahm Joes Hand und führte ihn hinaus. Nach einer Minute, die ihm endlos vorkam, folgte Tom. Sein Herz klopfte so schnell, dass seine Hände zitterten.

Tom schaute aus einiger Entfernung zu. Es geschah sehr langsam. Aus dem Dunkel gleich hinter den Lichtern des Festzelts sah er ihre Schatten im Garten. Er hörte Joes Stimme, leise und tief – so tief, dass Gail einmal gesagt hatte, eine Frau könnte nass werden, ohne ihn zu sehen –, und Gails Stimme, nur schwach zu vernehmen, ab und zu von Lachen durchbrochen.

Sie gingen auf die andere Seite, wo der Garten ans Haus grenzte, und Tom folgte ihnen wieder, blieb aber im Dunkeln, als sie ins Licht traten. Eine Mauer lief um Haus und Garten.

Gail lehnte mit den Ellenbogen an der Mauer und blickte schweigend hinauf zu den Sternen.

Gail war in die Sterne verliebt. Tom empfand all die Gefühle, die er immer für seine Frau empfand, wenn er sie anschaute, ihr Gesicht im Licht der Unschuld gebadet, die sie nicht hatte, und im Schein des Mondes.

Joe hörte auf, die Sterne zu bestaunen, und sah auf Gail. Sie bemerkte nichts, sie war wie immer der Gegenwart entrückt, wenn sie sich im Universum verlor. Eine einzelne Träne lief ihr über die Wange. Wie oft hatte Tom diese Träne schon gesehen. Nachts wurde er wach, und das Bett neben ihm war leer. Er ging hinunter und fand sie im Garten, zum Himmel starrend und lautlos weinend. Er nahm sie in die Arme und sagte, sie sollte sich nicht mehr fürchten.

»Ich will nicht sterben«, sagte sie. Die Sterne erinnern sie an ihre Sterblichkeit.

»Du wirst nicht sterben«, sagte er und hielt sie fest umschlungen, bis er spürte, wie das Leben zurück in ihren zierlichen Körper floss.

»Versprichst du es mir?«

Er würde ihr alles versprechen.

Aber Joe wusste nicht, was die Tränen zu bedeuten hatten, dass sie sich selbst bedauerte. »Du weinst«, sagte er und fasste sie am Kopf und wandte ihr Gesicht ihm zu. Er fuhr mit einer Hand über ihre Wange und wischte die Träne mit dem Daumen weg. »Du siehst so traurig aus. Was ist los, Gail?«

»Nichts«, flüsterte sie. »Halt mich nur fest.«

Er zögerte nicht. Sie sah so winzig in seinen Armen aus. Schweigen lag lange wie ein dunkler, schwerer Mantel über ihnen.

»Gail«, sagte Joe. »Oh, Himmel. Es fühlt sich gut an, dir so nahe zu sein.«

»Ich weiß«, hauchte sie.

»Ich wünschte, es wäre nicht so.«

»Warum?«

»Weil es mich in den Wahnsinn treibt, mit dir nicht … Ich meine, ich kann nicht …«

Er brach ab, als sie ihre Arme um seine Hüften schlang und ihn noch enger an sich zog. Aus »Ich kann nicht …« wurde ein »Ich kann nicht länger warten«, und Joes Hand fuhr über ihren Nacken, den Rücken hinunter und dann über ihre Pobacken. »Ich kann nicht«, stöhnte er wieder, während er sie packte und ihren Po knetete. »Es ist nicht richtig. Es ist unmöglich.«

146

Joe schloss die Augen und drückte Gail fester, als wollte er sie mit seinem Körper verschmelzen. Er verzog das Gesicht wie im Schmerz, wollte sie wegschieben und zugleich nie wieder gehen lassen.

Sie hob eine Hand und streichelte sein Gesicht. Er öffnete langsam die Augen. »Oh, Gail, tu's nicht.« Sie tat nichts, berührte ihn nur ganz leicht, aber er hatte zu kämpfen. »Wir dürfen das nicht.« Dann seufzte er, geschlagen. »Du weißt, wie sehr ich es will, nicht wahr?«

»Ja«, hauchte sie und zog seinen Kopf zu sich herunter. »Küss mich.«

Er tat es beinahe. Er beugte den Kopf, bis sich ihre Lippen fast berührten, aber dann zögerte er wieder und richtete sich auf. Er sah zerrissen aus.

Er hielt ihr Gesicht in beiden Händen und bettelte. »Gail, Himmel! Tu mir das nicht an! Wenn ich dich jetzt küsse, werde ich mich nicht länger beherrschen können.«

»Dann küss mich.«

»Gail, bitte! Du machst mich verrückt!«

Sie schaute zu ihm hoch und bedachte ihn mit einem Blick, den sie für emotionale Feiglinge reserviert hatte. Dann zuckte sie zurück, als hätte er sie geschlagen. »Nun gut, ich höre auf. Gehen wir ins Zelt zurück. Vergiss, dass dies geschehen ist. Aber es ist ja auch gar nichts geschehen.«

Toms Erektion reckte sich bei der Schärfe ihrer Stimme. Unter dem engen Top hoben und senkten sich ihre Brüste.

»Kommst du?«

»Nein«, sagte Joe. Er trat näher. Er legte eine Hand auf ihren Arm und hielt sie fest, als sie sich abwenden wollte. Der Arm war nackt, und trotz der Wärme des Abends konnte Tom die Gänsehaut auf dem Arm seiner Frau erkennen. Er spürte, wie sich ihre Nackenhaare aufrichteten – genau wie seine. Ihre Nippel waren steif und stießen gegen den weichen Stoff ihres Hemds.

»Gail, du weißt, dass ich dich küssen will. Ich begehre dich.«

»Dann küss mich.«

»Tom würde mich umbringen.« Der Ernst in seinen Augen ließ Tom beinahe laut auflachen.

»Hast du Angst vor deinem Bruder?«

Joe nickte.

»Sehr?«

Sie trat zu ihm und griff mit einer Hand an seinen Schritt. Mit leichtem Druck ihrer bösen Finger hatte Joe vergessen, wie groß seine Angst war, und als ihre Hand in die Hose schlüpfte und seine Lust massierte, hatte er seinen Bruder vergessen.

»Gail, oh, Himmel, Gail, was tust du?«

Sie rieb mit der flachen Hand. Er schüttelte sich und ergab sich. Er packte und küsste sie. Jahre des heimlichen Verlangens lagen in diesem Kuss.

Tom empfand so viele Emotionen gleichzeitig. Eifersucht. Wut, dass sein Bruder ihm dies antun konnte. Stolz, dass Gail es für ihn tat, auch wenn er wusste, dass sie es auch für sich tat. Zweifel? Nein, er hatte keine Zweifel. Das Körperliche gehörte Joe, aber auch nur an diesem Abend. Ihre Seele gehörte Tom, hatte ihm immer gehört.

Noch bevor sie sich gekannt hatten, war sie sein gewesen. Das hatte sie ihm gesagt; sie war sein vom Tage ihrer Geburt an. Sie hatte gewusst, dass es ihn da draußen irgendwo gibt und sein Leben lebt – bis zu dem Tag, an dem das Leben von ihnen beiden neu begann. Zusammen.

Er vertraute ihr. Aber es war seltsam, seine Frau mit

einem anderen Mann zu sehen. Mit seinem Bruder. Ein Mann, den er so gut kannte. Und auch wieder nicht. Es gab viele Gründe, warum Joe sie begehrte. Einige hatte er verraten, wenn er in trunkener Glückseligkeit von ihr geschwärmt hatte. Andere Gründe hatte Tom geahnt. Am meisten, glaubte Tom, wollte er Gail haben, weil sie die Frau seines jüngeren Bruders war.

Aber jetzt, in diesem Augenblick, gab es kein Motiv, das den Ausschlag gab. Jetzt war Joe verloren, im Bann ihrer Lippen, ihrer Haut, ihres Geruchs, des Geschmacks auf ihrer Zunge. Tom wusste, wie sie sich anfühlte, wie sie schmeckte, und er wusste auch, dass ein Mann darüber den Verstand verlieren konnte – genug Gründe, um sogar den Verrat am Bruder zu entschuldigen.

Joe erstickte an seiner Gier nach ihr. Er brach den Kuss für einen Moment ab und schöpfte Luft. Sie nutzte den Augenblick, um die Träger ihres Tops von den Schultern zu schieben und ihre Brüste zu entblößen, und Tom sah, wie Joe das Atmen ganz eingestellt hatte. Stolz und Neid rangen in Toms Kopf miteinander.

Tom hatte das alles schon erlebt, er konnte es immer wieder erleben, wann immer er wollte, aber nichts übertraf dieses Beobachten, wie ein anderer Mann die ersten Erfahrungen mit Gail sammelte. Er sah die Gedanken, die durch Joes Kopf schossen, denn es waren auch seine Gedanken gewesen, damals, in der ersten Nacht mit Gail, als er und sie sich füreinander entblößt hatten.

Ihre Brüste waren unglaublich gewesen, klein und spitz, mit süßen dunklen Warzen und den exquisitesten Rundungen, die es nur in diesem Zwischenstadium vom Mädchen zur Frau gab.

Joes ganzer Körper seufzte, wie damals auch Toms

ganzer Körper geseufzt hatte, und Joe fiel auf die Knie und tastete Gail mit den Fingerspitzen ab, ließ seine Zunge über ihre Haut gleiten und küsste Brüste und Bauch.

Gail schloss die Augen und drückte seinen Kopf hinunter, und dann schob er ihren Rock hoch, hakte die Strümpfe auf und zog ihr Höschen hinunter.

Beide erregt, auf der Woge der gemeinsamen Lust, schoben sie sich herum, bis Gail sich mit dem Rücken an der Mauer abstützten konnte. Sie hielt sich mit einer Hand an Joes Schultern fest und hob ein Bein an, und Joe labte sich schwelgend an ihrem Geschlecht.

Ihr war, als würde ihr Körper in Lust gebadet. Tom wusste genau, dass sie jetzt zu vibrieren begann, und besorgt und wehmütig schaute er auf das Höschen, das hinter den beiden lag, weggeworfen wie ihre gemeinsame Vergangenheit.

Die Dinge würden nie wieder wie früher sein, dachte er, als er sie aus einem anderen Kosmos beobachtete. Er sah, wie sein Bruder, die Lippen nass von seiner Frau, sich aufrichtete und seine Hose öffnete. Gail und Joe starrten sich verlangend an, dann knickte Joe in den Knien ein und brachte die samtene Spitze seines dicken Schafts zwischen die geschwollenen Lippen ihrer Vagina.

»Ohh«, stöhnte sie, als er tief in sie hinein stieß. Ihre Finger bohrten sich in seine Arme. Er stöhnte und fühlte endlich das, was er sich so lange hatte vorstellen müssen. Er hakte einen Arm unter ihren Schenkel und hob ihn hoch, so dass sie weiter offen für ihn war. Dann stieß er rhythmisch zu und genoss jede Sekunde, in der sie sein war.

Aber sie war nicht sein.

Sie sieht aus wie eine Schlampe, dachte Tom, oben völlig entblößt, die schwarzen Strümpfe auf Wadenhöhe, Beine und Mund geöffnet. Aber sie war nichts

Joes Schlampe, sie war seine. Und als ob ihr das in diesem Augenblick auch bewusst geworden wäre, drehte sie langsam den Kopf und blickte in die Dunkelheit. Sie wusste, dass ihr Mann dort irgendwo sein und zuschauen und warten würde.

Der Blick in ihren Augen sagte: »Danke.« Danke, dass du mich gelassen hast.

Aber da war auch noch etwas anderes in diesem Blick, etwas, was Tom nie zuvor in den Augen seiner Frau gesehen hatte. Schuld. Scham. Wirf mir nicht vor, dass ich deinen Bruder haben wollte, ich konnte nicht dagegen an. Hasse mich nicht dafür, dass ich auch ohne dich Lust empfinden kann.

Er nahm es ihr nicht übel. Er liebte sie mehr denn je, genug, um sie Lust auf einer anderen Ebene empfinden zu lassen. Er wollte, dass sie alles einmal probierte. Und aus irgendeinem Grund war sie für ihn noch begehrenswerter, weil sie es mit seinem Bruder getan hatte.

Er musste sie anfassen. Liebe und Lust trieben ihn dazu. Er trat ins Licht und berührte ihre offenen Lippen.

Joe kam in diesem Augenblick. Er wurde heftig geschüttelt, hielt sich an Gails Schultern fest und seufzte wie nach der größten Erleichterung seines Lebens. Es dauerte einen Moment, bis er die Augen öffnete und seinen Bruder vor sich stehen sah. Sein Körper hörte auf, unter der Gewalt der Ekstase zu zucken und wurde starr vor Angst.

»Tom«, stieß er hervor, »Tom, ich …«

»Du Luder!«, sagte Tom und zerrte Joe beiseite. Nur vage sah er den noch harten Penis seines Bruders, bevor er sich an seine Frau wandte. Ihre dunklen Augen blitzten.

»Du bist so schön«, sagte Tom, packte und küsste sie. Er drehte sich zu Joe um. »Ist sie nicht schön? Du hast sie schon lange begehrt, Joe. War es so, wie du es dir all die Jahre vorgestellt hast?« Er langte unter Gails Rock. »Wie war es, meine Frau zu bumsen?«

»Tom, ich ...Bitte, Tom ...« Joe stand neben ihm, aber Tom schaute ihn nicht an. Er schaute seine Frau an.

Er konnte nicht aufhören, sie anzuschauen. War sie jetzt eine andere Frau?

»Hat es dir gefallen?«, fragte er gereizt.

»Tom, bitte nicht ...«, sagte Joe.

»Ich liebe sie, Joe.«

»Das weiß ich. Ich liebe sie auch.«

Tom wartete auf eine Reaktion seiner Frau. Sie kam nicht. Ihr Blick blieb aber auf ihm.

»Du kennst sie nicht«, sagte Tom.

»Nein, Himmel, nein. Tom, es tut mir leid.«

»Nicht nötig.«

Eher tust du mir leid, dachte er. Du wirst sie nie so kennen lernen, wie ich sie kenne.

Joe schüttelte den Kopf, verunsichert.

Sie verließen den Hochzeitsempfang, ohne sich zu verabschieden, und gingen nach Hause. Aber heute stiegen sie zusammen die Treppe hoch, statt Joe auf dem Wohnzimmersofa zu lassen, allein mit seinen Phantasien, wie sie es immer hielten, wenn er zu Besuch war.

Und obwohl Zweifel sich wie ein Tumor in Toms Kopf ausbreiteten und er glaubte, dass dies zu weit ging, war er machtlos, und so folgte er ihr, wohin sie ihn und seinen Bruder führte. Schließlich hatte er das alles begonnen, weil er nie etwas anderes wollte als das Glück seiner Frau. Ihr Glück sollte vollkommen sein.

Er schaute in ihre großen bittenden Augen,

während er sie auszog, auf die kleinen Finger, die mit ihren Brüsten spielten, auf ihren perfekten Körper. Und auf Joe, der hinter ihr stand und ihren Nacken küsste.

Tom wusste, dass er nicht nein sagen konnte. Er wollte ihr alles geben. Wenn sie gesagt hätte, sie sei hungrig, hätte er ein Stück seines Herzens herausgerissen und sie damit gefüttert.

»Ist es das, was du willst?«, flüsterte er und berührte ihren Mund mit sanften Fingerspitzen.

»Ja.« Sie küsste seine Finger einzeln. »Aber du musst wissen, dass ich dich unendlich liebe.«

Sie liebt mich unendlich. Er sagte es sich immer wieder, gab eine Melodie dazu und sang es sich stumm vor, während sie zu dritt in einen wilden, wahnsinnigen Taumel der Lust gerieten. Tom und Joe verwöhnten Gail, brauchten ihre Schreie der Erregung und Ekstase wie die Luft zum Atmen.

Gefangen zwischen ihnen wie ein schönes Tier, wölbte und krümmte sie sich, warf den Kopf in den Nacken und stieß immer gellendere Schreie aus. Ihre Ekstase packte Tom wie ein Schraubstock. Angst floss durch seine Blutbahnen. Er wollte schreien, das Entsetzen heraus lassen, das in seinem Innern brannte.

Es würde nie wieder so sein wie früher. Er wusste es.

Aber sie schlief nicht in der Mitte. Sie lag am äußersten Rand in seinen Armen und berührte sein Gesicht mit forschenden Fingern, als wollte sie ihn neu kennen lernen.

»Du bist erstaunlich«, sagte sie. »Du bist mutig.«

Selbst im Dunkel konnte er die Unendlichkeit in ihren Augen sehen. Und wieder verliebte er sich in sie, Hals über Kopf.

»Liebe mich«, bat er.

»Ich werde dich immer lieben«, sagte sie leise und streichelte ihn mit ihrem süßen, nach Sex riechenden Atem.

»Versprochen?«

»Ich würde für dich sterben.«

Sie schliefen ein, so eng umschlungen, dass sie sich nicht regten, als Joe aufstand, sich anzog und ihr Haus verließ.

Starthilfe

Wenn du mich in einem Jahr fragst, werde ich dir noch sagen können, welche Sachen du an dem Tag getragen hast, an dem du in unser Dorf gekommen bist. Du wirst dich wahrscheinlich nicht mehr erinnern. Aber ich. Ich habe nämlich auf dich gewartet. Seit Wochen schon. In unserer kleinen geschwätzigen Gemeinde bleibt nichts verborgen, und wenn wieder Leute aus dem Süden in unser Dorf ziehen, ist das für uns ein großes Ereignis. Es hat sich herumgesprochen.

Zuerst sickerte etwas aus dem Maklerbüro durch, dann sprach man in den Pubs und Versteigerungshallen davon, im Wartesaal des Landarztes und bei den Müttern, die ihre Kinder zur Spielschule brachten.

›Das große Haus ist verkauft‹, hieß es. ›Irgendein reiches Ehepaar aus London. Noch mehr verdammte Leute aus dem Süden, die Fleisch von natürlich gehaltenen Tieren verlangen und sich über den Geruch von Kuhfladen aufregen.‹

Es war ein heißer Tag. Dein Mann führte die Prozession in einem Range Rover an, der noch nie Schlamm gesehen hatte. Du dahinter in einem Sportwagen. Du hattest das Dach geöffnet. Du fuhrst über die Hauptstraße zum Ortsrand, wo euer großes Haus am Hang liegt, hoch genug, um auf uns alle hinabschauen zu können.

Es war, als führe Prinzessin Diana durchs Dorf. Jeder hörte mit dem auf, was er gerade tat, und wollte einen Blick auf dich erhaschen. Das Gemurmel, das sich im Dorf erhob, war halb ehrerbietig und halb feindselig – das Auto, das da über unsere Straße schnurrte, kostet mehr als ein vom Staat gefördertes Einfamilienhaus.

Du hattest ein luftiges Sommerkleid an. Die Farbe –
ein dunkles Pink – wiederholte sich auf deinen
Lippen. Die Träger waren im Nacken zusammen
gebunden. Du hattest keinen BH an, und ich konnte
die Form deiner schönen Brüste erkennen. Deine
Augen waren hinter einer Sonnenbrille verborgen,
und dein langes Haar war am Hinterkopf in einem
Knoten zusammengefasst. Deine Haut war blass, ob-
wohl wir endlich mal einen knalligen Sommer hatten.
Du sahst wie eine Adlige aus, oder wie ein Filmstar.
Verdammt vollkommen. So verdammt unantastbar.
Unerreichbar.

»Ich hätte nichts gegen eine Spritztour mit dieser
Kiste«, sagte mein Lehrjunge.

»Du hast keine Chance, du kleiner Schmiernippel«,
sagte ich. »Das ist Klasse. Drei Etagen zu hoch für
dich.«

»Ich sprach von dem Auto.«

»Ich auch«, log ich. Das Auto war verdammt sehens-
wert, aber am Tag deiner Ankunft ist es mir nicht aufgefallen. Ich hatte nur Augen für dich. An diesem Abend,
nachdem ich aus dem Pub nach Hause geschwankt
war, habe ich es mir selbst besorgt und mir vorgestellt,
über deinem hübschen Kleid zu kommen.

Es geht schneller rum wie der Grippevirus. Dein
Mann hat was mit Computern zu tun und verdient
mehr Geld, als er ausgeben kann. Er arbeitet zu
Hause, muss aber ein- oder zweimal die Woche nach
Leeds. Deine Kinder sind im Internat, nach dem Ende
des Schuljahrs kommen sie zurück und besuchen die
Eliteschule in der Stadt. Dein Mann ist ein Snob, aber
du bist ganz in Ordnung.

Ich frage mich, was du getan hast, um so schnell
eine Bestätigung im Dorf zu finden, das ist bei uns

nicht leicht, besonders nicht für Leute aus dem Süden. Ich habe mein ganzes Leben hier gelebt, und ich habe immer noch Schwierigkeiten, von den engstirnigen Wichsern akzeptiert zu werden, die sich im Pub oder beim Metzger treffen.

Ich stehe an der Ampel vor dir, es ist die erste Ampel, zwanzig Meilen hinter dem Dorf. Du musst unterwegs in die Stadt sein, wie ich auch. Wahrscheinlich willst du zu Marks & Spencer's, um Vertrautes in den Regalen zu sehen.

Im Rückspiegel schaue ich dich an. Es ist ein sonniger Morgen, und du hast das Verdeck wieder nach hinten geklappt. Du trägst auch wieder ein luftiges Sommerkleid, das meinen Träumen die Sporen gibt. Ich starre dich an, bis du mich bemerkst. Zuerst bist du verwirrt und weißt nicht genau, ob ich dich anstarre oder das Auto. Das Auto ist eine Schönheit für sich. Ein Morgan, dunkelsilber. Es gibt eine Warteliste für solche Schlitten.

Aber ich bin mehr an dir interessiert. Ich schaue dich an, während wir uns langsam der nächsten Ampel nähern.

Du bist so verdammt scharf. Und dann deine Klasse. Hat dich schon mal jemand angebaggert, ohne vorher um Erlaubnis zu fragen? Ich glaube nicht. Ich wette, der Typ Mann, den du kennst, hat Angst vor dir. Du bist die Art Frau, die Männer in die Flucht schlägt. Sie stellen dich eher auf ein Podest und verehren dich aus der Ferne, statt dich anzuquatschen. Ich wette, dein Mann hat sich wochenlang nicht getraut, mit dir zu schlafen.

Aber ich habe keine Angst vor dir. Ich fahre so langsam an die nächste Ampel heran, bis sie Rot zeigt, und ich starre dich im Spiegel an, bis du wegschaust und vorgibst, in der Ferne ein interessantes Ziel ausgemacht zu haben. Du hast Angst vor mir, nicht wahr?

Angst vor meinen Absichten. Und du fragst dich, woher ich den Nerv habe, dich so offen anzustarren.

Du hast Angst vor mir, aber trotzdem macht es dich an, mich so gieren zu sehen. Dein Höschen wird feucht, was? Deine blassen, seidigen Innenseiten der Schenkel reiben gegeneinander, während du versuchst, unanständige Gedanken zu verdrängen, die deine Muschi zucken lassen.

Du kannst dir nicht erlauben, dir einzugestehen, von mir erregt zu sein, was? Ich meine, schau mich doch an. Du hast mich im Dorf gesehen, und ich bin nicht dein Typ. Ölschmier auf der Haut, dunkle Stoppeln, Ohrring, Tattoo, schmutziger Overall. Wenn ich zufällig an dir vorbeistreifen würde, hinterließe ich einen schmierigen schwarzen Fleck auf deinem hübschen Kleid. Nein, ich bin nicht dein Typ. Aber du kannst der Herausforderung nicht widerstehen, immer wieder mal auf meinen Innenspiegel zu schauen, ob ich dich noch anstarre.

Ja, tue ich. Und diesmal schaust du nicht weg. Ich hebe meine Augenbrauen und gebe dir ein Signal. Du bist entsetzt. Du weißt nicht, was du von diesem Kerl halten sollst, der dich so offen anstarrt. Ich lächle und hebe wieder die Augenbrauen, damit du absolut sicher sein kannst, was ich meine. Du reagierst nicht, aber du schaust auch nicht weg.

Ich drehe mich um und schaue durch das Rückfenster meines Vans. Wieder hebe ich die Braue, ganz schnell. Dein Mund öffnet sich ein wenig. Du willst wegsehen, aber Entsetzen und Erregung lassen das nicht zu. Ich schaue auf deinen Mund und sehne den Tag herbei, an dem ich deinen Lippenstift auf meinem Schaft sehe. Ich weiß, dass dieser Tag kommen wird. Du magst es noch nicht wissen, aber du wirst mit mir schlafen, du lüsterne Hexe.

Ich sehe dich im Dorf beim Einkaufen, wenn du die armseligen einheimischen Geschäfte unterstützt und dich bemühst, die Leute kennenzulernen. Der Obst- und Gemüseladen liegt dem Büro meiner Werkstatt gegenüber, und ich schaue zu, wie du sanft die Pfirsiche drückst, unauffällig, damit der Händler nicht beleidigt sein kann, weil die kleinliche Frau aus dem Süden an der Qualität seiner Waren zweifelt.

Du kannst mich hinter meiner verschmierten Fensterscheibe nicht sehen, aber ich sehe dich, wie du lächelst und lachst und jedem zeigst, wie nett du bist. Und es funktioniert. Alle halten dich für mehr als nett. »Diese Mrs. Greene«, sagen die Leute, »ist sie nicht reizend?«

Ja, du bist reizend, und du weißt es. Aber ich vermute, dass du tief in dir gar nicht so harmlos und reizend bist. Unter deinem kühlen Äußeren verbirgt sich ein Glimmen, nur wenige Grad diesseits des Siedepunkts. Ich glaube, in diesen teuren Klamotten steckt eine heiße Frau, die darauf wartet, aus der Reserve gelockt zu werden.

Ich habe Frauen wie dich schon gekannt. Frauen, die alles hatten. Schöne Frauen mit schönen Häusern und teuren Autos. Und mit Ehemännern, die ihnen alles gaben, nur das eine nicht, wonach sie lechzten.

Ich könnte dir geben, was du brauchst. Ich weiß nämlich, was dir fehlt. Ich kann sehen, was hinter deinem vollkommenen, süßen Lächeln lauert. Ich höre den stummen Schrei hinter deinem leisen Lachen. Ich weiß, dass du dich zu Tode langweilst. Du dürstest nach einer anständigen Nummer.

Ich stelle mir vor, was ich mit dir anfange, wenn dein Mann nicht da wäre. Ich würde es dir besorgen, wie es dir wirklich gefällt. Ich würde dich in meine Werkstatt bringen und dich über die Motorhaube eines Autos ziehen, würde meine ölverschmierte

Hand unter deinen Rock schieben und dich öffnen und hart in dich eindringen, und du würdest nicht wissen, ob deine Schreie aus Furcht oder Ekstase geboren sind.

Schaust du mich an und denkst dasselbe? Ich bezweifle es. Es ist zu früh für dich, dir bewusst zu werden, dass du mich begehrst. Du befindest dich noch in dem Stadium, mich zu ignorieren, wenn du mich im Dorf siehst. Die Erinnerung an diesen Morgen vor der Ampel hat dich nervös gemacht. Du hältst mich für pervers. Meine ölverschmierte Haut und meine dreckigen Overalls lassen dich gruseln. Das schwarze Haar, das im Nacken über mein T-Shirt fällt, ist dir eklig.

Du glaubst, weil ich mein Leben lang im Dorf geblieben bin, bin ich genauso ungebildet, schwerfällig und engstirnig wie die anderen. Du siehst mich mit den anderen Jungs, wie wir von einer Kneipe in die andere stolpern, lachen, singen und unflätige Sprüche von uns geben. Aber bald wird dich das erregen. Noch glaubst du, ich sei ein Schwein.

Du solltest ein Buch nicht nach dem Umschlag beurteilen, Mrs. Greene. Wenn ich dich nach deinem Aussehen beurteilte und nicht nach dem, was in dir schlummert, würde ich dich für einen eingebildeten, verkrampften Snob halten. Und wir beide wissen, dass du das nicht bist.

»Von Mr. Greene halten wir nicht viel«, sagen sie im Dorf. »Man muss sich wundern, wie eine so nette Lady an einen solchen Mann gerät.«

Diese Frage stelle ich mir auch. War es sein Geld, das dich zu ihm hingezogen hat? Sein Charme kann es nicht gewesen sein. Er beordert mich in der Früh zu seinem Haus, um nach seinem kostbaren Auto zu sehen. Es startet nicht. Er sagt, es sei witzlos, den AA anzurufen: Es dauert über eine Stunde, bis ein Mechaniker unser Dorf erreicht.

»Das ist der Nachteil, so abgeschieden zu wohnen«, schnauft er verächtlich, »Meilen entfernt von jeder Zivilisation.«

Leise murmele ich: »Dann hau doch wieder ab nach London.« Er ist ein aufgeblasenes Schwein. Er besitzt einen Klassiker unter den Sportwagen und weiß nicht einmal, wie man die Motorhaube öffnet. Er bleibt neben mir stehen, während ich arbeite. Dann sagt er: »Es könnten die Kerzen sein.«

Ich danke ihm für den Tipp und sage ihm, es könnte auch die Batterie sein, weil er die ganze Nacht die Schweinwerfer eingeschaltet hatte.

Ich hole in der Werkstatt eine neue Batterie. Als ich wieder vor seinem Haus eintreffe, ist er nicht mehr da. Wird wahrscheinlich mit dem Land Rover nach Leeds gefahren sein.

Es ist noch früh, und ich nehme an, du bist noch im Bett, allein in dem großen Haus. Ich werde hart, wenn ich mir das vorstelle. Ich frage mich, was du wohl tun würdest, wenn ich ins Haus komme, mir den Weg ins Schlafzimmer suche, wobei Öl auf deinen Teppich tropft und der Schmutz meiner Gedanken deine feinen Laken beschmiert.

Ich habe das Gefühl, beobachtet zu werden. Ich blicke hoch und sehe oben am Fenster die Umrisse einer Gestalt. Du bist es. Ich winke. Du winkst fahrig zurück. Du versteckst dich hinter dem Vorhang und schaust zu, wie ich an deinem Auto arbeite. Dein Blick klebt an meinen schmutzigen Händen, wandert über meinen breiten Rücken und zu den zerzausten, fettigen Haaren. Es überrascht mich nicht. Frauen wie du, auch wenn sie's nicht zugeben, phantasieren gern über Männer wie mich.

Ich bin das Gegenteil deines sauberen, geschniegelten, maniküren Ehemanns. Männer, die mit ihren Händen arbeiten, haben was, sie können zupacken, sie suhlen im Dreck und erregen reiche, reine Frauen wie dich.

Als ich fertig bin, schaue ich zum Fenster hoch. Ich kann dich nicht sehen, aber ich weiß, dass du noch da bist und jede meiner Bewegungen verfolgst. Wenn du mich wegfahren hörst, wirst du dich wieder ins Bett legen, und deine Finger werden sich hektisch mit dir selbst beschäftigen. Du wirst die Augen schließen und dir vorstellen, dass der schmutzige, fettige Mechaniker es dir besorgt, bis du ohnmächtig wirst.

Ich fahre zurück zur Werkstatt, schließe mich in mein Büro ein, lasse die Jalousien herunter und tue es dir nach.

Du und dein Ehemann beehren den Pub mit eurem Besuch. Alles verstummt bei eurem Eintreten. Es ist das erste Mal, dass du abends im Dorf gesehen wirst. Jeder hört zu, will wissen, was dein Ekel von Mann bestellt.

»Einen Halben von Ihrem besten Bitter, Wirt.« Aufgeblasene Kröte. Ich wette, er hat noch nie im Leben ein Bitter getrunken. Er würde nicht merken, wenn ich reingepisst hätte.

Du trinkst Gin and Tonic, wie ich erwartet habe. Es hat eine liebliche Wirkung auf dich, deine Porzellanwangen werden pink, und deine braunen Augen gucken bald herrlich verschwommen. Während dein Mann an der Theke wichtigtuerisch labert, tust du, was auch die Einheimischen tun, du flanierst von Tisch zu Tisch und plauderst mit anderen Frauen, die von ihren Männern Ausgang erhalten haben. Dein Mann sieht das und schnauft. Du lächelst und nickst freundlich zu den Gesprächen, die dich nun wirklich nicht interessieren.

Ich bewundere dich für dein Bemühen, dich anzupassen. Aber du wirst nie zu ihnen passen. Du stehst Klassen über ihnen, du spielst in einer anderen Liga.

Ich beobachte dich, wie du betrunken wirst, während auch ich mich betrinke, und mein Blick konzentriert sich auf deine Brüste, die sich bei jedem Atemzug unter dem engen Pulli heben und senken. Du bist schon ein heißer Typ, und ich stehe meilenweit unter dir. Aber ich werde dich trotzdem haben.

Der Wirt kündigt die letzte Runde an. In der Ecke wünschst du dem Kreis der Frauen, die dir an den Lippen hängen, eine gute Nacht. Sie werden nach Hause gehen und davon träumen, so sanfte Hände wie du zu haben, so kostbare Kleider zu tragen. Und du gehst mit deinem aufgeblasenen Schwein heim. Ihr seid beide breit, obwohl du es eher als »beschwipst« bezeichnen würdest. Ich nehme an, ihr wollt zu Fuß nach Hause gehen. Nur Fremde können auf die verrückte Idee kommen, im besoffenen Zustand eine so weite Strecke zu laufen.

Ich folge euch und werde Zeuge eures Streits. Du bist müde, und dir ist kalt, aber das Schwein denkt nicht daran, ein Taxi zu rufen. »In London würdest du ein Taxi nehmen«, sagst du.

»Dies ist aber nicht London«, bemerkt er.

Sehr gut beobachtet.

»Kann ich Sie mitnehmen?«, frage ich.

Das Schwein blickt misstrauisch. »Haben Sie nicht ... zuviel getrunken?«

»Um diese Zeit lässt sich die Polizei nicht blicken«, sage ich verächtlich, während du mir schon zum Parkplatz folgst. »Ich habe aber nur einen Van«, sage ich entschuldigend und öffne die Fondtür für ihn. »Nicht gerade der Luxus, den Sie gewohnt sind.«

»Wir wollten zu Fuß gehen«, sagt er und schaut ängstlich in die dunkle Leere.

»Steig ein, Alex«, sagst du. »Ich bin zu müde, um jetzt noch zu laufen.«

Ich sehe dich lächeln, als er sich endlich hingesetzt hat. Für dich halte ich die Beifahrertür auf, nicht, weil ich ein Gentleman bin, sondern weil sie klemmt, und eine schwache Frau wie du würde sie nicht öffnen können. Ich steige auf der anderen Seite ein und lächle dir zu. Du sitzt da, in meinem kleinen verdreckten Lieferwagen, und versuchst angestrengt, nichts anzufassen, um dich nicht schmutzig zu machen.

Ich starte den Motor und lasse ihn unnötiger Weise aufheulen. Ich setze so schnell zurück, dass du die Hand ausstrecken musst, um dich festzuhalten. Ich fahre die Strecke wie ein Verrückter, nicht, weil ich betrunken bin – so fahren wir eben hier. Wir haben ja sonst keine Abwechslung, verstehst du. Und ich nehme mir vor, deinem Mann die unbequemste Fahrt seines Lebens zu besorgen.

Wir hören, wie er gerüttelt und geschüttelt wird, wie er flucht, wenn sein Kopf oder ein anderer unnützer Teil seines Körpers gegen die Seite des Vans geschlagen wird. Ich brauche nicht auf die Straße zu schauen, ich fahre sie jeden Abend. Also kann ich dich anschauen. Du klebst in deinem Sitz, du lächelst, und deine Augen sind geschlossen.

Du genießt es, mit mir zu fahren, so schnell, so wild. Du genießt es, weil du weißt, dass er es hasst. Du legst dein Leben in meine Hände.

Ich schliddere in eure Auffahrt. Du steigst aus und lässt ihn aus dem Rücksitz. »Danke«, sagst du.

»Es war mir ein Vergnügen«, sage ich wahrheitsgemäß, und meine Hand reibt über die Wärme deines Sitzes.

164

Wir treffen uns erneut auf der Straße, die in die Stadt führt, und wieder bist du hinter mir. Unsere Blicke begegnen sich in meinem Rückspiegel. Diesmal schaust du nicht weg. Du lächelst mich an, wenn es auch ein zaghaftes Lächeln ist. Ich ahne es mehr, als ich es sehe.

Ich fahre wie ein Verrückter, und du versuchst mitzuhalten. Dein Auto ist viel schneller als mein Van, aber du bist es nicht gewohnt, so zu fahren, in die Kurve hinein zu beschleunigen und zu überholen, wenn es nicht ganz sicher ist. Aber du bist erregt, und du tust es. Du riskierst es.

Dieser Kick, den wir vor zwei Abenden in meinem Van gespürt haben, hat etwas in dir bewegt. Siehst du – eigentlich bist du wie ich. Du kannst es mit deinen Designer-Klamotten zudecken, du kannst den Geruch mit Parfum überlagern, aber wenn man alles wegkratzt, dann sind wir gleich.

Es geht mir dir durch. Du bemerkst nicht, dass ich abbremse, weil wir uns der Ampel nähern. Vielleicht funktionieren auch meine Bremsleuchten nicht. Als dir schließlich auffällt, dass du dich wahnsinnig schnell meiner hinteren Stoßstange näherst, steigst du voll auf die Bremse.

Das Antiblockiersystem ist eine phantastische Erfindung, aber es kann auch nicht verhindern, dass dein Sportwagen leicht bei mir anklopft.

Ich grinse verhalten. Früher oder später mussten wir in Kontakt kommen.

Ich gebe dir ein Zeichen, auf die Standspur hinter der Ampel zu fahren. Du hältst hinter mir an, und wir steigen aus, um den Schaden zu betrachten. Mein klappriger Van hat nichts abbekommen, aber dein schnittiger Sportwagen sieht gar nicht gut aus. Deine Hand liegt über deinem Mund, sie zittert.

»Ist alles in Ordnung mit Ihnen?«

»Oh, Gott, Alex wird mich umbringen.«

»Es ist nur eine kleine Delle«, sage ich, bücke mich und sehe mir den Schaden genauer an. »Ich kann das richten.«

»Er wird mich umbringen«, flüstert sie entsetzt. »Dieses Auto ist sein ganzer Stolz.«

»Der Schaden ist nur oberflächlich«, sage ich. »Er wird froh sein, dass Ihnen nichts zugestoßen ist.«

Du siehst mich an, siehst mich das erste Mal richtig an. »Glauben Sie mir«, sagst du mit Verachtung in der Stimme, »er sorgt sich mehr um sein Auto.«

»Dann setzt er seine Prioritäten falsch, nicht wahr? Am Auto ist kaum was dran. In ein paar Tagen wird es wieder wie neu sein. Wir können es sofort in die Werkstatt bringen.«

»Aber Sie wollten doch in die Stadt.»

Ich hebe die Schultern. »Ich kann später fahren.«

Du berührst meinen Arm. »Das ist sehr freundlich von Ihnen, danke.«

»Es ist mir ein Vergnügen.«

Wir lassen den Sportwagen in der Werkstatt, und ich fahre dich im Van nach Hause. Wir schweigen. Dir gefällt mein Fahrstil, und mir gefällt, dass du neben mir sitzt. Ich fahre mit einer Hand auf dem Schaltknüppel, und mir ist sehr bewusst, dass dein Schenkel nur wenige Zentimeter von meinen Fingern entfernt ist. Du hältst den Blick geradeaus gerichtet, aber ich weiß, dass du meine Gegenwart intensiv spürst, und wie gern du mich anschauen würdest.

Schau mich an. Wie schmutzig ich bin. Wie anders als das stets frisch geschrubbte Schwein, das du geheiratet hast. Es macht mich krank, wenn ich ihn mir grunzend zwischen deinen Schenkeln vorstelle.

Schau mich an. Fass mich an. Öffne deine Schenkel

für mich. Ich bin real, Mrs. Greene. Mein Verlangen ist so real, dass wir beide es riechen können. Ich werde nicht mit dir schlafen, weil ich scharf auf dich bin. Ich werde mit dir schlafen, weil du danach lechzt. Ich werde dir nicht sagen, ich sei zu müde oder überarbeitet oder müsste früh am Morgen raus. Ich werde nicht aufhören, wenn ich abgeschossen habe. Ich höre erst auf, wenn es dir gekommen ist. Ich will dich nämlich kommen sehen, Mrs. Greene. Ich will dich zittern spüren, dich schreien hören.

Für den Bruchteil einer Sekunde muss ich die Augen schließen. Egal, dass ich fahre. Ich muss die Augen schließen und das Bild dahinter sehen. Ein Bild von dir, Mrs. Greene. Deine Beine auf meinen Schultern, und ich delektiere mich mit Lippen und Zunge an deiner Muschi. Du rutschst hin und her, voller Scham, dass du es geschehen lässt, und du stöhnst vor Lust.

Ich öffne die Augen und schaue dich von der Seite an. Du schaust mich an und lächelst nervös. Du denkst an dasselbe, nicht wahr? Du fragst dich, wie es mit mir sein würde. Wird es so schmutzig sein wie deine Phantasie?

Wir biegen in deine Auffahrt. Ich will aussteigen, aber dann bemerke ich dein Zögern. »Alles in Ordnung?«

»Er wird wütend sein.«

»Nein, wird er nicht. Lassen Sie mich mit ihm reden.«

Wir gehen hinein, den Flur entlang zum Büro deines Mannes. »Was ist passiert?«, fragt er. Dann sieht er mich. »Phil!« Er lächelt, will kumpelhaft sein. »Was …?« Er schaut zu dir, du siehst verlegen auf den Boden.

Seine Stimme verändert sich, sie wird kalt und hart. »Was ist mit dem Auto geschehen? Ist dem Auto was zugestoßen?«

Du siehst mich an. Habe ich es nicht gesagt?

»Eine kleine Delle«, sage ich. »Nichts Ernstes. Ich habe es in die Werkstatt gebracht. Ende der Woche haben Sie Ihren Sportwagen wieder.«

»Ende der Woche? Was, zum Teufel, ist passiert?«

»Nichts«, sagst du. »Ich bin ein bisschen zu schnell gefahren, das ist alles. Ich bemerkte zu spät, dass Phil bremste. Ich habe seinen Van angestoßen.«

Das Schwein erkundigt sich nicht nach meinem Van, fragt auch nicht, ob du okay bist. »Du bist zu schnell gefahren?« Sein Gesicht wird zur hässlichen Maske. Das teure After Shave kann den Geruch von seinem Schweiß nicht länger überdecken. »Warum?«

»Die Straße war frei. Ich habe nur nicht bemerkt, dass Phil bremste.« Du schaust zu mir. »Ich war nicht konzentriert«, sagst du leise. Wir wissen warum, nicht wahr?

Dein Mann schüttelt langsam den Kopf. Sein Mund verzieht sich zu einem verächtlichen Schnaufen. »Ich begreife es nicht! Wie kannst du dumme ...«

»Es war nicht ihre Schuld.«

Er erinnert sich, dass ich da bin. »Was?«

»Es war nicht die Schuld Ihrer Frau. Meine Bremsleuchten sind kaputt. Es war meine Schuld.«

Die Arbeit wird unterbrochen, als du hereinschwebst. Du weißt ganz genau, welche Wirkung du ausübst. Wahrscheinlich hast du das Kleid mit Bedacht ausgewählt, denn du weißt, dass der Ausschnitt den Ansatz deiner Brüste sehen lässt, und das Gewebe ist so weich und anschmiegsam, dass die Phantasie angeregt wird, und so dünn, dass die Sonne durchscheint. Wir können deine Beine durch den Stoff sehen. Selbst der alte Joe hört auf zu arbeiten und stiert neugierig.

Ich richte mich auf und warte, lasse dich den Weg

durch die Werkstatt gehen, bis du mein Büro erreichst, vorbei an den Jungs, die dich voller Geilheit anstarren. Du bist verängstigt, aber zugleich liebst du es. Ihr Frauen seid schon merkwürdig, was?

»Ich möchte die Rechnung begleichen«, sagst du und ziehst einen Umschlag aus deiner Handtasche. »Und ich wollte mich bei Ihnen bedanken.«

»Kommen Sie in mein Büro.«

Ich lasse dir den Vortritt. Ich zwinge meinen Blick von deinen langen Beinen und dem prallen Arsch weg. Ich quittiere den Betrag auf der Rechnung.

»Er sieht wieder wie neu aus«, sagst du. »Danke für die gute Arbeit. Und danke dafür, dass Sie die Schuld auf sich genommen haben.«

Ich stehe dicht neben dir. »Das habe ich gern getan. Wenn ich sonst noch etwas für Sie erledigen kann, lassen Sie es mich wissen.«

»Danke, ja.«

Einen Augenblick lang starren wir uns in die Augen, und ich weiß, dass du es tun wirst.

Alle starren wieder, als du über den schmutzigen, schmierigen Boden schwebst. So sauber und rein. Unberührt. Einer der Jungs pfeift hinter dir her. Ein anderer gibt ein paar krude Bemerkungen von sich und stellt Mutmaßungen an, was wir wohl im Büro getrieben haben. Du hörst es und wirst verlegen, und ich bekomme einen Steifen. Ich sehe deinen Nacken und wünsche mir sehnlichst, dich zu besitzen.

»Ich werde sie bumsen«, verspreche ich mir, als du um die Ecke verschwindest.

Jim schnauft. »Du bist verrückt, was? Sie steht meilenweit über dir.«

»Lach ruhig«, sage ich. »Sie will mich.«

Du gehst den Hügel hinunter in die Stadt, als ich hinauf gehe. Unsere Blicke treffen sich schon, als wir noch weit voneinander entfernt sind, und das macht es schwieriger. Wohin sollen wir schauen, wenn wir nur noch ein paar Schritte auseinander sind? Du schaust auf deine Uhr, dann auf den Teerbelag. Ich schaue dich an. Du trägst wieder ein sehr hübsches, luftiges Sommerkleid. Deine Brüste hüpfen bei jedem Schritt. Die leichte Brise drückt das Kleid gegen deinen Leib und deine Beine. Die späte Abendsonne lässt deine Haut leuchten. Du siehst wie ein Göttin aus.

Als wir noch zehn Schritte voneinander entfernt sind, sagst du: »Hallo, Phil.« Du lächelst scheu.

»Hallo, Mrs. Greene.«

Du lachst leise. »Warum nennen Sie mich immer noch Mrs. Greene? Nennen Sie mich Fiona, bitte.«

»Was macht Ihr wunderschönes Auto? Schnurrt es problemlos dahin?«

Du hebst die Schultern. »Ich weiß es nicht. Ich darf es nicht mehr fahren, seit ich …«

Seit du mich angebumst hast, weil du mit den Gedanken gerade woanders warst. Bei mir. Und weil du überlegt hast, wie es wohl wäre, wenn wir beide …

Ich lächle, du schaust weg, verlegen von deinen eigenen Gedanken. Du solltest nicht in diesen Bahnen denken. Du darfst es nicht. Darfst nicht an mich denken. Du willst mich doch gar nicht. Wenn du es dir oft genug sagst, kannst du mich vielleicht aus deinem Kopf schlagen. Ich wette, wenn ich jetzt unter dein Kleid greife, würde ich ein nasses Höschen fühlen.

Nass für mich, Fiona.

Ich wette, du liegst nachts im Bett und denkst, wie es mit mir wäre, während er neben dir liegt und schnarcht. Du fasst dich selbst an und stellst dir vor, es wären meine verschmierten Hände, die sich an deinem Schenkel hoch tasten. Mein harter, behaarter, ver-

170

schwitzter Körper, der sich an deinem reibt, der jetzt in dich eindringt. Du befiehlst dir, damit aufzuhören, aber du schaffst es nicht. Du ahnst, dass man im Bett mehr anstellen kann, als das mickrige Programm, das dein einfallsloser Mann abspult. Du stellst dir für deine Muschi etwas vor, was härter und dicker ist.

Ein paar Kids auf ihren Skateboards sausen an uns vorbei. Einer von ihnen stößt dich an, und deine Handtasche rutscht von deiner Schulter und fällt auf den Weg. Du gehst sofort in die Hocke, aber es ist schon zu spät – Dinge, die niemand sehen soll, purzeln über den Teer. Während du die Tampons einsammelst, bevor sie noch weiter weg rollen, bücke ich mich nach einem zerlesenen Taschenbuch und nach dem schlanken, glatten, goldenen Vibrator. Ja, tatsächlich, er ist mit Gold überzogen.

Wir richten uns auf. Voller Scham und Entsetzen stehst du da und kannst nichts tun als zu warten, während ich mir das Taschenbuch ansehe. Das Titelbild zeigt einen Mann wie mich, dunkelhaarig, muskulös und behaart. Ein Kerl. Ich schaue vom Buch auf und in dein Gesicht. Die Scham hat deine Haut mit einer herrlichen Röte überzogen, die dich noch anziehender macht.

Ich schaue auf den Vibrator in meiner Hand, und mir wird bewusst, dass er in dir war, angefeuchtet mit Träumen von schmutzigen Männern mit noch schmutzigeren Gedanken. Männer wie ich.

Du streckst deine Hand aus. Diese reine, sanfte Hand mit den blassrosa lackierten Nägeln, diese Hand, die den summenden Vibrator tief in dich hinein schiebt, wenn du das brauchst, was dein Mann dir nicht geben kann. Wie oft treibst du es mit dir? So wie ich deinen Mann einschätze, wird es oft sein.

»Ich wäre dankbar, wenn Sie das für sich behalten könnten«, murmelst du. Ich gebe dir Buch und

Vibrator zurück, und du verstaust sie tief in deiner Tasche.

»Das ist doch Ihre Privatsache«, sage ich.

Du dankst mir und weißt, dass dein Geheimnis bei mir gut aufgehoben ist. Du vertraust mir. Es bleibt dir auch nichts anderes übrig. Du sagst: »Ich habe früher auch gearbeitet, aber Alex will das nicht mehr. Ich vermisse London, ich vermisse meine Freunde.« Du nimmst einen tiefen Atemzug und lässt ihn in einem langen Seufzer wieder heraus. »Manchmal wird die Langeweile einfach zu stark.«

»Das geht uns wohl allen so.« Jetzt gehe ich aufs Ganze. Jetzt oder nie. Ich ahne, dass ein direkter Angang willkommen ist bei dir, du arme, reiche, frustrierte Hexe. »Vielleicht könnte ich für etwas Abwechslung sorgen.«

Deine Augen werden verschwommen, du schaust auf meinen Mund, dann in meine dunklen, lauernden Augen. »Ja, vielleicht.«

Ein lautes Hupen lässt uns erschreckt aufschauen. Es ist dein Mann. Er hält an, winkt mir zu und lehnt sich herüber, um die Beifahrertür für dich zu öffnen.

»Ich will nur eine Kleinigkeit einkaufen«, sagst du. »Ich kann das zu Fuß erledigen.«

»Lass uns zuerst ein bisschen durch die Gegend fahren«, sagt er. »Es ist ein schöner Abend.«

»Wir brauchen Milch.«

»Die können wir später noch besorgen.«

Du steigst ins Auto. Du wirfst mir einen letzten Blick zu, ehe dein Mann wendet und den Hügel hinauf fährt. Ich fange deinen Blick auf, und wir wissen beide, dass es geschehen wird.

Du hältst uns lange hin. Wahrscheinlich weil ein Teil von dir nicht nachgeben will. Ich kann dein Zögern verstehen. Ein Teil von mir möchte eigentlich auch nicht, dass es geschieht. Dieser Teil möchte lieber, dass ich mir diese Spannung des Begehrens erhalte, und während ich es mir zu Hause selbst mache, kann ich mir darüber klar werden, wie wenig wir zueinander passen. Wir haben nichts gemeinsam, nur dieses Verlangen.

Aber der andere Teil von mir will sich in dich versenken, will dich schreien hören, will deine lüsternen Phantasien Wirklichkeit werden lassen. Dieser Teil von mir ist stark und wird stärker, wenn ich an deinen Vibrator denke.

An einem Freitagabend kommst du in die Werkstatt. Ich höre das Klopfen des Motors im Range Rover, als du auf dem Hof parkst. Ich weiß, dass du es bist, ehe ich dich gesehen habe. Es ist so spät, dass es schon dunkel ist, und die Jungs sind längst in den Pub gegangen. Ich arbeite allein. Hatte keine Lust auf den Pub. Ich hatte vor, nach Hause zu gehen und mich anzutörnen mit Gedanken an dich.

Und jetzt bist du hier. Ich schaue auf, als ich die Absätze auf dem Betonboden klacken höre. »Ich hatte gehofft, Sie noch hier zu finden, Phil«, sagst du.

Ich drehe mich um. Es ist dunkel, aber ich kann deine Augen leuchten sehen. »Was kann ich für Sie tun, Mrs. Greene – eh, Fiona?«

»Es ist so was wie ein Notfall«, sagst du. »Es ist nämlich ... meine Batterie ist leer.«

Wir wissen beide, dass du nicht von deiner Autobatterie sprichst. Wir schauen uns eine Weile schweigend an und genießen den Augenblick. Ich kann Gin in deinem Atem riechen. Ich kann mir vorstellen, wie du zu Hause gesessen und dir Mut angetrunken hast.

»Kann ich helfen?«

»Ich hoffe es. Was schlagen Sie vor?«

Ich denke nach. »Ich könnte Ihnen eine Starthilfe geben.«

»Wie geht das?«

»Kommen Sie herein, ich zeige es Ihnen.«

Ich schließe die Tür wieder auf und schiebe sie zur Seite. Du trittst an mir vorbei und wartest, während ich das Licht einschalte und die Tür hinter uns schließe. Eine Lust, die fast wie Rage kocht, tobt in mir.

Ich packe deinen Arm und ziehe dich zu einem alten Ford Capri hinüber, der mitten in der Werkstatt steht. Ich drehe dich herum, wir stehen uns gegenüber. Ich drücke dich mit dem Hintern gegen die Motorhaube.

Du bist erschrocken über meine derbe Art, und gleichzeitig hast du dich danach gesehnt: Es ist noch besser, als du geträumt hast.

Ich lege eine Hand auf die Haube, die andere auf deinen Schenkel. Ich reibe an deinem Schenkel hin und her. Ich zeichne das blasse Pink deines Kleids mit dunklen Schmierstreifen meiner ungewaschenen Hände nach, aber es stört dich nicht. Deine Lippen sind geöffnet, deine Blicke huschen lüstern über mein Gesicht. Ich sehe, wie du lechzt.

»Wieso ist die Batterie leer geworden?«

»Ich habe mich zu oft gelangweilt«, antwortest du und schaust unter dem ursprünglich weißen T-Shirt auf meine dunklen Brusthaare.

»Das ist der Nachteil, wenn man in einem Dorf wohnt.« Ich gleite mit meiner Hand unter ihr Kleid. »Hier gibt es keine Abwechslung.«

Deine Haut ist noch sanfter, als ich mir vorgestellt habe. Der Schenkel ist lang und gespannt. Und so verdammt weich. Du nimmst die Beine ein wenig auseinander, und ich kann über die Innenseiten der Schenkel streichen. Oh, verdammt, es ist die sanfteste Haut, die ich je gestreichelt habe.

»Du hast Recht«, flüsterst du. Deine Worte kommen mit knappen Atemstößen, denn meine Finger nähern sich dem Dreieck. »Ich brauche etwas, was mich beschäftigt.«

Oh, verdammt. Dein Höschen ist fast so sanft wie deine Haut an den Innenseiten. Auch die Haare deiner Muschi sind weich und feucht. Du ziehst hörbar die Luft ein und stützt dich mit den Händen hinter dir auf der Motorhaube ab, als ich mit einem Finger in dich eindringe. Oh, bist du nass.

»Ganz schön heiß«, murmele ich voller Bewunderung. »Was würde dein Mann dazu sagen?« Ich lecke mit der Zunge über deinen Hals. »Was würde er sagen, Fiona?«

Du gibst keine Antwort. Furcht liegt in deinen Augen. Weil du dich mit den abstützenden Händen nach hinten lehnst, recken sich mir deine Brüste entgegen. Die Knöpfe deines Kleids halten den strammen Stoff nur noch mit Mühe. Während ich mit dem Finger hin und her reibe, schaue ich dir in den Ausschnitt. Du brauchst noch einen Finger, dann noch einen.

»Das wollte ich tun, seit ich dich das erste Mal gesehen habe«, sage ich. »An dem Tag, an dem du ins Dorf gekommen bist.«

Du blinzelst, denkst nach. »Aber am ersten Tag haben wir uns gar nicht gesehen.«

»Du hast mich nicht gesehen. Aber ich war da, als du vorbei gefahren bist. Du hast ein dünnes Kleidchen getragen und keinen BH, du lüsterne Schlampe. Du wolltest, dass alle dich anstarren, nicht wahr? Warum sonst würdest du ein solches Kleid ohne BH tragen? Ich konnte die Form deiner Brüste sehen. Ich stellte mir vor, wie ich über ihnen komme.«

»Oh«, wimmerst du, als meine zweite Hand deine

Brust drückt. Ich gehe näher an dich heran, und unsere Lippen berühren sich fast.

»Ich wollte mit meiner Hand unter dein Kleid greifen und deine nasse Muschi drücken.«

»Oh.«

»Mich konntest du nicht täuschen«, fahre ich fort. »Du sahst unnahbar aus, aber ich wusste, dass du ein heißes Mädchen bist.« Ich stoße meine Zunge in deinen Mund. Zuerst bist du durch die gewaltsame Art irritiert, ich stoße kraftvoll in den Mund, dann weiche ich wieder zurück und lecke über deine Lippen. Ich kann deinen Lippenstift schmecken. Er ist süß und weich. »Ich habe meinen Leuten gesagt, dass ich mit dir schlafen würde. Weißt du, was sie getan haben?«

Du konntest nicht antworten. Meine Zunge füllt wieder deinen Mund.

»Sie haben mich ausgelacht. Sie haben gesagt, eine Frau wie du würde sich nie mit einem Kerl wie mich einlassen. Weil du so zart und edel und stinkreich aussiehst.« Ich stecke dir die Zunge ins Ohr und beiße dann ein bisschen in das süße Fleisch ihres Ohrläppchens. »Aber ich habe sofort gesehen, dass du eine scharfe Hexe bist, ein geiles Luder.«

Du weißt nicht, was du sagen oder tun sollst. Du verhältst dich passiv. Du zuckst aber zusammen, als ich meine Finger aus dir ziehe, dein Kleid am Ausschnitt packe und bis zum Nabel aufreiße. Knöpfe fliegen durch die Luft und landen in den Öllachen auf dem Boden.

Dein cremefarbener Spitzen-BH lässt sich vorne öffnen. Wie ein Besessener ziehe ich ihn ab. Oh, Mann. Was für Titten. Himmel, bist du schön. Du bist viel schöner, als ich mir habe vorstellen können, und dabei hatte ich gedacht, dass ich mir schon ein Bild der Vollkommenheit gezeichnet hätte. Deine Brüste sind blass und voll, sie füllen meine Hände, genau richtig.

Köstlich. Ja, ich muss sie kosten, muss in sie hinein beißen. Deine Nippel sind von einem schwachen Pink, fast wie die Farbe deines Kleids. Sie sind groß und empfindsam, denn du schüttelst dich, als ich leicht beiße.

Deine Hände wühlen durch meine zerzausten Haare. Sie bleiben in meinen Haaren, als sich mein Kopf nach unten bewegt. Meine Zunge hinterlässt eine feuchte Spur der Lust auf deinem Körper. Ich knie mich und schiebe dein Kleid nach oben. »Halt es fest«, sage ich, und du tust es und zeigst mir dein winziges Höschen. Ich ziehe es bis zu den Knöcheln hinunter und hebe einen Fuß von dir an, damit ich es abstreifen kann.

Man braucht dir nichts zu sagen, du hängst deine Beine über meine Schultern, und ich gehe mit meinem Gesicht ins Dreieck hinein, lecke, rieche, atme tief ein. Dieser Duft! Du riechst nach Seife und teurer Körperlotion, aber am meisten riechst du nach Muschi. Ich lecke alles auf.

Ich könnte dich stundenlang lecken, aber ich bin zu hart, und der Steife schmerzt in der Hose. Jetzt willst du mich tief in dir spüren, ich weiß es. Du schöne, heiße Schlampe.

Ich richte mich auf. Ich drücke deinen Oberkörper über die Motorhaube. Ich schiebe meine Hände in deine Kniekehlen und hebe die Beine leicht an, jetzt sind sie weit geöffnet für mich. Ja, ja. Ich will dich zum Schreien bringen.

Ich knöpfe meinen Overall auf und hole mein Ding aus der Unterhose. Ich glaube nicht, dass es schon mal so hart war, und dass es gut gebaut ist, weiß ich. Du hast die Augen weit aufgerissen. Und als ich mit einem kräftigen Stoß in dir bin, reißt du den Mund weit auf.

Ich treibe mich in dich hinein, und du schaust zu

mir hoch, eine Mischung aus Furcht und Abneigung in deinem Blick, aus Scham und Dankbarkeit. Nach nur wenigen Stößen weicht diese Mischung einem Ausdruck absoluter Hemmungslosigkeit. Jetzt bist du mein, du Luder, und du weißt es.

Ich will, dass dies zum Ereignis deines Lebens wird. Ich wette, dein Mann hat so etwas noch nie zu Stande gebracht. Ich lehne mich über dich und beiße deinen Hals. Ich drücke deinen hüpfenden Brüste. Ich gleite mit einer Hand zwischen uns und reibe mit dem Daumen über deinen Kitzler.

Du fängst an zu stöhnen und zu zittern. Ich reibe kräftiger, stoße tiefer, beiße, bis mein Zahnabdruck auf deiner Haut zurück bleibt. Reibe schneller. Puh, bist du nass. Es strömt nur so aus dir heraus. Ich will weiter über deine erregte Klitoris reiben, obwohl mein ganzer Körper in Aufruhr ist.

Plötzlich zuckst du wild unter mir, als wärst du von einem Blitz getroffen worden, und gleich danach bleibst du starr.

Du hältst den Atem an, und ich setze meine Stöße fort. Ich betrachte dich. Du drückst deine Augen so fest zu, dass sich Tränen unter den Wimpern hervor quetschen.

Du hältst dein Kleid mit beiden Händen über den Brüsten zusammen und siehst die Straße hinauf und hinunter. Nein, da ist niemand, der uns aus der Werkstatt hat kommen sehen.

»Ich muss wohl nach Hause«, sagst du leise.

»Bis später.«

Du bleibst aber noch neben mir stehen, und dann hören wir Schritte.

»Danke für Ihre Hilfe«, sagst du laut, damit der Vorbeigehende es hören und sich von der Harmlosigkeit unserer Begegnung überzeugen kann. »Sehr freundlich von Ihnen, so rasch zu helfen.«

»Kein Problem, Mrs. Greene, ich bin froh, dass ich Ihnen helfen konnte. Und wenn wieder was ist, lassen Sie es mich wissen.«

»Ja, das werde ich. Danke.«

»Es ist mir ein Vergnügen.« Ich schaue dir nach, wie du auf unsicheren Beinen zu deinem Auto gehst. »Jederzeit.«

15. *November*

Wenn ich mich mit einem Mann treffe, ist mein erster Gedanke: Will er mit mir schlafen?

Die meisten wollen es. (Ich glaube, das lässt eher Rückschlüsse auf Männer zu und hat weniger mit meiner körperlichen Beschaffenheit zu tun, obwohl ich letzte Woche von den Arbeitern auf der Baustelle schräg gegenüber von meinem Büro gehört habe, ich hätte schöne Beine, und am letzten Freitag hat ein Mann in einer Weinbar festgestellt, ich hätte schöne Augen. Mein Freund schließlich, der gestern in den frühen Morgenstunden betrunken und geil in meine Wohnung walzte, sagte, ich hätte einen schönen Körper.)

Wo war ich? Ach so. Die meisten Männer würden mit mir ins Bett gehen, wenn sie eine Gelegenheit erhielten.

Ich erkenne es im ersten Augenblick unseres Treffens. Es ist in seinen Augen zu erkennen, an seinem Händedruck und an seinem Lächeln. Es liegt verborgen unter der Haut, unsichtbar fürs Auge, aber doch erkennbar. Es bestimmt alles, was wir sind und was wir tun. Wenn er mit mir ins Bett geht, ist mir das so klar, als hätte er es laut ausgesprochen. Er hätte es sich auch auf die Stirn tätowieren lassen können.

Ich will, dass Männer mich wollen.

Ich will ihre Lust fühlen, direkt und gewaltig. Ich will sie fragen: Willst du mit mir ins Bett? Und ich will die Antwort hören: »Ja. Ich will in deine harten Nippel beißen. Ich will dich lecken, bis du durchgeschüttelt wirst und dich nicht mehr auf den Beinen halten kannst. Und ich will meinen Schwanz tief in dir versenken.«

Es ist schon seltsam. Auch wenn ich gar nicht mit einem Mann ins Bett will, brauche ich ihn: Ich brauche das Verlangen in seinen Augen. Ich brauche es für mein Ego. Meine Mutter hat mir immer gesagt, ich sei zu fett, zu tollpatschig, zu schüchtern oder zu dumm, um meinen Weg zu gehen, um etwas in meinem Leben zu erreichen, und obwohl ich es heute besser weiß, brauche ich ständig die Bestätigung. Auch wenn ich einen Mann nicht will, bin ich froh, dass er mich will. Das bedeutet nämlich, dass meine Mutter Unrecht hatte.

Ich will, dass jeder Mann mich ansieht und denkt: Mit der möchte ich ins Bett. Ich will verheiratete Männer dazu bringen, über einen Ehebruch nachzudenken, ich will die Anhänger der One-Night-Stands von ihrer Jagd nach Neuem abbringen, damit sie sich nur noch mir widmen. Ich will, dass hässliche Männer meine Schönheit preisen und schöne Männer meine Hässlichkeit. Ich will junge Männer nach meiner Erfahrung lechzen lassen und alte Männer nach meiner Jugend. Ich will, dass große, schwere Männer mich mit ihrem Gewicht erdrücken und dass hagere Männer sich an meinen Kurven laben. Ich will schmutzige Männer, die sich in mir läutern und edle Männer, die sich bei mir vergessen können. Ich will, dass die Freunde meines Freundes mich sehen und einen Steifen bekommen.

Ich will allen Männern alles sein. Ich spreize die Beine und öffne mich ihnen, damit sie mich betrachten können. Ich will Gulliver sein und von einer Armee von Liliputanern gefesselt werden, die dann auf meinem Körper leben können. Zehn von ihnen könnten an jedem Nippel saugen. Zwei von ihnen könnten meinen Nabel mit Wasser füllen und darin baden.

Ganze Familien könnten sich in meinen Schamhaaren verirren und sich dort tagelang von dem Saft ernähren, der aus mir strömt.

Ich liebe es, geliebt zu werden, nicht nur von meinem Freund, sondern von einem nie abreißenden Strom von Männern.

Das ist mir heute bewusst geworden, als ich in einer äußerst langweiligen Sitzung über Marketingstrategien im Konferenzraum saß. Ich hatte gerade eine Präsentation der Pläne meiner Abteilung für die nächsten achtzehn Monate vorgetragen. Ich setzte mich wieder, während ein anderer Langweiler seine Präsentation vortrug. Ich schaute mich um.

Fünfzehn Männer saßen im Konferenzraum, vom Azubi bis zum Vorstand, dementsprechend auch die Altersunterschiede. Ich fragte mich, was sie wohl während meines Vortrags gedacht hatten. Was die anderen Frauen dachten, war mir völlig egal. Ich begriff etwas wirklich Verrücktes – etwas, wofür mich die Anhängerinnen der Frauenbewegung ausgestoßen und als Verräterin durch die Straßen getrieben, geteert und gefedert hätten.

Ich hoffte doch tatsächlich, dass alle Männer mit dem beschäftigt waren, was mein Ausschnitt zu bieten hatte, und deshalb meiner Rede gar nicht folgen konnten.

Ich wusste in diesem Augenblick, dass ich mit dieser Absicht am Morgen die enge Bluse angezogen hatte, die meine Brüste herrlich umschmiegt, und dazu noch den kurzen grauen Rock. Ich hoffte, wenigstens ein paar der Männer hätten sich unterm Tisch in den Schritt fassen müssen, als ich mich strecken musste, um die Leinwand herunter zu ziehen, wobei mein Rock bestimmt zwei, drei Zentimeter hoch gerutscht war.

Für einen Moment schloss ich die Augen, und es

war mir egal, ob es jemand bemerkte oder nicht. Ich träumte, ich ginge aus dem Konferenzraum und bliebe hinter der offenen Tür stehen und könnte die Männer über mich reden hören. »Teufel, ist sie scharf. Ich habe kein Wort von dem gehört, was sie gesagt hat – ich musste die ganze Zeit auf ihre Titten starren. Ich kriege schon einen Steifen, wenn ich ihre Stimme beim Vorlesen der Verkaufszahlen höre.«

Die meisten dieser Männer widern mich an. Sie schwitzen viel und sind aufgeblasen und übergewichtig, und, wenn nicht vom Alter, dann aber geistig Mitte der Fünfzig, vollgestopft mit Mittelmäßigkeit. Und doch wollte ich, dass sie alle den Wunsch hatten, nach der Sitzung mit mir ins Bett zu gehen. Ich muss spüren, dass man mich begehrt.

19. November

Männer beeinflussen mich. Ich versuche, das zu vermeiden. Schließlich bin ich erfolgreich in meinem Beruf. Die Leute halten mich für eine selbstbewusste Karrierefrau, und selbstbewusste Karrierefrauen verbringen nicht ihre Zeit damit, über Männer nachzudenken, nicht wahr?

Aber ich kann mir nicht helfen. Wenn ein Mann in einem Raum ist, werde ich unsicher. Ich plane meine Bewegungen, will mich ihm von der besten Seite zeigen, weil ich ihn dazu bringen will, mich zu beachten und mich zu begehren – auch wenn ich nicht das geringste sexuelle Interesse an ihm habe.

Ich nehme verschiedene Charaktere an, weil er von meinem wahren Ich nicht angetan wäre. Mein wirkliches Ich ist dunkel. Vor ihr würde er davonlaufen. Er hätte Angst vor ihr. Ich zeige ihm andere Frauen. Ich bin das lustige Mädchen oder die nachdenkliche, intellektuelle Studentin, oder ich bin der typische Kumpel, mit dem man Pferde stehlen kann. Ich bin, was immer du willst. Ich bin wie nasser Ton, du kannst mich formen, wie du mich gerne hast.

Es gibt Zeichen, auf die ich achte, Zeichen, die ich mit nach Hause nehme und zwischen meine Fingerspitzen reibe, um sie anzuwärmen, ehe ich mich mit ihnen befriedige. Der zweite Blick, jener Herzstillstand verursachende, Magen umdrehende Moment, wenn er dich genauer betrachtet. Der zweite Blick ist wunderbar. Er bedeutet, dass er mich will. Scheiß auf Höflichkeit und politische Korrektheit – dies ist schärfer, härter, schneller. Dies ist Lust. Ja, ich will dich.

Das zögernde Lächeln ist auch so ein Zeichen. Mit einem Mann reden, intensiv zuhören, im richtigen Moment nicken, so zu tun, als wäre man an dem selbstgefälligen Beweihräuchern, das aus seinem Mund spritzt, wirklich interessiert. Dann wenn er dich endlich mal ein Wort einwerfen lässt, nickt er und lächelt zögernd.

Dieses Lächeln hat nichts mit dem zu tun, was man sagt. Er hört nicht einmal zu. Er weiß, dass die Unterhaltung nur ein Vorwand ist. Wir beide wollen nichts anderes, als uns gegenseitig die Kleider vom Leib reißen und uns gegenseitig aussaugen, jetzt, hier, sofort. Aber wir werden es natürlich nicht tun, wir sind erwachsen.

Gestern Abend war da ein Mann, der sich nicht um Höflichkeit und politische Korrektheit kümmerte, auch nicht um konventionelles Verhalten. Ich hatte zu einer Party gehen müssen, zur Einweihung der neuen und größeren Geschäftsräume einer Design-Agentur in Soho, die wir und andere Narren mit so vielen Aufträgen versorgen, dass sie gar nicht mehr weiß, wohin mit dem Geld. Die Party war ein Dankeschön für die Kunden und sollte wohl auch dafür sorgen, dass uns der Name der Agentur im Gedächtnis blieb.

Ich kaute mich durch die üblichen und wenig beeindruckenden Häppchen und hielt mich am guten Wein schadlos und ignorierte beflissen die verschiedenen selbstbewussten Designer, die versuchten, ganz lässig und entspannt über alles mit mir zu reden, nur nicht übers Geschäft, was schlimmer war, als hätten sie laut gekreischt: »Bitte, gebt uns auch im nächsten Jahr eure Aufträge! Bitte, bitte!«

Schließlich stand ich in einer dunklen Ecke und schaute auf einen überdimensionalen Bildschirm, auf dem die verschiedenen neuen Kampagnen der Agentur gezeigt wurden, sehr selbstbewusst und trendy, und ich fragte mich, warum ich hier war. Dann wurde ich daran erinnert.

»Du siehst gelangweilt aus.«

Danny. Der Knabe, dem die Agentur gehört. (Ich habe dir schon von ihm erzählt.)

»Ich langweile mich zu Tode.«

»Ich auch.«

Ich schaute ihn mit einer Direktheit an, die andere Männer nervös gemacht hätte. Aber Danny nicht. Er wusste, wie man dieses Spiel spielt. Er lächelte langsam. Ebenso langsam wandte ich mich wieder dem Bildschirm zu, desinteressiert.

Von nun an war jede Bewegung bewusst. Ich fuhr mit den Fingern durch die Haare, nippte am Wein, gab vor, konzentriert auf den Bildschirm zu schauen. Ich spürte die lebhaften Farben auf meinem Gesicht. Ich spürte seine Blicke auf meinen Brüsten. Er fragte sich, ob ich unter der Jacke noch etwas trug. Natürlich nicht. Nur einen BH, der so leicht war, dass er meine Brüste kaum halten konnte.

»Warum gehen wir nicht in mein Büro?« Wir wussten beide, dass es geschehen würde. Es ging mir nur darum, den Moment noch etwas hinauszuzögern.

Ich hielt meinen Blick auf dem Bildschirm. »Warum sollte ich mit dir in dein Büro gehen?«

»Wir müssen reden.«

»Worüber?«

Er trat dichter an mich heran, damit er leiser sprechen konnte. »Darüber, was ich meiner Frau antworte, wenn sie mich fragt, wieso ich nach einer anderen Frau rieche.«

Jetzt musste ich lächeln. Er nahm das als Zustimmung. Er fasste meine Hand, und ich ließ es geschehen. Wir gingen hoch in sein Büro. Ich schlug vor, dass er seiner Frau sagte, ich sei eine wichtige Kundin, und er müsse mit mir schlafen, um den Auftrag meiner Firma auch im nächsten Jahr wieder zu erhalten. Das stimmt übrigens – ich war beauftragt, bei anderen Design-Agenturen anzufragen.

Er fragte, ob er Grund zur Besorgnis haben müsste. Ich hob die Schultern und sagte, wir seien mit seiner Arbeit zufrieden, aber das allein sei noch keine Garantie.

Er knöpfte meine Jacke auf und leckte über seine Lippen. Ich wusste nicht genau, ob es eine unbewusste Reaktion auf meinen schwarzen Satin-BH war, oder eine bewusste Geste, die mich anmachen sollte. Er fragte, ob ich ein gutes Wort für ihn einlegen könnte. Ich sagte, ich könnte nur die Wahrheit sagen.

Ich spürte, dass mein Geschlecht in Erwartung seiner Finger zu zucken begann, dabei waren die Finger noch mit meinen Brüsten beschäftigt. Ich versprach grinsend, meinem Boss mitzuteilen, dass Danny sich große Mühe gebe, seine Kunden zufrieden zu stellen.

Er würde alles für die Befriedigung seiner Kunden tun, raunte er mir ins Ohr. Und ich sei seine liebste Kundin.

Ich weiß. Ich habe die Art gesehen, in der du mich

manchmal in Konferenzen anschaust, wie du mir auf die Brüste starrst oder zwischen die Beine, wenn ich sie übereinander schlage. Ich habe mich in deinem zögernden Lächeln gewärmt, und ich weiß, dass du mir auf den Arsch starrst, wenn ich an dir vorbei gehe. Oh, ja, ich weiß.

Wir trieben es auf seinem Schreibtisch. Es war gut, obwohl ich nicht gekommen bin. Er hatte zu viel Wein getrunken und kam zu schnell. Plötzlich quälten ihn Schuldgefühle, und er murmelte etwas über seine Frau, er verschränkte nervös die Finger und verhielt sich fast schon ein wenig krankhaft. Ich selbst hatte keine Schuldgefühle. Ich meine, es ist nur Sex. Für mich ist es keine Untreue. Vielleicht ist das eine egoistische Einstellung, vielleicht auch nur ein Zeichen der Befreiung von alten, einengenden Konventionen. Es ist übrigens die Einstellung, die Männer seit Jahrhunderten für sich beanspruchen.

»Es hat keine Bedeutung. Ich liebe dich immer noch.«

Nun, das stimmt. Ich liebe John. Aber Sex ist Sex, er ist spontan und körperlich. Man braucht niemanden zu lieben, um mit ihm zu vögeln. Du musst aber jemanden lieben, wenn du sein Erbrochenes aufwischst.

Danny schloss sich rasch meiner Meinung an. Seine Schuldgefühle zerflossen, als er sah, wie ich es mir auf seinem Schreibtisch liegend selbst machte. Er wurde wieder hart, und wir taten es noch einmal. Und noch einmal kam er zu schnell, obwohl er sich wirklich anstrengte. Und wieder kam es mir nicht.

Männer werden das nie verstehen, aber manchmal ist es mir egal, ob ich einen Orgasmus habe oder nicht. Manchmal ziehe ich ein intensiveres Gefühl aus der Hemmungslosigkeit, mit der ich mich ihm hingebe. Oder aus der Tatsache, dass wir es nicht tun sollten, es aber trotzdem tun. Oder daraus, dass er seine Hüften wie einen Presslufthammer rattern lässt. Manchmal reicht es mir, wenn ich die Lust eines Mannes spüre, die in mir brennt.

Ich kann mich später selbst zum Orgasmus bringen. Dafür brauche ich keinen Mann.

Tatsächlich ist es so, und das wird mir erst jetzt bewusst, während ich es schreibe, dass mich nur wenige Männer bisher zum Orgasmus gebracht haben. Einige von ihnen wussten nicht wie. Anderen war es egal. Manche schafften es durch stures Beharren oder auch durch Zufall. Aber keiner von ihnen kennt die Geheimnisse dieser Seiten. Nur du.

Du bist die einzige, die weiß, dass es einen Weg gibt, mich zum Schreien zu bringen. Ich sehne mich nach diesem Weg, ich träume von ihm und denke jeden Tag daran. Aber niemand wird es je erfahren, und deshalb werde ich ihn nie gehen, diesen Weg. Ich werde nie erfahren, wie es ist, wie es sich anfühlt. Denn wenn ich es einem Mann sagen müsste, wäre alles ruiniert. Er muss es instinktiv ahnen, aber ich glaube, gleichzeitig würde ich mich entsetzlich fürchten, dass er es falsch versteht. Diese Furcht ist es, die es so gut macht, und gleichzeitig ist sie es auch, die mich davon abhält.

Ich werde es nie jemandem sagen. Manchmal bin ich traurig und schuldbewusst, weil mein Freund, der Mann, mit dem ich mein Leben teile – der Mann, der mich beim Kotzen gesehen hat, der meine Beine rasiert und meine Augenbrauen zupft, der alle Nichtigkeiten meines Lebens wahrnimmt – nicht weiß, was mich wirklich hoch bringt, was mir eine Gänsehaut verschafft und was eine tiefe Sehnsucht in mir auslöst, was mich mitten in der Nacht aufwachen lässt. Und ich schwöre, er wird es nie erfahren. Denn wenn er es nicht selbst herausfindet – und das wird er nie -, wäre es einfach nicht gut. Deshalb wird es ein Geheimnis bleiben. Du bist die Einzige, die es weißt.

Gestern Abend ist John mit seinen Kumpanen ausgegangen. Ich bin extra früher von der Arbeit nach Hause gefahren, weil ich wusste, dass ich die Wohnung ganz für mich haben werde, ein paar Stunden lang. Ich habe gewusst, was ich tun werde.

Es ist ein Ritual. Eines, das ich selten auslebe. Dass es so selten geschieht, macht es noch viel besser. Ich zittere schon, wenn ich von der Untergrundstation den Hügel hoch in meine Wohnung gehe. Mein Höschen ist nass, noch bevor ich mich mit einem Finger berührt habe. Du kennst das schon, aber dass ich dir alles erzähle, gehört auch zum Ritual.

Zuerst tue ich so, als würde nichts geschehen. Ich rede mir ein, dass ich an diesem Abend früh zu Bett gehe, vorher in meinem Buch lese, während ich bade, dass ich die Beine rasiere und schließlich bei einem Glas Wein und einem Videofilm einschlafe.

Das alles sage ich mir laut, aber mein Unterbewusstsein weiß längst, was ich geplant habe. Mein Unterbewusstsein schlägt Purzelbäume, es lässt mich den Kerlen in der U-Bahn mein Höschen zeigen und zündet ein Feuerwerk in meinem Kopf. Mein Unterbewusstsein ist bereit, mein Bewusstsein noch nicht. Es muss erst noch geneckt und gereizt werden.

Ich koche Nudeln. Lasse mir Zeit. Frische Kräuter, die ich winzig klein schneide, daraus ein Dressing für den Salat. Öffne eine Flasche Wein.

Ich setze mich an den Tisch, allein, sehe die Nachrichten und gebe vor, dass nichts Ungewöhnliches geschieht. Ich sauge das Dressing mit dem Brot auf, füttere die Spülmaschine mit dem Geschirr, kuschele mich aufs Sofa und schenke mir noch ein Glas Wein ein. Ich rede mir ein, ganz entspannt zu sein, aber ich bin es nicht. Mein Herz klopft.

Ich lasse ein Bad einlaufen. Gebe viel aus der Schaumbadflasche hinzu und nehme mein Buch mit – als ob ich mich darauf konzentrieren könnte! Ich schäume langsam meinen Körper ein, so langsam, wie es meine Finger zulassen.

Ich rasiere die Beine, streichle mit den Händen darüber, überzeuge mich, wie weich und glatt sie sind. Plötzlich kommt mir ein lüsterner Gedanke, nur, dass er nicht plötzlich gekommen ist. Er lauerte schon die ganze Woche in meinem Kopf.

In der Badewanne hebe ich mich aus dem Wasser. Ich beuge mich vor und nehme die Schere vom Regal. Mit zitternden Händen schnipse ich an meinen schwarzen Locken herum, ich trimme die Haare, bis die Löckchen weg sind und es nichts mehr zu schneiden gibt. Das Zittern hat jetzt auch meine Beine erfasst. Ich knie mich in die Wanne, reibe Rasierschaum über die Stoppeln und rasiere mich blitzblank.

Himmel, was für ein Gefühl! Ich kann es nicht erklären. Ich richte mich wieder auf und betrachte mich im Spiegel an der gegenüber liegenden Wand.

Meine Finger gleiten über die glatte Haut. Da gibt es jetzt kein Geheimnis mehr, da liegt alles offen. Ich hebe ein Bein an und stelle den Fuß auf den Wannenrand, und dann betrachte ich mein Geschlecht, als wäre es das erste Mal. Ich beobachte, wie ein Finger zwischen den aufgeworfenen Lippen verschwindet. Ich wünschte, ein Mann könnte mich so sehen.

Natürlich habe ich die ganze Zeit einen Mann im Kopf. Ich tue das alles für einen Mann. Für einen Fremden. Der Mann, der mein dunkelstes Geheimnis kennt, ohne dass ich es ihm sagen muss. Ich habe das für ihn getan. Ich betrachte mich im Spiegel, inspiziere die schockierende Nacktheit meines unbehaarten Körpers, und ich frage mich, was er wohl denkt, wenn er mich so sieht. Ich frage mich, ob seine Finger so zittern werden wie jetzt meine.

Ich trete aus der Wanne und reibe mich trocken, wobei ich mich besonders dem Stück frischer nackter Haut widme. Ich tupfe leicht über die geschwollenen Lippen. Ich möchte gut für ihn riechen, deshalb reibe ich Öl in meine Haut ein, presse meine Hände über die Muskeln und Sehnen und hoffe, er würde das auch tun, wenn ich ihn endlich treffe.

Ich reibe Öl über mein nacktes Dreieck, reibe Öl in mein Geschlecht. Es ist glitschig, und bevor ich genau weiß, was ich tue, sind schon zwei Finger in mir und meine Beine gespreizt, ein Fuß auf dem Toilettensitz, die freie Hand auf der Handtuchstange, um mich abzustützen.

Mein Kitzler glüht. (Er glüht jetzt auch, und während ich das schreibe, muss ich mich berühren, obwohl ich dir schon einmal davon berichtet habe. Verdammt, ich muss unterbrechen, damit ich es mir richtig besorgen kann.)

Ich bin wieder da. Wo war ich? Ah, mein Kitzler. Er vibriert unter meinem Daumen, ist hart. Das Verlangen schmerzt. Meine Muskeln zucken, während ich immer wieder über den Kitzler reibe. Mein ganzer Unterleib zuckt.

Ich kann es nicht mehr aushalten. Ich brauche einen Orgasmus. Aber ich muss warten.

Ich gehe ins Schlafzimmer und reiße die oberste Schublade meines Nachttischs auf. Ich lange in die hinterste Ecke, und dort, unter der Baumwolle und Seide meiner Höschen, finde ich das, worauf ich den ganzen Tag gewartet habe. Aber ich kann ihn noch nicht einsetzen. Ich muss es langsam aufbauen, muss mich zuerst noch etwas quälen.

Ich lege mich aufs Bett, spreize meine Beine. Bin bereit. Ich lege den Vibrator neben mich. Er liegt in

Wartestellung neben mir, während ich mich von meiner Phantasie umhüllen lasse. Er drängt mich. Komm schon, schalt mich ein. Du weißt doch, dass du mich willst. Denke nicht nach, tu's einfach. Du brauchst es doch.

Ich brauche es. Ich brauche einen Orgasmus. Ich will ihn zusammen mit ihm erleben. Aber zuerst muss ich ihn finden. Er versteckt sich in der Dunkelheit meiner Gedanken. Ich lege mir die Augenmaske um, die ich manchmal trage, wenn John noch lesen und ich schlafen will, und ich warte auf ihn.

Sofort kommt er aus der Dunkelheit. Er weiß einfach, was er zu tun hat. Er erkennt die Sehnsucht in meinen Augen und tut, worum ich ihn stumm anflehe. Er hat Angst, es zu tun, und ich habe Angst, ihn zu lassen. Unsere Angst gibt unserem Zusammensein ein Element des Schreckens. Als ob man auf dem Rand einer Klippe vögelt.

Ich nehme nie wahr, dass ich nach dem Vibrator greife und ihn einschalte. Aber es geschieht. Das Summen deckt alle Gedanken zu, jetzt empfinde ich nur noch seine Umarmung. Der Vibrator schlüpft in mich hinein. Das ist er. Rein und raus, rein und raus. Ich bin bereit. Ich könnte mich in einer Minute zum Höhepunkt bringen, aber kurz davor höre ich auf.

Ich denke an meine rasierte Scham, und ich will sehen, wie ich es mir besorge, wie er es mir besorgt. Ich knie mich aufs Bett und schaue mir im Spiegel zu. Das dicke schwarze Plastik verschwindet in meinem blassen Fleisch und kommt heraus, von meinen Säften überzogen. Nass, heiß, klebrig.

Nach wenigen Stößen lege ich mich wieder hin. Ich treibe ihn jetzt hart in mich hinein, werfe den Kopf von einer Seite zur anderen, verhalte mich wie ein wildes Tier. Ich denke an ihn. Stelle mir vor, was er tun würde. Ohne ein Wort zu sagen. Ich fühle seine

Hände. Fühle seine Zähne, seine Blicke. Fühle mich hilflos, wenn ich ihn anschaue.

Ich ziehe den Vibrator heraus und reibe ihn hart gegen den Kitzler. Das Pochen hallt tief in mir wider und schickt Nachbeben durch meinen gefangenen Körper. Gefangen – ich bin die Gefangene meiner selbst, hilflos in meiner Gier nach dem Höhepunkt.

Ich liege lange da, streichle mich ausgiebig, rieche an meinen Fingern, lecke den Vibrator ab, schmecke meinen eigenen Saft. Und ich denke an ihn und wünschte, er wäre da.

Manchmal weine ich leise, weil ich weiß, dass es ihn gar nicht gibt.

Dann kommt John nach Hause, beschwipst und voll von den Streichen, die sie sich aus ihren Jugendtagen erzählt haben. Er entdeckt meine neue Nacktheit und steigt tollpatschig über mich, murmelt, wie verdammt scharf ich sei und wie sehr er mich liebte. Ich komme nicht. Meine Verachtung ist für ihn in dem Augenblick, in dem er sich in meinem Körper ausschüttet, gleich groß mit meinem Selbstmitleid: Er wird es nie wissen. Er würde es nie verstehen.

Wenn er mein Tagebuch läse, wäre er nicht angetörnt. Er wäre verwirrt und verunsichert, wahrscheinlich auch empört und entsetzt. Er weiß alles von mir, aber das weiß er nicht. Er wäre vielleicht zu Tode gekränkt, dass ich es ihm vorenthalten habe.

27. November

Das Wochenende haben wir bei Johns Mum verbracht. Seine Schwester und sein blöder Schwager waren auch da, und natürlich auch ihre blöden Kinder. Diese Familientreffen reizen mich immer zu völlig unangemessenen schmutzigen Gedanken. Es hat was

Befriedigendes, wenn ich Johns Mutter süß anlächle, die immer noch nicht weiß, was sie von mir halten soll, obwohl John und ich seit vier Jahren zusammen sind, und mir dabei vorstelle, wie mein Fremder unter dem Tisch kniet und sein Gesicht zwischen meine Schenkel drückt und das Apfelkompott aufschleckt, das ich vom Teller geschmuggelt und über meine Lippen gestrichen habe. Es hat etwas Verdorbenes, sich im Schlafzimmer zu befriedigen, wenn man weiß, dass nebenan die Mutter schläft.

Wenn sie nur wüsste! Sie wäre bis in ihr spießbürgerliches Herz entsetzt, wenn sie wüsste, dass ich mich selbst befriedige. Stell dir nur vor, sie könnte meine Gedanken lesen! Sie würde einen Herzschlag bekommen und tot umfallen.

Oder unterschätze ich sie? Vielleicht träumt sie auch von solchen Dingen. Vielleicht hat sie ihren eigenen Fremden, der in ihrem Kopf wohnt und den sie nachts herausholt, wenn alle schlafen.

Noch ein Beispiel für meine hemmungslose Besessenheit mit Männern. Ich will mit meinem Schwager schlafen. Er ist rüde, ungebildet und hat Körpergeruch, aber ich will trotzdem mit ihm schlafen. Ich würde gern das mit ihm machen, was ich mir von meinem Fremden erträume. Ich würde ihn fesseln und quälen, würde mich vor ihm selbst befriedigen. Ich möchte sein Gesicht dabei sehen. Ich möchte gern sein Betteln hören. Noch Jahre später würde er mich bei jedem Familientreffen ängstlich ansehen. John würde ihn fragen, was denn los sei, und er würde stammeln und stottern und rot werden. Er hält mich für pervers, kein Wunder, ich komme aus London, und man weiß ja, dass dort alle Wahnsinnigen herkommen. Aber trotzdem würde er sich dafür zerreißen, noch einmal eine Nacht mit mir zu verbringen.

Himmel, bin ich krank.

4. Dezember

Wir ziehen am Wochenende um. Was für ein Zeitpunkt für einen Umzug, so kurz vor Weihnachten.

Was für ein Zeitpunkt, die Kontrolle über meine
Gedanken zu übernehmen. Ich kann nicht aufhören,
an ihn zu denken. Ich denke immer an ihn, besonders,
wenn ich mich nicht mit Arbeit ablenken kann, aber
jetzt wird es prekär. Ich habe andere Dinge, auf die ich
mich konzentrieren muss. All diesen Krimskrams
packen, den wir in den letzten Jahren angesammelt
haben, die Telefon-, Strom-, Gas- und Wasserleute
informieren, Karten mit der neuen Adresse ver-
schicken. Die Einweihungsparty in der neuen Wohnung organisieren. John besteht auf der Party, gleich
am ersten Wochenende.

Aber der Fremde geht nicht. Er bleibt in meinem
Kopf. Ich schlage das Porzellan in Zeitungspapier ein,
und ich spüre seine Finger an meinem Hals, kalt und
grausam. Ich greife mit meinen Händen nach einem
Bild an der Wand, und er steht hinter mir und legt
seine Hände auf meine Brüste. Ich knie mich hin, um
einen Karton zu packen, und stelle fest, dass ich auf
seinem Gesicht sitze.

Ich glaube, es liegt daran, dass John und ich lange
nicht mehr miteinander geschlafen haben. Er steht
unter Stress, und ich ergreife nicht die Initiative. Aber
ich spüre mein Verlangen. Ich muss mich mit meinem
Vibrator im Bad einschließen, um den Druck los zu
werden. Wenn er fragt, was das für ein Geräusch sei,
antworte ich: »Die elektrische Zahnbürste.« Er weiß
nicht, dass ich einen Vibrator habe.

Es ist seltsam, nicht wahr? Vier Jahre mit John zusammen, und jetzt ziehen wir aus meiner Wohnung
aus und kaufen uns gemeinsam ein Haus. Ein Haus!
Mit Hypothek. Eine große Verpflichtung, die wir da

eingegangen sind. Und er weiß nichts über mein großes Sehnen. Er hat keine Ahnung, dass ich nachts im Bett liege und mich nach dem Fremden sehne, der diese Dinge mit mir anstellt – Dinge, um die ich John nie bitten würde.

Vielleicht ist es gut, Dinge im Verborgenen zu halten. Es erregt mich zu wissen, dass diese Sehnsucht mir allein gehört, aber gleichzeitig jagt es mir auch Angst ein. Was, wenn er mein Tagebuch fände? Was, wenn ich erführe, dass auch er schmutzige Geheimnisse hätte?

Nein, es ist besser so. Ich wäre enttäuscht, wenn er mir alles über sich erzählt hätte. Nachts, wenn er schläft, schaue ich ihn an und frage mich, was ich nicht weiß.

Ich hoffe, ich finde ein gutes Versteck für dich in unserem neuen Haus.

7. Dezember

Unser letzter Morgen in dieser Wohnung. Wir haben noch viel zu packen, und ich bin halb tot. Ich konnte letzte Nacht nicht schlafen. Übermüdet und besessen von Gedanken an ihn.

Sehr lebhafte Träume, fast Alpträume. Er war gewalttätiger als sonst, fast brutal. Und es hat mir gefallen, denn es bedeutete, dass er mich verzweifelter begehrte denn je. In der Nacht hat er mir die Augen verbunden und mich allein in einem Zimmer gelassen. Ich spürte, wie ich von Händen berührt wurde, dann hatte ich den Einruck, dass Wanzen über meinen Körper krochen.

Als er zurückkehrte, brachte ich kein Wort heraus, ein Kloß saß in meiner Kehle, meine Zunge schien gelähmt. Ich hörte an seinen Schritten, die durch das leere Zimmer hallten, dass er dicht vor mir stand. Er flüsterte mir Dinge zu, die kalte Schauer über meinen Rücken laufen ließen.

Er band mich an den Stuhl fest, auf dem ich saß, spreizte meine Beine und reizte mich mit einem Vibrator. Ich wollte mehr von ihm spüren und rutschte ihm entgegen. Er sagte, seine Freunde wären da und sähen mir zu. Ich sollte mich schämen. Aber mein Verlangen wurde von der Scham noch stärker angetrieben. Ich bettelte darum, von ihm gefüllt zu werden.

Er stopfte etwas in meinen Mund, knebelte mich, ersetzte den Knebel durch sein Glied. Er schlug mich und warnte, dass es keine Fluchtmöglichkeit für mich gäbe.

Der Wecker holte mich aus dem Alptraum zurück. Ich war verschwitzt und zitterte, mein Puls ging unregelmäßig. Ich langte unter das Laken und konnte nicht glauben, wie nass ich war.

John ruft. Ich muss gehen – es gibt noch so viel zu tun.

Oh, verdammt.

Verdammte Scheiße.

Ich habe es verloren. Verlegt. Verschlampt. Mein Tagebuch. Denke nach! Denke nach, du dumme Kuh.

Nein, ich erinnere mich nicht, es eingepackt zu haben. Ich versuche, mir alle Arbeiten in den letzten Stunden in der alten Wohnung in Erinnerung zu rufen. Die Kartons, die ich gepackt habe. Ich sehe nicht, dass ich das Tagebuch in der Hand habe. Ich erinnere mich nicht daran. Und inzwischen sind alle Kartons ausgepackt. Kein Tagebuch dabei. In meiner Handtasche ist es auch nicht. Mir wird plötzlich eiskalt, als ich zu dem einzig möglichen Schluss komme:

Ich habe mein Tagebuch in der alten Wohnung gelassen.

Verdammt. Wie habe ich das nur fertig gebracht? Zuviel zu tun. Das Chaos bei einem Umzug. Streit mit John über irgendeine Lappalie.

Such noch mal alles durch. Unter den Zeitungsstapeln, unter dem Altpapier. Aber ich weiß schon das Ergebnis. Es ist nicht da. Den einen Gegenstand, den ich nun wirklich nicht vergessen durfte.

Nun ja, vielleicht ist es ja in seinem Versteck sicher. Warum sollte jemand unter einem faulendem Dielenbrett nachsehen? Wer immer in die Wohnung gezogen ist, wird nicht wissen, dass das Geheimnis meines Lebens in einer Ecke des Schlafzimmerbodens versteckt liegt.

Ich muss zurück und es holen. Es zurück zu lassen ist, als hätte ich einen Teil meines Gehirns zurück gelassen. Einen Teil, ohne den ich nicht existieren kann.

Albern. Meine Vertraute, meines beste Freundin ist ein halb volles Notizbuch mit harten, blauen Deckeln. Mein kostbarster Besitz sind meine Gedanken.

Stressbearbeitung. Damit hatte alles angefangen. Jemand hatte mir gesagt, ich sollte mich am Ende eines Tages hinsetzen und meine Gedanken aufschreiben. Ich sollte eine schöne Erinnerung festhalten, etwas Gutes, über das ich mich gefreut hatte. Aber das hatte sich zu sehr nach amerikanischem psychiatrischem Zeug angehört.

Ich beschloss, über all das zu schreiben, was mir gerade in den Sinn kam. Und was mir in den Sinn kam, war Sex. Ich fand heraus, darüber zu schreiben war fast so befriedigend, wie es zu tun, manchmal auch besser. Eine leere Seite verurteilt dich nicht. Eine leere Seite wartet nur darauf, von deinen verdorbenen Gedanken gefüllt zu werden.

Ich muss es haben. Das Tagebuch ist fast ein Jahr alt. Es kennt Dinge über mich, die nie jemand erfahren wird.

Ich sage John, dass ich einkaufen gehe. Jetzt? Ich dachte, wir wollen die Bilder aufhängen. Ich lüge. Sage, ich kriegte meine Periode und bräuchte Tampax.

Ich laufe zurück zur alten Wohnung. Glücklicherweise sind wir nicht weit weggezogen, nur fünf Minuten.

Jemand kommt heraus, als ich vor der Tür stehe. Ich klingele nicht, laufe die Treppe hoch und gerate ins Straucheln. Ich keuche, als ich oben ankomme, und ich kann mir denken, dass der neue Mieter es missverstehen könnte, wenn ich keuchend, verschwitzt und offensichtlich verstört vor seiner Tür stehe. Also beruhige ich mich zuerst, nehme ein paar tiefe Atemzüge.

Drücke auf meine alte Klingel. Niemand rührt sich. Verdammt. Was soll ich jetzt tun?

Die Tür öffnet sich. »Hallo.«

Ich lächle nervös. Bin ganz verblüfft, dass jemand hier wohnt, der so gut aussieht. Warum ist so ein Kerl nicht hier eingezogen, als ich noch hier wohnte?

»Ich habe vor Ihnen in dieser Wohnung gelebt«, erkläre ich. »Wir sind am Samstag ausgezogen. Ich habe etwas vergessen. Darf ich wohl hineinkommen und…?« Ich trete an ihm vorbei, ohne auf eine Antwort zu warten. »Es ist im Schlafzimmer … der Gegenstand, den ich vergessen habe. Darf ich …?« Er winkt mich in die Richtung. »Ihre Frau oder so ist nicht da?«

»Es ist niemand da«, sagt er. Er hat eine sehr tiefe Stimme, und sie klingt voller Zynismus, irgendwie zwingend. »Möchten Sie einen Kaffee? Ich bin dabei, einen aufzuschütten.«

Ich möchte mit dir schlafen.

Als er Kaffee erwähnt, wird mir bewusst, wie rücksichtslos ich bin. Ich meine, er ist auch gerade erst eingezogen. Kartons und Koffer stehen im Flur und im Wohnzimmer herum. »Es tut mir leid, dass ich so herein platze. Es ist nur so, dass ich den Gegenstand … ein Buch … dringend brauche.«

»Kein Problem«, sagte er und lächelt. »Wie wollen Sie Ihren Kaffee?«

»Schwarz.«

Er geht in die Küche. Seltsam, einen Fremden in meine Küche verschwinden zu sehen. Ich gehe in mein Schlafzimmer – in sein Schlafzimmer. Ich bleibe an der Tür unschlüssig stehen. Es ist dasselbe Zimmer, aber doch ganz anders. Es ist dunkel, als wäre er gerade erst aufgestanden. Als wir darin gewohnt haben, war alles hell und licht. Seine Möbel sind dunkel und schwer. Männlich eben. Nicht geschmacklos wie bei einem Junggesellen, keine grau-roten Streifen. Kein Chrom. Alte Möbel. Eine Jalousie aus Holz, die das Licht dunkel filtert. Düstere Bilder von Frauen, mit hastigen Strichen gezeichnet, hängen an den Wänden. Frauen mit verkniffenem Lachen und gewundenen Körpern. Sex steht ihnen ins Gesicht geschrieben.

Seltsam. Ich habe drei Jahre hier gelebt, davon zwei Jahre mit John. Es war unsere erste gemeinsame Wohnung. Aber jetzt fühle ich mich mehr zu Hause hier, jetzt, da die Wohnung einem Fremden gehört.

Ich gehe zum Bett. Ich muss mich auf sein Bett knien, auf die Seite, wo ich früher geschlafen habe, um in die Ecke langen zu können, wo mein Tagebuch versteckt ist. Ich brauche nicht hinzusehen, ich kann es berühren. Ich greife ins Loch des Dielenbretts, hebe es an, und meine Finger tasten nach dem warmen, glatten Umschlag. Jetzt …

Da ist nur Luft. Es ist nicht da. Panik erfasst mich. Ich lasse mich ausgestreckt aufs Bett fallen, reiße die

Augen auf und starrte auf das Loch im Boden. Ich will meinen Augen nicht glauben. Aber mein Tagebuch ist nicht da.

Ich spüre, wie mir heiß wird. Ich bin verwirrt. Wie kann das sein? Ich schaue mich nervös und blinzelnd im Schlafzimmer um. Habe ich vergessen, es wieder ins Versteck zu legen, als ich den letzten Eintrag geschrieben habe? Habe ich es auf den Boden fallen lassen oder sogar auf den Nachttisch gelegt? Nein. So nachlässig kann ich nicht gewesen sein.

Ich höre ihn im Wohnzimmer und gehe langsam hinaus und zu ihm.

»Haben Sie gefunden, wonach Sie gesucht haben?«, fragt er.

Mein Lächeln schwindet, es will nicht auf meinem Gesicht bleiben. »Nein, es schient nicht mehr da zu sein.«

»Ach.« Er schenkt mir Kaffee ein, kommt zu mir und reicht mir die Tasse. »Sind Sie sicher, dass Sie es hiergelassen haben, Ihr Buch?«

Sein Blick ist ruhig und durchdringend zugleich. Ich schaue in meine Tasse, um ihm auszuweichen. »Ja, ich bin mir sicher. Ich habe es hier zuletzt gehabt, aber es liegt nicht mehr da, wo ich es aufbewahrt habe.« Ich schaue zu ihm auf. »Sie haben es nicht zufällig gefunden?«

Er schüttelt langsam den Kopf. »Was ist es für ein Buch? Ist es ein Roman? Von wem?«

»Nein ... es spielt keine Rolle.« Natürlich spielt es eine Rolle. Was kann ich jetzt tun? Ich werde nie wieder zur Ruhe kommen, wenn ich nicht erfahre, was aus meinem Tagebuch geworden ist.

»Haben Sie lange hier gewohnt?«

»Drei Jahre.«

Er bietet mir einen Platz an. Wir fangen ein Gespräch an, höflich. Nein, er kennt die Gegend nicht so gut. Ich sage ihm, wo der Supermarkt ist und wo die besten Cafés sind. Nach einer Weile machen sich meine Gedanken selbständig. Wo kann mein Tagebuch sein? Was habe ich bloß gemacht?

Er fragt, ob es eine Buchhandlung in der Nähe gibt. Er liest gern ein gutes Buch, sagt er. Er liest gern im Bett. Hilft ihm beim Einschläfen. Er schläft nicht gut.

Aus irgendeinem Grund finde ich es seltsam, dass er darüber spricht. Argwöhnisch sehe ich ihn an. »Mir geht es manchmal auch so«, sage ich, bevor ich weiß, was ich sage.

Er nickt, als wüsste er das bereits, als ob ein Schlafloser den anderen erkennen kann. Warum lächelt er so?

»Aber manchmal ist ein Buch so gut, dass es dich wach hält, statt dich zum Einschlafen zu bringen«, sagt er.

»Es ist lange her, dass ich so ein gutes Buch gelesen habe«, antworte ich.

»Ich lese gerade eins. Ich kann überhaupt nicht aufhören.«

»Wer hat es geschrieben?»

Da ist wieder dieses Lächeln. Es ist nicht sehr auffällig und hält auch nur einen kurzen Moment an, aber es ist wie eine Zunge, die über mein Rückgrat leckt. »Möchten Sie ein Plätzchen zum Kaffee?«

Ich nehme ein Plätzchen. Ich trinke den Kaffee. Wir reden über unsere Lieblingsautoren. Ich sage ihm, dass ich F. Scott Fitzgerald , William Boyd, John Irving und Nicholson Baker liebe, dessen Buch Vox mein liebstes sei.

»Wovon handelt es?«

Oh, verdammt. Es ist zu erotisch, um Gesprächsthema mit einem Mann zu sein, den ich gerade erst kennengelernt habe. Ein attraktiver Mann. »Es geht um die Unterhaltung zwischen zwei Fremden.«

»Wie dieses hier?«

»Nein.« Nicht wie dieses.

»Oh, warten Sie, jetzt weiß ich es! Ich habe von Vox gehört. Es geht um eine Unterhaltung am Telefon, nicht wahr? Zwei Leute finden sich zufällig am Telefon und erzählen sich gegenseitig ihre Phantasien.«

»Ja.«

»Hört sich interessant an, seine Phantasien mit einem Wildfremden zu teilen, nicht wahr?«

»Ich muss gehen.« Ich stehe auf und reiche ihm meine Tasse. »Danke für den Kaffee. Vielleicht … vielleicht könnten Sie sich melden, wenn Sie etwas finden, das nicht Ihnen gehört?«

»Ja, natürlich. Wie kann ich Sie finden?«

Ich zögere. Ich gebe einem Fremden nicht meine Telefonnummer.

Es ist, als könnte er Gedanken lesen. »Warum geben Sie mir nicht die Nummer Ihrer Arbeit?«

»Okay. Haben Sie etwas zum Schreiben?«

»Ja, warten Sie.«

Auf dem Bücherregal sucht er. Er hat mir den Rücken zugewandt, aber irgendwie weiß ich, dass er wieder lächelt. Seine Finger gehen durch eine Reihe von Taschenbüchern, dann verharren sie und ziehen ein Buch heraus. Es ist kein Taschenbuch, es ist ein blauer harter Umschlag. Er schlägt es auf und reißt eine Seite heraus.

Aus dem hinteren Teil meines Tagebuchs.

Das Lächeln lauert noch in seinem Blick, als er sich umdreht und auf mich zu kommt. Er nimmt einen Stift vom Tisch und reicht mir Blatt und Kuli.

Ein leeres Blatt aus meinem Tagebuch.

Mein Herz schlägt bis zum Hals. Ich bin knallrot geworden, ich spüre es.

Ich brauche nicht zurück zum Regal zu schauen, auf den dunkelblauen Deckel, um mich zu vergewissern, dass ich Recht habe. Ich sehe es in seinen Augen. Der Mann hat mein Tagebuch gefunden und es gelesen. Er weiß alles von mir.

Er weiß von meinem Freund, weiß über dessen Mängel und Irritationen. John kennt sie nicht, aber dieser Mann kennt sie. Er weiß, mit wie vielen Männern ich geschlafen habe und wie viele Male ich John untreu gewesen bin – ohne Schuldgefühle. Er weiß, was ich denke und fühle. Er weiß, dass ich Männern gefallen will. Dass ich Männer an meiner Arbeitsstelle gern anmache, bis sie die Barriere ihrer politischen Korrektheit durchbrechen und ich ihnen mit der alten Regel komme: Keine Liebschaften mit Kollegen. Der Mann weiß, wie und wann und warum ich masturbiere. Er weiß, wie John und ich es tun.

Er weiß von meinen Phantasien.

Kein Wunder, dass er lächelt. Ich muss schnell von ihm weg. Ich brauche frische Luft. Ich fasele irgendwas vor mich hin, dass es keine Rolle spielt, von meinem Freund, der auf mich wartet, und renne hinaus.

Mir ist übel. Ich weiß nicht, was ich tun soll. Dieser Mann weiß alles über mich. Alles.

Nach einer schlaflosen Nacht will ich mir erfolglos einreden, es sei nicht so schlimm, dass ein total Fremder in die dunkelsten Ecken meiner Gedanken eingebrochen ist und meine Träume gestohlen hat. Mit diesem dürren Trost gehe ich zur Arbeit. Aber es ist unmöglich, mich zu konzentrieren. Ich wähle die Nummer meiner alten Wohnung, aber ich lege rasch wieder auf, als ich seine Stimme höre. Ich hatte nicht damit gerechnet, dass er tagsüber zu Hause ist. Ich weiß nicht, was ich auf einen Anrufbeantworter gesprochen hätte, aber als ich seine tiefe Stimme höre, die lässig »Hallo?« sagt, als ob nichts geschehen wäre,

überkommt mich die Verlegenheit wie eine unerwar-
tete Übelkeit.

Es ist nicht nur, dass ich verlegen bin. Ich bin
gedemütigt, geschockt bis in die Wurzeln. Himmel, er
weiß alles!

Es wäre vielleicht nicht so schlimm, wenn er nicht
so verdammt gut aussähe. Irgendwie wird dadurch
alles noch wahnsinniger.

Ich verstehe nicht, wie er auf die Idee kam, unter
dem Dielenbrett nachzusehen. Es ist gerade so, als
hätte er geahnt, dort das geheime Tagebuch einer Frau
zu finden. Bewahren alle Frauen ihre Tagebücher
unter dem Fußboden auf? Vielleicht ist er Zimmer-
mann, spezialisiert auf das Verlegen von Dielenbret-
tern. Vielleicht findet er in jedem zweiten Haus ein
Tagebuch unter dem alten Boden, den er herausreißen
muss, um den neuen zu verlegen. Vielleicht hat er einfach eine Schnüffelnase für solche heimlichen Sachen.

Ich gehe nach Hause. John hat Essen von unterwegs
mitgebracht. Ich versuche zu essen, versuche über
unser neues Haus zu reden und wie wir den Flur streichen sollen und wann wir Teppiche aussuchen.

Aber meine Gedanken sind woanders. Ich fühle
mich schuldig – und das kommt nicht oft vor. Ich bin
schuldig und kann mich nicht entspannen. Ich kann
Johns Begeisterung über unser Haus nicht teilen, und
das verstärkt meine Schuldgefühle noch.

Ich weiß, dass ich erst wieder meine Ruhe haben
werde, wenn ich das Tagebuch in Händen halte. Ich
sage ihm, dass ich noch einmal in den Supermarkt
gehen muss – wieder Tampax. Männer scheren sich
nicht um menstruelle Angelegenheiten.

»Ich bin's«, sage ich in die knackende Gegensprechanlage. »Ich war gestern schon mal hier. Wegen meines Tagebuchs.«

Er drückt mir die Tür auf, und diesmal gehe ich langsam die Treppen hinauf, kontrolliere meinen Atem und sammle Kraft, um in die Wohnung zu gehen, ihm gegenüber zu stehen, ohne vor Scham in den Boden zu versinken. Ich will nicht, dass ich schamrot werde, sage ich mir, als ich die Klingel drücke.

Es hätte nicht schlimmer sein können. Er öffnete die Tür, mein Tagebuch in der Hand, als hätte ich ihn beim Lesen gestört. Ein Blick auf sein Gesicht sagt alles.

Er trägt nur ein T-Shirt und Boxershorts, und noch bevor sich mein Blick senkt, weiß ich schon, dass er eine Erektion hat.

»Komm herein«, sagt er, und seine Lässigkeit ist ein so nerviger Kontrast zu meinem Unbehagen, dass ich ihn am liebsten ohrfeigen möchte. »Das passt gut, dass du vorbei schaust. Ich bleibe hier an einer Stelle hängen.« Er hebt das Buch vor sein Gesicht. »Das hier ...« Er legt den Finger auf die Stelle und zeigt sie mir. »Ich kann es nicht lesen. Deine Schrift ist ein bisschen kritzelig. Kannst du mir sagen, was das heißen soll?«

Ich schaue auf die Wörter, die ich geschrieben habe, Wörter, die nur für mich bestimmt waren, für niemanden sonst.

Ich schaue auf den Satz, auf den er zeigt. ›Wenn ich einen Mann sehe, ist mein erster Gedanke: Will er mit mir schlafen?‹

Oh, verdammt. Ich blicke zu ihm hoch. Wut lässt meine Zähne knirschen. Wie kann er es wagen, mich so zu erniedrigen?

»Das ist Privatsache«, sage ich und greife nach meinem Tagebuch. Er ist schneller als ich. Er spielt das

Spiel, das ich von meinem Bruder kenne: Er hält den Arm mit dem Buch so hoch, dass ich es nicht erreichen kann. Er lacht mich aus. Kein lautes, eher ein lautloses Lachen, aber ich höre sein Grölen in meinem Kopf. Ich gebe auf und starre ihn an. »Geben Sie mir mein Buch zurück«, sagte ich. »Das ist nicht lustig. Sie hätten es mir gestern schon zurückgeben müssen.«

»Du hast mich gestern nicht danach gefragt.«

»Ich war zu verlegen.«

»Warum?«

»Das wissen Sie doch längst, Sie lesen es doch«, sage ich vorwurfsvoll.

»Was hätte ich sonst damit tun sollen?«

»Sie hätten es gar nicht erst finden dürfen.«

»Stimmt. Es war ein blöder Zufall.« Er schüttelt den Kopf und fuhr sich mit der freien Hand durch die Haare, gluckst über das Glück des Zufalls. »Ich schob mein Bett weiter in die Ecke und hörte etwas krachen. Ich musste nach dem Dielenbrett schauen, sah das Loch, griff hinein, zog das Brett hoch – nun ja, das war's. Willst du was trinken?«

»Ich will nur mein Tagebuch zurück.«

Er starrt mich eine Weile an. Abschätzend. Ich versuche das auch mit ihm, aber er ist im Vorteil. Er weiß alles über mich, was es zu wissen gibt.

Er weiß, dass ich von ihm begehrt werden will. Wahrscheinlich sieht er auch, dass eine winzige Zelle der Erregung in mir mutiert und wächst. Denn ist das nicht die Situation, die ich mir immer erträumt habe? Ein Fremder, der alle meine Gedanken kennt, ohne dass ich sie aussprechen muss.

Zögernd schließt er mein Tagebuch und hält es wie einen Preis in beiden Händen, ehe er es sanft in meine gibt. »Schade«, sagt er und dreht mir den Rücken zu. Er geht durch den kurzen Flur ins Wohnzimmer, tritt an den Schrank und schenkt sich einen Drink ein. »Ich war gerade an einer spannenden Stelle.« Er nimmt sein Glas und leert es in einem Zug. Er schenkt sich wieder ein und starrt auf mich. Der stumme Fernseher wirft flackernde Bilder gegen die Wand hinter ihm.

Warum gehe ich nicht? Ich habe mein Tagebuch. Ich kann gehen. Ich brauche diesen Mann nie wieder zu sehen. Er kennt meinen Namen nicht, weiß nicht, wo ich wohne und arbeite. Ich kann ihn ab sofort vergessen.

Aber ich gehe nicht. Ich stehe im Flur, schaue von meinem Tagebuch zu ihm, wieder auf mein Tagebuch. Mehrmals hintereinander. Ich versuche, damit fertig zu werden. Wenn ich mich intensiv genug konzentriere, hoffe ich, werde ich meine Geheimnisse aus seinem Gedächtnis löschen können.

Nein, das ist es nicht.

Oh, verdammt. Ich bin völlig durcheinander. Ich stehe schweigend im Flur, schaue auf die Schwellung in seinen Shorts und spüre es in meinem Bauch flattern. Meine Labien schwellen an. Ich sehe die Hand, die das Glas packt. Ich will, dass er mich so packt. Ich sehe sein schwaches Lächeln. Ich will ihm noch mehr über mich erzählen.

Er weiß das. Er kennt mich so gut, wie ich mich selbst kenne, vielleicht sogar besser. Manchmal sehen die Augen des anderen schärfer. Und er weiß, was er sagen muss, um mich in den Wahnsinn zu treiben.

»Du tust mir leid«, sagt er.

»Was?«

Er schlendert wieder zu mir. Es ist ein arrogantes, grausames Schlendern, das ich in einem Film über einen Peiniger im zweiten Weltkrieg gesehen habe. Er glüht vor Macht.

Ich will seine Überheblichkeit ankratzen. »Ich tue Ihnen leid? Sie sind es, der sich den Spaß auf diese Weise holen muss. Liest mein Tagebuch und befriedigt sich dabei. Haben Sie kein eigenes Sexleben?«

Er steht dicht vor mir. Ein bisschen zu dicht, aber er weiß eben Bescheid. »Du tust mir leid«, wiederholt er. Er spricht sehr langsam und sieht nacheinander in das eine Auge, dann in das andere. »Du hast diese Phantasie, die dich Nacht für Nacht vom Schlafen abhält.« Noch ein wenig dichter. »Aber du kannst deinem Freund nichts von deinen heimlichen dunklen Wünschen erzählen. Er würde sie nicht verstehen, nicht wahr? Er wäre entsetzt.«

Ich fühle mich unbehaglich, aber dann spüre ich auch, wie ein sexuelles Rumoren in meinem Innern das Unbehagen in Lust umwandelt. Auf eine seltsame, verbogene, masochistische Weise genieße ich das Gefühl der Hilflosigkeit.

»Außerdem bringt es dir nichts, wenn du jemandem deine Phantasien erzählen musst, nicht wahr?«

Ich schaue zu ihm auf. Er ist größer als ich. Unbewusst weiche ich zurück, bis ich die Tür in meinem Rücken spüre.

Er nimmt einen Schluck aus dem Glas. Er kommt wieder näher, stemmt eine Hand gegen die Tür, neben meinen Kopf. Ich habe gar nicht bemerkt, dass die Tür noch offen stand, aber als sie jetzt ins Schloss schnappt, zucke ich zusammen.

Da ist wieder dieses Lächeln. Meine Furcht amüsiert ihn. »Aber ich könnte deine Phantasien mit Leben erfüllen.«

Ich kann nicht in seine Augen sehen. Es ist zu furchterregend. Als ob man in einen Spiegel schaut und jemanden sieht, den man nicht kennt. Mein Blick richtet sich auf seine Kehle. Unter dem V-Ausschnitt seines grauen T-Shirts lugen schwarze Haare heraus. Er hat einen dicken Hals, dick und kräftig. Mächtig. Ich habe immer schon eine Schwäche für kräftige Hälse gehabt. Meine Finger klammern sich ums Tagebuch.

»Ich könnte es jetzt tun.«

»Was?« flüsterte ich und sehe seinen Adamsapfel an.

»Die Dinge, die dein Freund nicht verstehen würde.«

Oh, verdammt. Meine Labien zucken.

»Ich verstehe deine Wünsche«, sagt er. Er wirft den Kopf zurück und leert sein Glas. Er lässt es aus der Hand fallen, und ich zucke wieder. Ich blinzele. Sein Whiskygeruch dampft in meine Augen.

»Ich weiß, was du brauchst«, sagt er und legt seine heiße Hand – hat er sich damit eben noch selbst befriedigt? – auf meine Wange. Ja, ich kann es riechen.

»Fassen Sie mich nicht an«, sage ich, aber es ist mir nicht ernst gemeint.

»Das meinst du nicht wirklich.« Er schiebt seinen Körper gegen meinen.

Oh, verdammt. Verdammt. »Doch«, sage ich warnend.

Er hört nicht auf. Seine Hand streichelt meinen Hals. Er ist sanft, er wird mir nicht weh tun. Er tut nur das, was ich in meinem Tagebuch beschrieben habe. Aber der leiseste Druck seiner Hand drückt die Luft aus meiner Lunge.

»Ist es nicht das, was du willst?« Er senkt den Kopf. Seine Lippen berühren mein Ohr.

Ist es das, was ich will?

»Ich verstehe dich«, flüstert er. »Du brauchst mir nichts zu sagen. Ich weiß genau, was du willst.«

Meine Hilflosigkeit wandelt sich erneut, diesmal zu Wut. »Sie wissen gar nichts.« Ich versuche, ihn von mir wegzudrücken. Er rührt sich nicht, deshalb packe ich ihn im Schritt und quetsche alles, was ich zu packen kriege.

Er schreit auf und weicht zurück. Oh, verdammt. Ich habe sein Ding gespürt. Hart. Ich bin nass. Er will es unbedingt tun. Und ich will, dass er es tut.

Ich kann nicht. Das ist doch Wahnsinn.

Er schaut hinunter auf meine Hand, die ihn immer noch packt. Ich lasse ihn los, und er sieht mich an. »Die Antwort lautet übrigens ja«, sagt er.

Ich verschränke die Arme vor der Brust und halte mein Tagebuch fest, als sollte es mich beschützen. »Die Antwort auf was?«

»Ob ich mit dir schlafen will.«

Alles in mir vermischt sich – Furcht, Erniedrigung, bitteres Verlangen – und entlädt sich in einem Schlag in sein Gesicht, der mich ebenso überrascht wie ihn.

Oh, verdammt.

»Biest«, zischt er.

»Tut mir leid«, murmele ich und greife hinter mir nach dem Türknopf.

Ich laufe den ganzen Weg nach Hause.

10. Dezember

Ich kann nicht schlafen. Ich bin davon ausgegangen, dass ich zur Ruhe kommen würde, wenn ich dich, mein Tagebuch, wieder in Händen halte. Jetzt könnte ich das neue Haus genießen und die peinliche Situation vergessen. Aber ich kann nicht schlafen. Es ist fünf Uhr, und ich habe noch keine Minute geschlafen. Die ganze Nacht lag ich wach und hörte auf Johns langsames Atmen und frage mich, ob das schnelle Pochen meines Herzens gesund ist. Ich musste aufstehen, und jetzt sitze ich im Wohnzimmer und zittere – aber nicht vor Kälte.

Ich kann nicht schlafen, denn jetzt hat mein Fremder ein Gesicht.

Zwei Jahre lang habe ich meine Phantasie ausgeschmückt, sie gehätschelt und gefüttert. Sie begann, kurz nachdem John zu mir gezogen war. Eine Reaktion auf die Tatsache, dass unsere Beziehung die wilde

Zeit des gegenseitigen Erforschens und Entdeckens verlassen hatte und in ruhigeres Fahrwasser lenkte. Eine Rebellion gegen die Verfügbarkeit. Eine Dunkelheit, in die ich mich zurückziehen konnte, wann immer ich wollte. Bei der Hausarbeit, im Bad, während des Jobs in Konferenzen und manchmal auch, wenn John und ich Sex hatten.

Ich zehrte von dieser Phantasie, und wie ich sie anfangs gefüttert hatte, speiste sie nun mich.

Und jetzt existiert plötzlich dieser Fremde, der bisher nur in meiner Phantasie lebte. Er ist aus den Schatten meiner Gedanken getreten und in meine alte Wohnung gezogen. Er schläft in meinem Bett und braut sich Kaffee in meiner alten Küche. Er masturbiert auf meinem alten Sofa – mit meiner Phantasie.

Er hat ein Gesicht und einen Körper. Er riecht wie ein Mann. Er hat einen harten Penis, hart für mich. Er hat wissende Augen und ein Lächeln, das mich verzehrt wie eine Krankheit.

Ich weiß, ich muss wieder zu ihm gehen. Ich muss. Jetzt, da ich weiß, dass meine Phantasie fünf Minuten die Straße hinunter wohnt, kann ich nicht aufhören zu zittern. Es wird erst aufhören, wenn ich es getan habe.

Die Gefahr, die in dem Abenteuer liegt, lässt Schwindel in meinem Kopf aufsteigen, und macht mich sehr, sehr nass. Warum erwäge ich überhaupt, zu ihm zu gehen? Wegen der damit verbundenen Gefahr. Gefahr und Panik sind wie Drähte mit meinem Gehirn und mit meinem Geschlecht verbunden. Ich fühle mich verängstigt und verletzlich, aber so will ich mich fühlen. Ich will, dass er das Sagen hat.

Ich will seine Hand wieder an meinem Hals spüren. Ich muss zu ihm gehen. Ich weiß genau, was ich zu tun habe. Es ist mir klar geworden.

Heute Abend komme ich früh von der Arbeit nach Hause, vor John. Ich nehme ein Bad, rasiere meine

Muschi, reibe mich mit Öl ein und kleide mich wieder an. Ich schreibe einen Zettel für John und sage ihm, dass es eine abendliche Arbeitsbesprechung gibt, an der ich teilnehmen muss – die findet auch tatsächlich statt, aber ich gehe nicht hin. Statt dessen gehe ich in meine alte Wohnung.

Ich werfe ihm das Tagebuch mit dem letzten Eintrag durch den Briefschlitz und setze mich auf die Treppe, während er den letzten Eintrag liest.

Dies wird auch der letzte Eintrag bleiben, denn in der kommenden Nacht wird meine Phantasie endlich Realität, dann brauche ich sie nicht mehr zwischen diesen Seiten zu verstecken. Falls das Schicksal mir aber einen Tritt in den Magen versetzt und alles in einer großen Enttäuschung endet, dann verabschiede ich mich von dieser Phantasie und beginne mit einer ganz anderen.

Dies ist für dich, den Mann, der mich kennt. Ich bin bereit. Ich war auch gestern bereit, aber irgend etwas hat mich zurückgehalten. Vielleicht fürchtete ich, das Ausleben meiner Phantasie könnte nicht so gut sein, wie die Phantasie selbst. Denn wenn es auch deine Phantasie ist, kann ich sie nicht länger kontrollieren. Aber inzwischen habe ich erkannt, dass es genau die Unfähigkeit der Kontrolle ist, nach der ich lechze.

Mein ganzes Leben lang habe ich mich unter Kontrolle gehabt. Karriere, Männer, Zukunft. Heute Abend werde ich die Kontrolle nicht haben. Heute Abend bin ich dein. Du weißt, was ich will. Du sagst, du verstehst es. Dann tun wir's. Betreten wir die Welt meiner Gedanken und warten ab, was geschieht.

Ich will nicht verhehlen, dass ich vor Angst wie gelähmt sein werde. Aber meine größte Angst ist die der Enttäuschung. Frauen sagen oft auf diese scheinheilige Art: »Oh, nein, ich möchte meine Phantasien nicht ausleben.« Dann lachen sie. »Dafür sind Phantasien doch da, oder? Dinge ausprobieren, die man sonst nie tun würde, ohne sie wirklich zu tun. Phantasien sind auch der sicherste Sex, den es gibt.«

Nun, ich will meine Phantasie ausleben. Ich will sie auf der Zunge schmecken, will sie fühlen. Und wenn sie nicht so gut ist wie in meinen Gedanken, wenn sie meinen höchsten Erwartungen nicht entspricht, werde ich am Boden zerstört sein.

Auf der anderen Seite kann es das perfekte Erleben sein. Und wir bleiben doch Fremde, belauern uns nicht wie Freunde oder Verliebte. Wir tun es und trennen uns ohne Gewissensbisse und Schuldgefühle.

Ich bin bereit. Es wird nie wieder eine solche Gelegenheit geben. Ergreife sie.

Vierzehn Stunden später. Jetzt zittere ich noch stärker als heute Morgen. Es ist dunkel. Gut. Ich will es dunkel haben, weil es der Stimmung in meinem Kopf entspricht.

Ich will nicht den Summer an der Haustür drücken. Ich will ihn nicht warnen, dass ich komme. Es muss ganz spontan sein. So stehe ich vor der Tür und fummele in meiner Tasche, als suchte ich die Hausschlüssel, während ich darauf warte, dass jemand kommt und die Tür öffnet, damit ich hineinschlüpfen kann. Ich brauche nur eine Minute zu warten. Das Schicksal ist offensichtlich auf meiner Seite.

Langsam gehe ich die zwei Treppen hoch bis zu seiner Wohnung. Ich erlebe alles in Zeitlupe und Nahaufnahme, und jedes Geräusch ist ohrenbetäubend. Ich höre das Blut in meinen Ohren rauschen. Ich ziehe das Tagebuch aus meiner Tasche, hebe die Klappe vom Briefschlitz an.

Ein Lichtschein fällt in den Flur, und ich höre drinnen einen Fernseher laufen. Er ist da. Ich schicke meine Furcht und mein Verlangen durch seine Tür. Ich lasse die Klappe wieder fallen und hoffe, dass er das Geräusch hört. Dann setze ich mich auf die Treppe und warte.

Ich nehme um mich herum nichts wahr, sehe nur meine zitternden Finger. Leute treten an mir vorbei, aber ich sehe sie nicht. Jemand fragt, ob alles in Ordnung sei, und ich lächle und sage irgendwas.

Hat er die Klappe des Briefschlitzes gehört? Hat er mein Tagebuch gefunden, das auf seinem Flurboden liegt? Liest er es jetzt?

Was denkt er jetzt? Hat er eine Erektion? Hat er Angst wie ich?

Es dauert zu lange. Er muss das Tagebuch längst bemerkt haben. Er hat beschlossen, mich zu ignorieren. Er hat es sich anders überlegt. Vielleicht ist eine Frau bei ihm. Vielleicht war gestern Abend der richtige Moment, ich habe ihn verstreichen lassen, und jetzt ist es zu spät.

Ich höre nicht, wie er die Tür öffnet. Dann spüre ich seine Hand auf meiner Schulter. Ich komme langsam hoch, halte mich am Treppengeländer fest, und ich sehe, dass die Knöchel meiner Hand weiß sind. Ich schaue ihn an und stelle mit den Augen viele Fragen auf einmal.

Wird es geschehen? Da du jetzt Bescheid weißt, willst du immer noch mit mir schlafen?

»Ja«, sagt er und packt mein Handgelenk.

Es fängt an.

Grob zerrt er mich in seine Wohnung. Er knallt die Tür zu und wirft mich dagegen. Ich habe gerade noch Zeit zu sehen, dass er einen Anzug trägt und zu denken, dass er vermutlich gerade erst von der Arbeit nach Hause gekommen ist – was macht er eigentlich? –

bevor er seinen Körper gegen meinen drückt. Seine Hand wieder gegen die Tür gestemmt, auf Höhe meines Gesichts. Damit blockiert er jeden Versuch, ihm zu entkommen.

Seine andere Hand fährt über meine Wange, dann über meinen Hals, der Daumen auf der Luftröhre, die Finger im Nacken, unter meinen Haaren. Seine Hand ist so groß und mein Hals so schlank. Er könnte das Leben aus mir pressen. Der Gedanke treibt die Angst in mir hoch.

Er presst, aber es sind seine Lippen, die sich auf meine Lippen pressen. »Ich werde mir dir schlafen«, sagt er in meinen Mund.

»Wenn du mich berührst, schreie ich.«

»Nein, das wirst du nicht. Außerdem ist da draußen niemand, der dich hören kann.«

»Du machst mir Angst. Hör auf.«

»Ich kann nicht aufhören.«

Ich will auch nicht, dass du aufhörst.

Sein Daumen gleitet über den Hals weiter hinunter, schiebt sich in meine Jacke. Er küsst mich nicht, berührt mich nur mit seinen Lippen und atmet in meinen Mund. Seine Finger gleiten über meine Bluse und über die Brüste. Er drückt hart, und ich drücke Luft aus meinen Lungen in seine.

»Hör auf«, flüstere ich, aber er ignoriert mich. Er wird ungeduldiger und fummelt an den Knöpfen meiner Bluse. Seine langen, hungrigen Finger zerren am Stoff, bis er reißt und die Knöpfe wegfliegen.

Seine Hände sind überall, glatt wie die schwarze Seide meines BHs. Er zieht meinen Rock hoch und greift hinter mich. Er zwängt eine Hand zwischen Tür und meinen Po, streicht den Schenkel hinunter und hebt mein Bein an. Er hakt den Ellenbogen in meine Kniekehle und zieht das Bein um seine Hüfte. Mein Rock rutscht immer höher, er kann jetzt mein Höschen sehen, und als er sich gegen mich drückt, spüre ich seinen Penis, der sich durch die Hose gegen meine weiche Scham reibt.

»Nicht, bitte nein. Hör auf«, wispere ich und drücke gegen seinen dicken männlichen Hals, um ihn von mir wegzuschieben. »Bitte«, sage ich wieder. »Hör auf.« Dabei streiche ich mit meinen Händen über sein Jackett. Durch den Stoff spüre ich seine Schulterblätter, die Kraft seiner Rückenmuskeln. Ich lange unter das Jackett und taste nach seiner Hose. Ich will meine Finger zwischen uns zwängen, will seine Hüften anfassen.

»Geh weg von mir«, bettele ich, ein leises Zittern in der Stimme.

Aber er geht nicht weg. Er weiß, was zu tun ist. »Halt den Mund«, zischt er mich an. Er drückt beide Hände gegen die Tür, stößt seinen Leib rhythmisch gegen meinen. Wir beide atmen schwer in dieses Schweigen hinein. Ich warte, er hat die Kontrolle. Ich habe die Phantasie gesponnen, aber jetzt gehört sie ihm genauso wie mir. Ich kann nur warten.

»Traue dich nur nicht, mich anzufassen«, sage ich. »Lass mich jetzt gehen.«

Er lächelt. Ich spüre, wie sich bei jedem schweren Atemzug meine Brüste heben und senken. Er sieht hin und grinst amüsiert, labt sich an dem Wissen meiner Hilflosigkeit. Ich weiß, dass ich schöne Brüste habe, und er scheint sich in den geschwungenen Kurven zu verlieren. Aber als ich versuche, meine Handgelenke aus seinem festen Griff zu befreien, packt er noch kräftiger zu, als wollte er zeigen, dass er sich nur bis zu einem gewissen Punkt ablenken lässt.

»Lass mich gehen.« Mein Wispern ist kaum zu hören.

»Das meinst du nicht wirklich.«

»Bitte, ich muss gehen.«

»Das kannst du nicht. Ich lasse dich nicht gehen.« Er tritt zurück und zieht mich an beiden Handgelenken den Flur entlang und in sein Wohnzimmer. Er geht so schnell, dass ich stolpere. Er ignoriert meine Schreie, zerrt mich zum Tisch und drückt meinen Oberkörper auf den Tisch. Er lässt ein Handgelenk los und zieht meine Jacke aus. Dann höre ich, wie er seinen Hosengürtel abschnallt, und im nächsten Moment schlingt er ihn um meine Gelenke.

Mitten im Zimmer steht ein Stuhl – ich fühle ihn schon, bevor ich ihn sehe –, und nun schiebt er mich zum Stuhl hin. Seine Hände drücken auf meine Schultern, bis ich auf dem Stuhl sitze. Er kniet sich vor mich.

Ich erschauere vor der Gier, die ich in seinen Berührungen spüre. Er fährt mit den Händen von den Schienbeinen über die Knie zu den Oberschenkeln. Seine Haut hört sich auf meinen Strümpfen wie ein heiseres Flüstern an. Er spreizt meine Beine so weit, bis mein Rock nur noch ein handbreiter Streifen um meine Hüften ist. Mit einem lauten Seufzer schiebt er die Hände höher.

»Nicht«, flehe ich ihn an. Er stößt mich ab, und ich begehre ihn. »Hör endlich auf.«

»Halt den Mund.«

Ich halte den Atem an und sehe zu, wie seine Finger über das schwarze Seidendreieck meines Höschens gleiten. Ich will die Augen schließen, um das Gefühl noch mehr zu verinnerlichen, aber ich zwinge mich zuzusehen, denn der Ausdruck seines Gesichts ist wie der Ausdruck meines Fremden. Ich habe diesen Blick so oft in meinen Phantasien gesehen, und jetzt ist er real, nicht nur eine Ausgeburt meines Gehirns.

Seine Fingerspitzen bewegen sich millimeterweise über mein Höschen, und erst viel später betastet er durch den hauchdünnen Stoff meine Labien. Fühlt er, wie sie unter seinem Streicheln anschwellen? Fließt der hungernde Schmerz in meiner Höhle in seine Knochen? Fühlt er, wie nass ich bin?

»Hör bitte auf.«

Er blinzelt, als ob er gerade erst in die Wirklichkeit zurückgekehrt wäre. Seine Finger sind nicht mehr da, aber mein Geschlecht schreit nach Zuwendung. Ich höre ein schwaches Wimmern, das über meine Lippen kommt. Ich frage mich, wie ich das hier überleben soll – ich könnte jetzt schon weinen, so sehr lechze ich nach seinem Ding.

Aber ich muss es durchstehen. Er kennt sich aus; er hält sich an das, was ich in mein Tagebuch geschrieben habe. Jedes Detail ist korrekt.

Ich trage die Schuhe aus meinen Phantasien. Sie sind schwarz mit hohen Absätzen, und dünne Riemchen umfassen Knöchel und Ferse. Jetzt bückt er sich und führt das aus, was er von meinem Phantasie-Mann weiß: Er schnürt die Riemchen auf, stellt meine Füße neben die Stuhlbeine und bindet sie dort mit den Riemchen fest. Jetzt sind nicht nur meine Hände gefesselt, sondern meine Beine auch. Jetzt bin ich noch hilfloser.

»Was machst du da?« hauche ich.

»Ich will nur sicher gehen, dass du nicht weg-läufst.«

»Warum?«

»Weil ich später mit dir schlafen will.«

»Was willst du von mir?« In meiner Stimme schwingt Schmerz mit, sie zittert ein wenig. »Warum tust du mir das an?«

»Weil ich weiß, dass du es ebenso willst wie ich.«

»Das stimmt nicht. Ich kenne dich nicht. Lass mich gehen. Oh, bitte …« Ich verdrehe mich auf dem Stuhlsitz, rutsche hin und her. Er verschwindet aus meinem Blickfeld. »Was tust du jetzt?«

Er steht hinter mir, dreht meinen Kopf nach vorn und legte etwas Schwarzes, Seidiges über meine Augen. Ich versuche auszuweichen, bewege den Kopf vor und zurück, nach rechts und links. Ich will unbedingt vermeiden, dass er meine Augen verbindet, aber er packt mich an der Kehle und stößt mich auf den Sitz zurück.

»Bitte, nicht«, flüstere ich, während er mir die Augen mit dem schwarzen Tuch verbindet, das er am Hinterkopf verknotet. »Bitte.«

»Wenn du nicht den Mund hältst, werde ich dich auch noch knebeln.«

»Oh, bitte, bitte … Himmel. Bitte, tu das nicht. Ich würde es nicht ertragen …«

»Halt's Maul!«

»Lass mich los.« Ich wehre mich weiter, zerre an meinen Fesseln. Zum ersten Mal gerate ich in Panik. »Bitte, tu mir das nicht an. Ich glaube, ich halte das nicht aus. Ich will gehen. Binde mich los!« Ich lausche einen Augenblick. »Bist du da? Hörst du mir zu?«

Ich höre, wie die Wohnungstür leise ins Schloss fällt.

Das einzige Geräusch verursacht mein Atem, sonst ist es absolut still im Zimmer. Die Dielenbretter knarren ein wenig, als ich mich ratlos auf dem Stuhl zurücklehne. Ich warte, lausche. Aber er ist nicht mehr da. Er ist gegangen.

Ich wusste, es würde furchterregend sein, in meine Gedanken einzudringen. Im Zimmer ist es drückend warm, aber ich schwitze Eis. Blind und schwindlig versuche ich, die Panik zu bekämpfen, aber es scheint unmöglich zu sein, festgebunden an den Stuhl.

Meine Halsmuskeln verhärten sich unter dem ständigen Dehnen und Strecken. Ich kann Furcht riechen, meine Furcht. Adrenalin wird in meine Venen gepumpt. Und bei allem Stress, bei der Hitze und Kälte, bei aller Furcht spüre ich, wie es in meinem Geschlecht brodelt und pocht, wie meine Säfte fließen, wie die Labien weiter anschwellen.

Er kommt zurück, schlägt die Tür hinter sich zu, und ich zucke nervös zusammen. Er ignoriert mich, geht im Zimmer umher, um mich zu verwirren. Ich weiß nicht, wo er ist und was er tut. »Lässt du mich jetzt gehen?«

Er lacht. »Halt den Mund. Du weißt, dass du es willst.«

»Nein, stimmt nicht. Ich will es nicht. Oh! Was tust du da?«

»Ich mache mir einen Drink.«

Ich höre, wie Flüssigkeit in ein Glas geschüttet wird. Dann nimmt er auf dem Sofa Platz.

»Was machst du jetzt?«

»Ich werde mir ein Video anschauen. Halt also endlich deine Klappe.«

Ich schlucke hart. »Du lässt mich hier so sitzen, während du dir einen Film ansiehst?«

»Nein.« Er steht auf, kommt auf mich zu. Ich fühle, dass er über mir steht, höre Stoff über Stoff reiben. »Ich werde dich so hier sitzen lassen», sagt er, verkommene Wollust in der Stimme.

Etwas wird mir in den Mund gestopft. Es ist Teil meiner Phantasie, aber trotzdem ist es ein Schock, plötzlich meinen Mund gestopft zu fühlen. Ich nehme an, es ist seine Krawatte. Sie riecht ein wenig nach ihm. Ich würge, will sie ausspucken, bevor ich vor Panik ersticke, aber er drückt sie noch fester in meinen Mund.

»Ich wünschte, du könntest dich so sehen«, sagte er. »Du siehst verdammt sexy aus, gefesselt, die Bluse weit offen, den Rock hoch geschoben, so dass ich deine Wäsche sehen kann.«

Ich höre, wie er einen Schluck seines Drinks nimmt.

Eine kalte Fingerspitze zeichnet mein Gesicht nach. »Du brauchst nicht zu schauspielern«, sagt er. »Ich weiß, dass es dir gefällt, du Schlampe. Habe ich Recht?« Er fährt mit dem Finger ins Tal meiner Brüste. »Ich kann deine Lust riechen. Bist du nass?« Ein Finger streicht übers Höschen. »Oh, und wie! Das gefällt dir, was? Ich bin entsetzt über dich.«

Ich winde mich auf dem Stuhl, will meine Hüften aus seiner Reichweite bringen. Ein gedämpfter Protestlaut zwängt sich am Knebel vorbei.

»Oh! Du willst mich nicht?« Er nimmt mein Kinn in die Hand. Ich rucke den Kopf zur Seite. »Böse? Sehr gut. Ich lasse dich in Ruhe, bis du dich angemessen benimmst.« Ich höre, dass er wieder auf dem Sofa Platz nimmt, dann schaltet er den Videofilm ein. Er beginnt mit einer Fanfare.

Ich höre bald, dass es sich um einen Porno handelt. Ich sitze hier, möchte kotzen vor Wut und Scham und kann nichts tun. Ich sitze im Dunkeln, aber er kann alles sehen, was er sehen will. Schlimmer noch, er kann alles tun, was er tun will. Aber danach steht ihm nicht der Sinn. Er lässt mich hier in Agonie verharren, während er sich einen Porno reinzieht.

Diese Schande. Ich schäme mich über den Hunger in meinen Eingeweiden.

Der Saxophonist, der in allen Pornos dabei ist, bläst sein unmelodisches Stück. Ich muss nicht sehen können, um zu wissen, dass auf dem Bildschirm Frauen mit gewaltigen Brüsten und Männer mit Schnurrbärten eine erbärmliche Handlung abspulen. Die Musik wechselt. Jetzt treiben sie's. Ein Mann grunzt, und zwei Frauen stöhnen und schreien unnötiger Weise. Ich schreie in meinem Innern. Ich werde gefoltert.

Ihm ist das egal. Es trägt zu seinem Vergnügen bei, dass ich so leide. Ich höre, wie er einen Reißverschluss aufzieht. Dieses Geräusch ... Ich warte auf ihn. Die künstliche Lust, die aus dem Fernseher kommt, ist eine Beleidigung für den Schmerz, den ich spüre.

Es ist nicht nur der körperliche Schmerz, die Steifheit meiner Knochen, der aufgerissene Mund, sondern auch eine geistige Qual, dass ich warten muss, bis er sich herablässt.

Ich höre, wie er sich selbst befriedigt. Mein Stöhnen muss lauter sein, als mir bewusst ist, denn ich höre, dass er sich vom Sofa erhebt. Ich fühle, dass er vor mir steht.

»Was ist denn los?«, fragt er. »Fühlst du dich ausgeschlossen?« Seine Lippen streifen mein Ohr. »Willst du denn was?«

Ein schwaches, wortloses Betteln von mir. Der Knebel wird mir aus dem Mund gezogen, und noch bevor mein Unterkiefer sich erholen kann, wird der Mund erneut gefühlt. Sein Geruch füllt meine Nüstern.

Einen Moment lang ist es eine Wonne, den weichen und zugleich harten Schaft im warmen, feuchten Mund zu spüren und zu schmecken. Endlich. Aber ich hätte wissen müssen, dass in dieser Phantasie die Scham der Wonne auf dem Fuß folgt. Er stößt rasch zwischen meine Lippen. Er hält meinen Kopf fest, ich kann nicht ausweichen. Ich würge, aber er stößt weiter. Zorn über meine eigene Hilflosigkeit macht sich in mir breit, und ich weiß mir nicht anders zu helfen, als ihn meine Zähne spüren zu lassen.

Er ruckt aus mir hinaus. »Du verdammtes Luder!«, knirscht er. Er schnallt den Gürtel um meine Hände auf, stößt mich so hart, dass ich mit dem Stuhl umkippe und hart auf den Boden falle. Ich kann mich im letzten Moment geistesgegenwärtig noch mit den Händen abfangen.

Ich schreie auf, als er mir den Gürtel über den Po

zieht. Ich will von ihm weg kriechen, habe aber vergessen, dass meine Füße noch an die Stuhlbeine gebunden sind. Ich liege blind auf dem Boden, schluchze und komme mir vor wie die Überlebende eines Flugzeugabsturzes, die feststellen muss, dass es trotzdem keine Rettung gibt.

»Du kannst nicht fliehen«, sagt er ruhig. »Das habe ich dir doch schon gesagt.«

Ich weiß. Ich will es so. Aber es ist wie bei den besten Orgasmen – sie schmerzen. »Bitte«, hauche ich, »hör auf, lass mich gehen. Ich muss nach Hause.«

Er zieht mich auf die Knie und drückt sich von hinten an mich heran. Er ist so groß, so hart.

Er langt um mich herum und drückt meine Brüste. »Schau dich doch an«, sagt er. Das brauche ich nicht, ich habe mich oft genug in meinen Träumen in dieser Position gesehen, eine Gefangene hinter meiner Augenbinde.

Er zieht die Körbchen des BHs nach unten und hält meine Brüste. Sie sind groß und schwer, und die Spitzen sind empfindlicher als sonst. Er rollt die Warzen zwischen Fingern und Daumen. Er drückt sie hart. Ich krümme den Rücken und reibe meinen Po gegen sein Ding.

»Du Schlampe«, sagte er und geht um mich herum, damit er mich von vorn betrachten kann.

Er fasst mich an. Mein Fremder fasst mich an. Seine Finger fahren über die Augenbinde, über meine Wangen, meine Lippen, dringen in meinen Mund ein. Er zerrt an meiner Bluse und schiebt sie nach hinten. Die Finger streichen über meine Brüste, reiben über den Bauch. Er knöpft den Rock auf, zieht ihn über die Hüften, schiebt ihn die Beine hinunter. Er löst die Strümpfe von den Strapsen und rutscht näher an mich heran. Ich kann seinen Atem auf meinem Gesicht spüren.

Er starrt mich an, will eine Reaktion sehen. Er schiebt eine flache Hand in mein Höschen.

»Du willst mich immer noch nicht, Schlampe? Willst du immer noch nach Hause laufen?«

Die Gefühle packen mich. Meine Nippel fühlen sich wie scharfe, heiße Spitzen an, die sich weit recken und zitternd vibrieren. Mein Sex fühlt sich wie eine schwere, geschwollene Frucht an, die jeden Augenblick aufplatzen kann, um ihr reifes, parfümiertes Fleisch über seine forschenden Finger zu verspritzen.

Er findet meine Nässe und reibt einen Finger hin und her, als könnte er kaum glauben, wie glatt und glitschig und geschmeidig ich dort bin. »Schlampe.« Mit einer Hand zieht er das Höschen hinunter. »Du tust so, als wolltest du nichts von mir wissen, Schlampe?« Das Wort brennt in meinem Kopf. Sein Mittelfinger dringt tief in mich ein.

Seine Lippen berühren meine. Ich will ihn küssen, will seine Zunge spüren, will seine Leidenschaft erleben. Aber er legt eine Hand in meinen Nacken und hält mich auf Distanz. »Du genießt das«, sagt er anklagend.

Ich bin meiner Sicht und meiner Freiheit beraubt, aber meine Sinne sind hoch geladen. Ich spüre seine Zunge am Hals, dann auf den Lippen, auf den Wangen, auf den Brüsten. Die ganze Zeit reibt sein Finger in mir, reibt Hitze in meinen Kitzler. Ich schmecke mich selbst an seinem Finger, den er mir in den Mund steckt.

Ich will mehr. Er will mehr. Er zieht mich ganz aus und drückt seine Handflächen auf die Haut, die er entblößt. Er muss meine Füße los binden, damit er Rock, Höschen und Strümpfe ausziehen kann, danach zieht er mir die Schuhe wieder an. Ich sitze und knie und stehe, ganz wie er es bestimmt. Dann bin ich nackt, abgesehen von Schuhen und Augenbinde.

Er umkreist mich, ich kann seinen Weg an seinem Atem verfolgen. Ich hebe die Hand und will ihn berühren.

Er schlägt mir auf die Hand.

Ich spüre etwas Weiches um meine Gelenke, es sind meine Strümpfe, mit denen er Hände und Füße wieder fesselt.

»Du kennst mich nicht«, erinnert er mich und streichelt so zärtlich über mein Haar, »und trotzdem lässt du zu, dass ich dich fessele.«

Er drückt mir keinen Knebel in den Mund, aber ich kann trotzdem nicht sprechen. Er beginnt wieder, mich zu umkreisen.

»Du begibst dich in meine Hände.« Mit dem Handrücken streichelt er über meine Wange. »Ich kann alles mit dir anstellen, und du hast keine Möglichkeit, dich zu wehren.«

Ich weiß. Die Angst schmeckt sauer auf meiner Zunge und sprudelt in meinen Eingeweiden.

»Ich kann dir Schmerzen zufügen, wenn ich will.« Er schlägt meine Wange, die er gerade gestreichelt hat. »Oder ich kann zärtlich zu dir sein.« Sanft hebt er mein Kinn und küsst meine brennende Wange. »Ich kann dir Lust oder Schmerz bescheren. Ich kann dich dazu bringen, vor Glück zu schreien oder vor Elend.« Die Weichheit seiner Stimme terrorisiert mich.

Er lässt mich stehen, und ich höre, wie er sich wieder einen Drink einschenkt, ich höre ihn schlucken. Ich warte auf ihn, kalt vor Wut und heiß vor Erniedrigung. Wie konnte ich in diesem Wohnzimmer eines Fremden landen? Ich beuge den Kopf, als ob ich die Demütigung damit verstecken könnte. Ich spüre seine Blicke auf meiner Haut.

»Was stellst du jetzt mit mir an?«

»Was willst du denn, das ich mit dir anstelle?«

Ich hebe den Kopf, als ich höre, dass sich seine

Stimme nähert. »Ich will, dass du mich losbindest, dass du mich gehen lässt.«

»Das meinst du nicht wirklich.«

»Doch.«

»Nein.«

»Bitte.«

»Du willst nicht, dass ich dich gehen lasse. Hast du das nicht immer gewollt?« Ich spüre seine cognacfeuchten Lippen auf meinem Nippel. »Wie gefällt dir das?« Sein Lippen lecken über meinen Bauch. »Ist das nicht eher, was du willst?«

Sein Mund drückt sich auf meine Labien. Er leckt mit breiter Zunge über die nackte, empfindliche Haut. Dann öffnet er die Lippen, dringt behutsam mit der Zungenspitze ein. Oh, ja. Ich öffne die Schenkel weiter.

»Siehst du? Du kannst gar nicht aufhören. Das ist es, was du willst.«

Es stimmt. Seine Zunge dringt weiter vor, und ich spreize die Beine so weit, wie es die gefesselten Fußgelenke erlauben.

»Du solltest mich das nicht tun lassen«, sagt er. Die Zunge zuckt über meinen Kitzler, bis ich kurz davor bin, dahin zu schmelzen. Als er diesmal aufhört, erfasst mich ein krampfhaftes Schluchzen, unter dem der ganze Körper zittert.

Eine Träne rinnt unter der Augenbinde durch.

»Was ist los? Schämst du dich? Das solltest du auch.« Er küsst wieder meine Labien.

»Hör auf«, keuche ich, und er hört auf. Die Luft fühlt sich auf meinen Lippen so kalt an, dass ich friere.

»Ich soll aufhören?«

»Ja.« Nein.

»Ich habe aufgehört. Wenn du mehr willst, musst du mich finden.«

Meine Augenbrauen zucken verwirrt. Ich hebe

meine gebundenen Hände und hoffe, sein Gesicht noch vor mir zu finden, aber ich bin zu spät. Er ist weg.

»Komm und suche mich.«

»Lass mich in Ruhe.«

»Komm und suche mich, sonst lasse ich den Gürtel wieder tanzen.«

Ich bleibe still stehen, weiß nicht, was ich tun soll.

Der Schlag mit dem Gürtel auf meinen nackten Po lässt mich aufschreien. »Komm und such mich«, befiehlt er. Stolpernd und schlurfend wanke ich in der Dunkelheit umher. Auf dem Teppich höre ich seine gedämpften Schritte, in meinen Ohren braust die beginnende Panik.

Ich schluchze, dann breche ich plötzlich in Tränen aus. Blind torkele ich durchs Zimmer, das ich so gut kenne. Jetzt ist es das Zimmer eines Fremden, und die Dinge stehen an anderen Plätzen. Der Fremde weicht mir aus. Ich bleibe stehen, balle die Fäuste und schreie wie ein kleines Kind, das seinen Willen nicht durchsetzen kann.

Aus dem Nichts kommen Finger und packen meine Fußgelenke. Ich falle auf die Knie. Die Hände ziehen mich weiter heran, und dann spüre ich, dass ich auf seinem Gesicht sitze. Es dauert eine Weile, bis ich mich nach dem Wutausbruch beruhigt habe, dann stehe ich wieder unter dem Bann der Lust. Sie packt mich, und ich drücke mich tiefer, lasse meine Hüften kreisen, genieße seine Lippen und Zunge. Ich könnte ihn mit meiner Gier ersticken, aber es ist mir egal. Ich brauche das. Ich muss es haben. Ich kann nichts sehen und bin gefesselt, aber mit seiner Zunge tief in mir bin ich frei.

Er saugt meine Klitoris. Die Innenseiten meiner Schenkel zittern, ich hebe mich ein wenig hoch, fürchte mich vor der Gewalt des sich ankündigenden Orgasmus. Er nagt mit den Zähnen, und mein Körper wird geschüttelt. Er stößt mit der Zunge zu. Ich falle, ich schmelze, ich komme.

Ich bin auf Händen und Knien. Hinter mir spüre ich seine Hose, die sich gegen meine Schenkel reibt. Er ratscht den Reißverschluss auf, und dann spüre ich auch schon, wie er in mich eindringt. Ah, bin ich gefüllt. Mein Kitzler zirpt noch. Seine Finger graben sich in meine Seiten.

Er kommt so schnell wie ich. Er stöhnt und keucht, und ich sauge alles aus ihm heraus. Er verharrt eine Weile hinter mir, und ich spüre, wie es aus mir tropft, als er sich zurückzieht. Bevor ich es begreife, packt er mich am Handgelenk und zieht mich auf die Beine, schleppt mich hinter sich her.

Ich spüre, wie sich der Boden unter meinen Füßen verändert, kein Teppich mehr, sondern Dielen, die unter unseren Schritten knarren. Er stößt mich um, ich bereite mich auf einen harten Fall auf den Boden vor, aber das Bett rettet mich. Sein Körper stürzt über mich. Ich habe die Hände über den Kopf gehoben, er packt sie und bindet sie ans Kopfende des Betts.

»Was machst du?«, frage ich keuchend und erschöpft. »Meine Hände tun weh. Lass mich jetzt gehen. Du hast deinen Willen gehabt, jetzt will ich gehen.«

»Nein.« Er bewegte sich ans Bettende, löst die Fußfesseln, spreizt meine Beine und bindet sie an die Bettpfosten. Weit offen. Verletzlich.

Ich stöhne erschöpft, obwohl er genauso gut weiß wie ich, dass ich nicht meine, was ich sage: »Ich will nach Hause.«

»Willst du nicht.«

»Doch.«

»Du willst mich.«

»Ich will keinen Mann, der mich so behandelt«, sage ich. »Wie ein Objekt.«

Seine Hände streichen über meinen Körper. Ich winde und strecke mich wie eine Katze, heiße ekstatische Schauer laufen über meinen Rücken.

»Du lügst«, sagt er und befingert meine geschwollenen Lippen. »Du willst es dir selbst gegenüber vielleicht nicht zugeben, aber dein Körper lügt nicht. Ich lasse dich jetzt eine Zeit allein.«

»Nein, bitte.«

»Du bist verwirrt, du arme Schlampe. Dein Kopf sagt das eine, dein Körper das andere. Du brauchst Zeit, um nachzudenken.«

Das will ich nicht. Wenn ich meinen Gedanken jetzt freien Lauf lasse, kann es gefährlich werden. Aber nach einer Weile überfällt mich die Einsamkeit in der Stille. Dann lieber gefährliche Gedanken.

Es war ein Risiko, in die Wohnung zu gehen. Jetzt habe ich ein Stück meiner Phantasie gelebt, aber in meinem Gehirn entstehen mehr Fragen denn je. Ich dachte, ich würde die Antworten in meinem Verlangen finden, aber sie sind zu neuen Fragezeichen mutiert.

Würde ich ihn auch im richtigen Leben begehren? Wenn ich ihm draußen begegnet wäre, hätte ich dann auch das Verlangen gespürt, das in mir schon wieder wächst?

Was würde mein Freund sagen, wenn er mich so sehen könnte? Wie kann ich ihm das erklären? Würde ich es überhaupt versuchen? Oder würde ich ihn ausschließen, weil ich dieses Geschehen für mich behalten will. Keiner soll daran Anteil haben.

Oder?

Warum fühle ich mich freier denn je, obwohl meine Hände und Füße gefesselt sind? Warum explodiert mein Orgasmus wilder und heftiger, wenn ich blind und hilflos bin?

Wenn dies vorbei ist und er mich losbindet, werde

ich dann befriedigt sein? Oder verlange ich dann nach mehr? Wird es je ein Ende haben?

Neben mir bewegt sich das Bett. Er hatte das Zimmer gar nicht verlassen. Er hatte die ganze Zeit dort gelegen und mich beobachtet.

»Jetzt tun wir's noch mal«, warnt er mich. »Viel härter.«

»Nein.«

»Je häufiger du nein sagst, desto härter wird es.«

»Nein. Nein!« Ich spüre sein Gewicht. Ich zerre an meinen Fesseln.

»Du sagst nein, aber du meinst ja.«

»Nein!«

»Ich will dich schreien hören.«

»Nein.» Meine Stimme klingt schwach. »Nein … oh.«

Ich spüre ihn zwischen meinen empfindlichen Lippen. Mit einem kräftigen Schlag ist er tief in mir. »Nein.« Aber meine Hüften heben vom Bett ab, wollen mehr von ihm. »Nein.«

»Gib zu, dass du das willst.«

»Nein.«

»Gut, dann nicht. Ich ficke dich trotzdem.«

Er hält Wort. Er geht hart vor, ich rutsche jedes Mal ein Stück weiter auf dem Bett. Die Augenbinde verrutscht. Ich blinzle ins Licht und sehe, dass er mich anschaut.

Mein Fremder. Der Ausdruck auf seinem Gesicht – genau, wie ich ihn mir ausgemalt habe. Bewunderung und Raserei und wütende Lust. Er bleckt die Zähne, während er in mich stößt. Ich sehe die Traurigkeit in seinen Augen, weil er weiß, dass dies nie wieder geschehen kann.

Er trägt immer noch seinen Anzug. Keine Krawatte, der Kragen geöffnet, das Jackett zerknautscht, die Hose bis auf die Knie geschoben. Er stützt das Gewicht seiner Lust mit den Händen ab und treibt mit der Kraft in mich, die ich immer bei meinem Fremden gesehen und gespürt habe.

Es kommt ihm, seine Hüften zucken, er zieht heraus, versprüht sich auf meiner nackten Haut, stößt immer noch zu, wetzt über meinen Kitzler, reibt mit seinem harten Stab darüber, bis mein Orgasmus einsetzt. Ich will, dass er aufhört, dass er mich meinen Orgasmus genießen lässt, aber er reibt noch härter. Es schmerzt, ich bin wund. Ich schreie, er soll aufhören. Er reibt schneller. Ich brenne. Ich werde geschüttelt. Ich schließe die Augen. Mehr. Er reibt mein Bewusstsein weg. Nicht Lust; Schmerz. Ich kämpfe dagegen. Ich schreie.

Es ist vorbei.

Er ruiniert es nicht durch irgendeinen Spruch, auch nicht dadurch, dass er meinen Namen oder meine Telefonnummer wissen will. Er weiß, dass es nie wieder geschehen wird. Er löst meine Fesseln und geht aus dem Zimmer.

Dann sehe ich ihn in der Tür stehen, er nippt an einem Drink und schaut zu, wie ich meine Kleider einsammle. Er denkt, was ich auch denke. Was jetzt?

Wird jemals wieder etwas so gut sein? Werden wir uns jemals wieder so lebendig fühlen?

Ich gehe zur Tür. Ich will mich nicht mehr umdrehen, aber er hält mich auf.

»Warte.«

Ich warte, bis er bei mir ist.

»Das gehört dir.« Er reicht mir mein Tagebuch.

Ich schüttle den Kopf. »Behalte es. Jetzt gehört es dir.«

Die Lichter sind aus, als ich mich ins Haus schleiche. Widerwillig lasse ich ein Bad einlaufen, widerwillig, weil ich eigentlich den Geruch des Fremden an mir halten möchte. Aber ich muss ihn abwaschen, und während ich es tue, spüre ich plötzlich eine bleierne Müdigkeit.

Ich falle ins Bett.

»Hallo, du Nachteule«, knurrt John schläfrig und legt einen Arm um meinen Leib. »War es schön?«

»Es ging. Nichts Besonderes.« Mein Herz zieht sich bei dieser monströsen Lüge zusammen.

»Du bist spät. Was sagt die Uhr?«

»Drei. Schlaf weiter.«

»Ich habe den Teppich für den Flur bestellt.«

»Gut.«

Sein Atem geht langsamer, wird tiefer.

Ich fühle mich erleichtert und einsam. Mein Tagebuch ist weg, zusammen mit meinem Fremden und meiner Phantasie. Jetzt sind sie Erinnerungen.

Mein Kopf sollte leer sein, aber ich fürchte mich davor, die Augen zu schließen. Furcht vor dem, was ich in der Dunkelheit sehe. Ich brauche eine neue Phantasie.

Ich fürchte mich davor, wohin ich gehen muss, um eine zu finden.

Entfache mein Feuer

Kristin richtete sich im Bett auf und betrachtete den Mann, den sie vor zwanzig Jahren geheiratet hatte. Vor zwanzig Jahren hatte Martin dichtes, welliges Haar gehabt, einen flachen Bauch und kaum Haare auf der Brust. Er hatte einen hübschen, knackigen Hintern gehabt und eine frische Bräune vom Skifahren, Segeln und Tennis, und in dem fünfundzwanzigjährigen Gesicht war keine Falte zu sehen gewesen. Seither hatte sich eine Menge geändert.

Einige Dinge veränderten sich nie. Zum Beispiel, dass Kristin morgens immer scharf war. »Komm zurück ins Bett«, lockte sie und schlug die Decke um«, ein Versuch, Martin davon abzuhalten, sich weiter anzuziehen.

Sie sah auch nicht mehr so gut aus wie vor zwanzig Jahren, aber sie verdiente trotzdem mehr Aufmerksamkeit als »Hast du meine gestreifte rote Krawatte gesehen?«

»Auf dem Stuhl«, sagte sie und zeigte mit dem Fuß in der Hoffnung, dass ein schwingendes Bein in der Luft etwas bewirken könnte. »Komm wenigstens für eine Minute zurück ins Bett«, sagte sie.

»Ich habe keine Minute mehr, Liebling. Um acht beginnt eine Verkaufskonferenz. Ich muss vorher da sein, um meine Zahlen auf den letzten Stand zu bringen und zu überprüfen.«

»Du könntest mich überprüfen.« Sie fuhr mit den Händen über das kurze Seidenhemdchen, das sie gestern Abend voller Hoffnung angezogen hatte. Er hatte es gar nicht bemerkt.

»Dafür habe ich keine Zeit, Liebling.«

»Nie hast du Zeit.«

»Oh, fang nicht damit an, Kristin. Du weißt, wie ich zur Zeit unter Druck stehe. Ich kann mir keine Auffälligkeiten erlauben. Ich muss mich jetzt auf meine Arbeit konzentrieren.«

Sie zog die Decke wieder über sich und starrte ihn wütend an. »Ich stehe auch unter Druck.« Und ich bin immer noch scharf auf meinen Mann, dachte sie. Laut fügte sie hinzu: »Vielleicht bin ich nicht mehr begehrenswert.«

»Sei nicht albern«, sagte er, aber er mied ihren Blick. Er stieg in sein Jackett, nahm seine Aktentasche und drehte sich an der Schlafzimmertür noch einmal um. »Tut mir leid, Liebling. Ich muss laufen. Wir sehen uns heute Abend. Ich werde nicht zu spät sein, das ist versprochen.«

»Ich werde nicht da sein«, sagte sie, aber das hörte er nicht mehr, er war schon auf der Treppe.

Was als gesitteter Auszug aus dem Konferenzraum begann, drohte zu einer Stampede zu werden. Alle waren angeschlagen nach sieben Stunden, die sie in dem sauerstoffarmen, unpersönlichen Raum eingepfercht und humorlosen Vorträgen über Verkaufsprognosen, Statistiken und letzte Verkaufsstrategien ausgesetzt waren, unterbrochen nur durch ein gelegentliches Dia, das an die Wand geworfen wurde, und durch ein wenig beeindruckendes Mittagsbüffet.

Jetzt hatten sie nur noch eins im Sinn, und die Vertriebsleute und die Vertreter stampften wie eine Batterie Zombies davon – auf der Suche nach Alkohol. Mit irgend etwas musste die Monotonie des Tages betäubt werden.

Es gab eine Auswahl von Bars, für die sie sich entscheiden konnten. In dem Konferenz-Center waren Bars für jeden Geschmack und jede Stimmung untergebracht, jedenfalls stand es so in dem einfallslosen Prospekt, der den Teilnehmern zugeschickt worden war.

Kristin entschied sich für die Jazz Bar, denn sie lag vom Konferenzraum, in dem sie getagt hatten, am weitesten entfernt, so dass die Hoffnung bestand, niemanden aus der Firma dort anzutreffen. Sie hatte kein Verlangen danach, zum Abschluss eines solchen Tages auch noch übers Geschäft zu reden.

Sie hob sich auf einen Hocker und legte beide Arme über den Tresen. Sie war zu müde, um sich aufrecht hinzusetzen. Sie hatte den ganzen Tag aufrecht sitzen und Aufmerksamkeit heucheln müssen, denn ganz vorne hatten die Geschäftsführer gesessen und die Teilnehmer nach möglichen Kandidaten für eine Beförderung beäugt.

Jetzt wollte sie sich gehen lassen, sie wollte sich in den Zustand einer halben Bewusstlosigkeit trinken, dann hinauf in ihr sauerstoffarmes, unpersönliches Zimmer gehen und ein langes heißes Bad nehmen. Vielleicht würde sie sich sogar den trivialen Softporno anschauen, den das hoteleigene Videoprogramm anbot, und es war ihr egal, ob man das später auf ihrer Hotelrechnung sehen konnte.

Zu ihrer Erleichterung stand der Barmann sofort vor ihr. »Gin and Tonic«, sagten gleich zwei Stimmen synchron. Kristin und der Barmann schauten nach links.

Er war ihr schon früher am Tag aufgefallen. Ihre Blicke hatten sich am Büffet getroffen, aber sie hatte den Kopf abgewandt. Das war auch so eine Sache, die Kristin an diesen vierteljährlichen Verkaufskonferenzen hasste – es wurde geflirtet auf Teufel komm raus. In Birmingham zwei Tage und eine Nacht gefangen gehalten zu werden, machte aus gestandenen Männern und Frauen spätpubertäre Heranwachsende, die sich gegenseitig angeiferten und sich den Kopf marterten, wie sie sich gegenseitig die Kleider vom Leib reißen konnten.

Zu ihrer eigenen Überraschung stellte sie fest, dass ihre Enttäuschung, hier entdeckt worden zu sein, einer leichten Erregung wich. Er war attraktiv. Genau der Typ Mann, auf den sie fliegen würde, wenn sie nicht glücklich verheiratet wäre. Groß, dunkelbraune Haare, zynisch blickende Augen und ein schwach verwegenes Lächeln, als ob ein belustigender Gedanke hinter den Augen tanzte. Ein anzügliches Lachen machte sich bei einem gut angezogenen Mann immer gut.

»Zwei durstige Kehlen, ein Gedanke«, sagte er zu ihr und wandte sich an den Barmann. »Zwei Gin and Tonic, bitte.« Dann zu ihr: »Ich bin George.«

George war Amerikaner. Er hatte eine tiefe Stimme. Kristin blieb nichts anderes übrig, als seine ausgestreckte Hand zu drücken. »Kristin«, sagte sie.

»Sie sind mir schon vorher aufgefallen. Beim Mittagessen. Sie haben sich mit … wie heißt er auch noch? – David unterhalten. Aus der Verkaufsleitung. Und Sie haben ausgesehen, als langweilten sie sich zu Tode.«

Sie lachte erleichtert, offenbar war er keiner von ›denen‹. »Ja, stimmt.«

»Ich wollte zu Ihnen kommen und Sie erlösen, aber unterwegs wurde ich aufgehalten.«

»Und Sie meinen, Sie hätten mich nicht gelangweilt?«

»Weiß nicht«, sagte er und hob die Schultern. »So ein Risiko muss man eingehen.«

Sie lächelte und sah ihn prüfend an. Ja, er war attraktiv. Er hatte was.

»Cheers«, sagte er, als der Barmann die Drinks vor sie stellte.

»Cheers.«

Ihre Gläser stießen gegeneinander, dann saßen sie eine Weile schweigend da, während der Alkohol begann, den Schmerz zu betäuben.

»Und wie gefällt Ihnen dieser Zirkus?«

Kristin antwortete mit einem lauten Seufzer und mit verdrehten Augen. »Ich hasse diese Tagungen. Ich sehe keinen Sinn darin. Am ersten Tag sitzen alle da und bemühen sich krampfhaft, wach zu bleiben. Morgen leiden wir alle darunter, dass wir einen Kater haben, und einige werden nicht mehr die Kraft haben, wach zu bleiben. Bei der letzten Tagung gab es eine Auszeichnung für den lautesten Schnarcher.«

»Sie glauben also, dass die Tagungen eine Zeitverschwendung sind?«

Sie hob die Schultern.

»Die Tagungen sollen gut für die Moral sein. Sie sollen den Teamgeist stärken. Aber ich sehe nur einen Vorteil: Anschließend ist jeder dankbar, dass er wieder arbeiten darf.«

Er nickte. Der breite Mund verzog sich leicht. »Das ist sehr interessant«, sagte er und starrte in sein Glas. »Darf ich Sie damit zitieren?«

»Warum?« Oh, Scheiße, dachte sie. Jetzt habe ich mich in die Nesseln gesetzt. »Sitzen Sie in der Geschäftsleitung?«

»Nicht genau.« Er lachte über ihr besorgtes Gesicht. »Ich komme von A-Tech, der Muttergesellschaft in Chicago. Wir lassen euch in England die Geschäfte gewöhnlich allein abwickeln, aber diese Konferenzen und Tagungen kosten jedes Jahr mehr. Wir in den Staaten haben sie längst abgeschafft und legen mehr Wert auf spezielle Schulungen oder auf den Einzelnen zugeschnittene Fortbildungsmaßnahmen. Deshalb wollte ich mir den Verlauf einer solchen Tagung mal ansehen. Ich will mich davon überzeugen, ob sie ihr

Geld wert sind. Sie haben mir schon die Antwort auf diese Frage gegeben.«

Sie wäre vielleicht verlegen gewesen, wenn es nicht ihre tiefe Überzeugung wäre. Trotzdem sagte sie: »Kann sein, dass es einigen Leuten was bringt.«

»Machen Sie keinen Rückzieher«, sagte George amüsiert. »Ich wollte eine ehrliche Antwort, und die haben Sie mir gegeben, Kristin.«

Sie setzte sich ein wenig aufrechter hin. Der Laut ihres Namens aus seinem Mund war wie ein Eiswürfel, der ihr den Rücken hinunter glitt. »Möchten Sie etwas essen?«, fragte sie, einem Impuls folgend.

Er schien überrascht zu sein, überrascht und erfreut. »Sind Sie sicher? Ich meine, wollen Sie wirklich mit jemandem von A-Tech essen gehen?«

»Das kommt darauf an. Wollen Sie mit mir übers Geschäft reden?«

Er schüttelte den Kopf.

Willst du mich anmachen?, fragte sie sich. Ich hätte nichts dagegen.

Sie mussten ihr Leben riskieren, um über die vierspurige Straße auf die andere Seite zu gelangen, aber das war es wert. Fünf Minuten vom Hotel entfernt bot ein kleines Gasthaus einen sicheren Hafen, und es war kaum anzunehmen, dass einer der Kollegen sie hier finden würde.

Kristin bemerkte Georges Ehering. Dass sie verheiratet war, wusste jeder in der Firma. Nun, dies war schließlich auch ein harmloses Vergnügen, redete sie sich ein, als sie die erste Flasche Wein geleert und die zweite bestellt hatten. Und nach diesem Tag hatte sie sich ein ordentliches Abendessen und eine kurzweilige Unterhaltung verdient – obwohl sie nicht sicher war, ob Martin das auch so sehen würde.

»Übrigens, ich gehe heute Abend mit dem Vice President aus Chicago essen. Er ist witzig, hat Knete und ist wahnsinnig sexy. Er hört mir zu, wenn ich etwas sage, und er hat ein attraktives, anzügliches Grinsen.«

Und Martin würde antworten: »Hm? Was hast du gesagt? Nein, jetzt nicht.«

Sie erwischte sich dabei, dass sie wieder auf Georges Ehering schaute, als ob sie sich vergewissern wollte, dass er noch da war. Ja, er war noch da und leuchtete wie ein Stoppschild.

Na und? Warum sollte sie das hindern? Sie trug auch ein Stoppschild am Ringfinger, und gewöhnlich war sie bei Konferenzen dafür dankbar.

Aber dies hier war anders. Vielleicht war es die Verbindung dieses langweiligen Tages und des Alkohols auf leeren Magen, oder auch daran, dass George Amerikaner war, denn Amerikaner sind meistens offener. Sie fühlte sich auf Anhieb wohl bei ihm. George war der erste Mann, den sie seit Martin getroffen hatte, bei dem sie das Gefühl hatte, über alles reden zu können. Und sie redete über alles.

George erging es offenbar genau so. Die Unterhaltung war bald bei Themen angelangt, die gewöhnlich tabu sind zwischen Menschen, die sich kaum kennen – Politik, Religion und Zustandsbeschreibungen ihrer Ehen.

»Ich verehre meine Frau«, sagte er. »Ich wünschte nur, wir könnten uns häufiger sehen. Ich habe das Gefühl, dass ich sie kaum noch kenne. Wir sind wie gute Freunde, die zwei verschiedene Leben führen, obwohl wir im selben Haus wohnen.«

»Ich weiß, was Sie meinen. Mein Mann arbeitet so viel, dass er kaum noch die Energie zum Reden hat, ganz zu schweigen von ...«

Sie sprach nicht weiter, das war auch nicht nötig.

George wusste, was sie meinte. Wenn es so etwas wie eine Wellenlänge gab, dann schwebten sie auf derselben. Gedanken brauchten nicht ausgesprochen zu werden, sie hörten einander derart intensiv zu, dass sie das Schweigen erkunden und zwischen den Zeilen lesen konnten.

»Das ist schon verrückt«, sagte sie lachend.

»Was?«

»Das Leben ist verrückt. Finden Sie es nicht auch verblüffend, wie man jemanden trifft und sofort weiß, ihm oder ihr kann man sich vorbehaltlos öffnen? Sogar Dinge sagen, die man noch niemandem anvertraut hat? Mir ist, als hätten wir uns schon immer gekannt. Und morgen verabschieden wir uns, und wahrscheinlich werden wir uns nie wieder sehen.«

»Mag sein. Vielleicht ist das der Grund, warum wir so ungezwungen reden können.«

»Ja, vielleicht.«

»Aber Sie haben Recht, es ist verrückt. Ich habe das Gefühl – und ich weiß, das hört sich banal an -, als wäre es uns bestimmt gewesen, uns kennenzulernen.«

Sie nickte.

»Ich fühle, dass irgend was geschehen könnte.«

Was meinte er damit?

Sie brauchte ihn nicht zu fragen. Der Kellner brachte den Nachtisch, und das Gespräch nahm eine andere Richtung, aber sie wusste, dass sie später darauf zurück kommen würden.

Es würde was geschehen.

Das Gasthaus läutete zur letzten Runde, und sie wussten kaum, wo die Zeit geblieben war. George bestellte noch zwei Brandy. »Das ist das erste Mal, dass ich mit einem unserer Verkaufsleiter ein vernünftiges Gespräch geführt habe«, sagte er.

»Ach? Ich hoffe, Sie schließen daraus nicht auf die Qualifikation Ihrer Verkaufstruppe?«

»Nein, natürlich nicht.« Er lächelte. »Man braucht keine Allgemeinbildung und kein Erzähltalent, um elektrische Geräte zu verkaufen. Aber es ist schön, jemanden in der Firma zu haben, der beides besitzt.« Er blinzelte ihr zu. »Wenn die Leute erfahren, wer ich bin, wollen sie nur noch über die Arbeit reden.«

»Es gibt mehr im Leben als die Arbeit.«

»Viel mehr.«

Sie sahen sich einen Moment lang an. Es hätte ihr unbehaglich sein müssen, aber das war es nicht. Im Gegenteil.

»Kristin.«

»Ja?«

Er nahm einen tiefen Atemzug. »Ich hoffe, es stört Sie nicht, dass ich es sage, aber ich finde Sie unglaublich attraktiv.«

Wieder die Eiswürfel, die über ihren Rücken kullerten. Es fühlte sich gut an. Sie wollte es ins Lächerliche ziehen. »He, Sie machen mich ja an, George.«

»Ja.« Er lachte nicht. »Ja, tu ich wohl.«

»Oh.« Sie wusste nicht, wohin sie schauen sollte.

»Es tut mir leid.« Er langte über den Tisch und berührte ihren Ärmel. »Ich bin nicht geübt in solchen Dingen. Es tut mir leid, wenn ich Sie in Verlegenheit gebracht habe.«

»Schon gut.« Sie schaute auf die Hand, die noch auf ihrem Arm lag. Es war eigenartig, die Hand eines anderen Mannes zu spüren. »Sie haben mich nicht in Verlegenheit gebracht.«

»Ich muss Ihnen sagen, dass es wirklich nicht meine Angewohnheit ist, Frauen anzulechzen, die ich gerade erst kennen gelernt habe. Das ist das erste Mal, dass ich je … Himmel, ich habe einen schönen Abend ruiniert, nicht wahr?«

Er war zerknirscht. Kristin schüttelte den Kopf. »Sie haben nichts ruiniert. Ihre Offenheit ist erfrischend. Und ich fühle mich geschmeichelt.«

»Wirklich?« Seine Hand bewegte sich langsam ihren Arm hinunter, bis er ihre Hand berührte und umschloss.

»Sie hören sich überrascht an. Aber Sie hätten es nicht gesagt, wenn Sie nicht glaubten, ich wäre empfänglich für schöne Komplimente.«

»Ich befürchtete, Sie könnten mir böse sein. Männer sagen oft zur falschen Zeit die falschen Worte.«

»Dies ist Birmingham«, sagte sie lächelnd. »Hier liegt immer was in der Luft. Oder vielleicht sprühen sie es in die Luft, um ein bisschen mehr Dampf in die Stadt zu bringen.«

Er lächelte. Er schien nicht zu wissen, wie er das Gespräch weiter führen sollte.

»Ich finde Sie auch attraktiv«, sagte sie leise.

»Ja? Wirklich?«

Sie nickte.

»Kristin …« Seine Augen verengten sich ein wenig, dann kehrte sein Lächeln zurück. »Jetzt machen Sie mich aber an, Kristin.«

Sie wusste nicht mehr, was sie tat. Sie war noch nie offensiv auf einen Mann zugegangen. Sie konnte die Worte nicht zurück drängen, die über ihre Lippen purzelten. »Ich glaube… ja.«

»Würdest du … he, ich kann es kaum glauben, dass ich das sage …« Er atmete tief durch. »Kommst du mit auf mein Zimmer, Kristin?«

»Ja.«

Sie standen im Zimmer, bewegten sich unsicher und verlegen. Wie Fliegen bei einem Paarungstanz.

»Das ist wirklich neu für mich«, sagte er. »Ich meine, ich habe noch nie eine Frau auf mein Hotelzimmer eingeladen – abgesehen von meiner Frau. Nicht, dass ich sie auf einer Tagung kennen gelernt hätte ...« Er atmete tief durch. »Ich fange noch mal von vorn an.« Er fuhr sich mit gespreizten Fingern durch die Haare. »Entschuldige, aber ich bin schrecklich nervös.«

»Ich auch, und auch ich habe so etwas noch nie getan. Gewöhnlich halte ich mich bei solchen Treffen sehr zurück.«

Er trat dicht an sie heran. »Kristin, ich muss ein Geständnis ablegen.«

»Ja?«

»Ich habe dich den ganzen Tag schon beobachtet. Im Konferenzraum hast du vor mir gesessen. Ich konnte den Blick nicht von dir wenden.«

Sie wusste nicht, was sie sagen sollte. Seit Jahren war sie nicht mehr so aufgeregt gewesen.

»Ich bin dir heute Abend in die Bar gefolgt. Ich konnte den Gedanken nicht ertragen, ein anderer Mann würde dich anquatschen.«

»Oh.«

»Macht dir das Angst?«

Vielleicht sollte sie Angst haben, aber sie hatte keine. »Nein.«

»Ich fühle mich wie ein ...« Er nahm ihre Hand. »Ich musste dich einfach ansprechen, wenn nicht, hätte ich es mein ganzes Leben bereut.«

»Ich bin froh, dass du es getan hast.»

»Als die Lichter ausgingen, ein paar Dias und Statistiken gezeigt wurden, schloss ich meine Augen und stellte mir vor, meine Hand unter deinen Rock zu schieben.

»Mein Herz rast«, sagte sie. »Fühl mal.« Sie hob seine Hand und drückte sie gegen ihre Brust. Er starrte in ihre Augen, fuhr mit den Fingern unter ihre Jacke, über die Bluse und über ihre Brüste.

»Ich möchte was von dir erfahren, was sonst niemand weiß«, sagte er plötzlich.

Unter seinen Fingern schlug ihr Herz noch wilder. Sie nickte, als fürchtete sie, jedes Wort könnte die sexuelle Spannung zwischen ihnen brechen. Sie atmete laut. »Ich sage dir meinen Lieblingstraum.« Sie schmiegte sich an ihn und flüsterte in sein Ohr. Niemand hörte zu, aber sie hatte dies wirklich noch niemandem erzählt. »Ich möchte es mal tun, wo Leute zuschauen können«, hauchte sie.

Sie bewegten sich zum Bett. Sie zogen sich gegenseitig aus. Kristin schmückte ihren Traum aus, ging in die Einzelheiten und spürte, wie das Geheimnis sie noch enger verband. George streichelte mit den Händen über ihren Büstenhalter aus glatter Seide, dann schob er behutsam die Körben hoch und legte die spitzen Nippel bloß. Er drückte sie hart. Sie hielt zischend die Luft an und ließ sich von ihm auf den Rücken drücken.

Arbeit, müder Ehemann, ferne Ehefrau – alles war vergessen. Die Welt bestand nur aus ihr und ihm, aus diesem Zimmer, aus diesem Moment. Das Bild ihres Mannes drängte sich in ihre Gedanken, sie knipste es aus. Er gehörte nicht hier hin. Dies hier war für Fremde, die nichts zu verbergen hatten. Kein Gepäck. Nur Lust.

Dann ließ das schrille Schellen des Telefons den Augenblick platzen. »Geh nicht ran«, sagte Kristin, aber es war schon zu spät. Die Welt da draußen meldete sich.

George setzte sich auf, fuhr sich durch die Haare. »Hallo? Oh, hallo. Außer Atem? Nein, ich komme gerade aus der Dusche gelaufen.«

Es war seine Frau. Kristin sah es an seinem schuldbewussten Blick.

Sie setzte sich auf, zog die Körbchen wieder über

ihre Brüste und knöpfte die zerknautschte Bluse zu. Er hob eine Hand, um sie davon abzuhalten, aber sie wussten beide, dass es vorbei war.

Sie hörte seinem Teil der gezwungenen Unterhaltung zu und bemerkte, dass es sich genau so anhörte, wenn sie und Martin sich unterhielten, wie bei allen glücklich verheirateten Paaren auf der Welt, die vergessen hatten, wie aufregend es einmal gewesen war. Und doch, genau wie sie und Martin, liebten sich George und seine Frau noch. Das Schuldgefühl klang in seiner Stimme durch, dachte Kristin.

Sie schaute ihn aus einiger Distanz an, und ihr war, als wäre erst jetzt das Licht angegangen. Sie sah, dass er einen leichten Bauchansatz hatte, und an den Wurzeln vermehrten sich die grauen Haare.

Kristin lächelte. Die Wirklichkeit liebte es, Eimer kalten Wassers über heftigen Leidenschaften auszuschütten, die dann klamm und unbehaglich auf dem grauen Nylonteppich zurückblieben. Sie hätte wissen sollen, dass dies zu erregend war, als dass es wirklich in ihrem Leben hätte geschehen können. Das Schicksal hatte sie wahrscheinlich mit einer anderen Frau verwechselt. Ihr selbst widerfuhren solche unerwarteten Dinge nicht.

»Ich liebe dich auch«, sagte er ins Telefon, denn legte er den Hörer auf und drehte sich zu Kristin um. »Es tut mir leid«, sagte er missmutig. »Ich fürchte, jetzt ist unsere Stimmung ein wenig gesunken.«

»Du brauchst dich nicht zu entschuldigen. Es hat nicht sollen sein. Vielleicht ist es besser so.«

»Damit werde ich mich zu trösten versuchen.« Verlegen knöpfte er sein Hemd zu. »Ich liebe meine Frau«, murmelte er.

»Ich weiß. Ich liebe meinen Mann. Dies schien nur …«

»Nun, es hätte schlimmer sein können«, sagte er.

»Wir hätten uns nie sehen können.«

Wäre das schlimmer gewesen? Sie wollte jetzt nicht darüber nachdenken. Sie fühlte sich schrecklich verlegen. »Ich muss auf mein Zimmer. Mein Mann hat wahrscheinlich schon einige Male versucht, mich anzurufen. Er wird sich Sorgen machen.«

»Es ist schon spät«, sagte er nach einem Blick auf seine Uhr. »Das habe ich gar nicht bemerkt.«

Sie standen unschlüssig an der Tür. Er lächelte, und sie hätte sich am liebsten wieder auf sein Bett geworfen. »Sehe ich dich morgen?«

Er schüttelte traurig den Kopf. »Ich reise in der Früh zurück in die Staaten.«

Dies war also ihre einzige Gelegenheit gewesen.

Vorbei.

»Ich schreibe dir«, versprach er.

»Ja.«

Sie lächelte still, als er sie auf die Wange küsste. Klar, du wirst mir schreiben.

Sie saß an ihrem Schreibtisch und starrte auf den Bildschirm des Computers. Ihre Augen waren verhangen. Sie hatte eine Ausarbeitung abzugeben, und der Termin drängte, aber sie würde ihn nicht einhalten. Seit sie aus Birmingham zurück war, hatte ihre Antriebskraft nachgelassen. Sie empfand keine Motivation mehr, ihr war alles egal.

Sie setzte sich zurück und ließ den Drehstuhl kreisen. Gelangweilt schaute sie aus dem Fenster. Bisher hatte es ihr immer Spaß gemacht, hinunter auf die Straße und die Leute zu sehen, die nicht wussten, dass sie beobachtet wurden. Aber seit Birmingham nervte sie der Blick aus dem Fenster. Alle Menschen schienen fröhlich und ausgelassen zu sein, hatten ein Ziel vor Augen. Nur sie nicht. Sie saß Tag für Tag im Büro. Und

Abend für Abend saßen sie und Martin zu Hause und sahen zu, wie ihr Leben ihnen durch die Finger rann.

Wo waren die Aufregung, die Spannung, sogar die Zufriedenheit geblieben? Um sich herum sah sie alles Grau in Grau.

Es war schlimmer geworden. Jemand hatte einen Leckerbissen vor ihre Augen gehalten, und sie war hechelnd hinterher gelaufen. Sie hatte ihn gerochen. Hatte ihn fast auf der Zunge schmecken können. Und dann hatte ihr jemand den Leckerbissen genommen, und sie war leer ausgegangen.

Sie schloss die Augen und dachte an ihn. Aber es war nicht er – es war irgend ein Mann. George, Martin oder der Wachmann. Sie wollte nur das Gefühl haben, begehrt zu sein.

Kristin hörte das scheue Klopfen ihrer Sekretärin, aber sie drehte sich nicht um. Dann hörte sie ein verlegenes Hüsteln. Widerwillig wandte sie sich wieder der Tretmühle zu, die ihre Wirklichkeit war, und öffnete langsam die Augen.

»Tut mir leid, dass ich Sie störe«, sagte Anne.

Kristin wartete. Sie war sicher, dass im Büro längst über sie geflüstert wurde. »Sie erledigt nichts mehr. Sitzt mit geschlossenen Augen da. Weiß der Himmel, was mit ihr los ist.«

»Das ist gerade für Sie eingetroffen, Kristin.«

Sie nahm den Umschlag, auf dem PERSÖNLICH UND VERTRAULICH stand. Es wunderte Kristin, dass Anne den Umschlag nicht geöffnet hatte.

Kristin seufzte und betrachtete den Umschlag. Sie überlegte noch, ob sie ihn öffnen sollte oder nicht, aber dann sah sie, dass er aus den Staaten kam und von Hand adressiert war. Plötzlich flutete das Leben zurück in ihren Körper, und im nächsten Augenblick hielt sie den Brief schon in der Hand.

K,

ich frage mich, ob du so oft an mich denkst wie ich an dich.

Ich kann nicht aufhören, an dich zu denken. Gewöhnlich arbeite ich auf dem Rückflug nach Chicago, aber das konnte ich dieses Mal nicht. Schlafen konnte ich auch nicht.

Meine Frau holte mich am Flughafen ab, und fast wäre ich zusammengebrochen und hätte ihr alles gestanden. Alles? Ich habe nur deine Brüste berührt. Sonst ist nichts geschehen. Meine Schuldgefühle werden ausgelöst durch das, was ich tun wollte. Und wenn meine Frau nicht angerufen hätte, wäre es geschehen, ohne dass ich auch nur einen Moment lang an sie gedacht hätte. Ich weiß, dass ich es ihr nie gesagt hätte. Es wäre unser Geheimnis geblieben. Eines dieser Erlebnisse, die das ganze Leben und die Arbeit versüßen.

Jetzt bin ich wieder hier, und in der absehbaren Zukunft habe ich keinen Vorwand, wieder nach England zu fliegen. Die Verkaufskonferenzen werden wahrscheinlich abgeschafft. Du hattest Recht – sie sind eine einzige Zeitverschwendung. Ich werde dich also nicht mehr sehen – auch damit hattest du Recht.

Ich bin erwachsen genug, um zu wissen, dass es vielleicht eine Enttäuschung gewesen wäre, wenn wir zusammen geschlafen hätten.

Danach wäre es uns vielleicht peinlich gewesen, wir hätten uns angezogen und wären unserer Wege gegangen, und hätten uns schlecht und voller Reue gefühlt.

Ich glaube nicht, dass es so gekommen wäre. Ich weiß, dass du die erste Frau bist, die diese Wirkung auf mich hat. Ich liebe meine Frau und werde sie immer lieben. Ich war und bin nicht auf der Suche, sie zu ersetzen. Ich war überhaupt nicht auf der Suche. Und dann kamst du.

Das Leben zieht sich. Ein Augenblick, der mein ganzes Sein neu hätte gestalten können, ist vorbei, und er wird niemals wiederkommen. Vielleicht dramatisiere ich jetzt, vielleicht redet hier nur ein geiler Bock in den Wechseljahren, aber das glaube ich nicht. Als ich dich sah, wusste ich, im Bett würde es sensationell mit uns beiden sein.

Im kalten Licht des Tages mag dich dieser Brief entsetzen, aber ich weiß, dass du in jener Nacht ebenso drauf warst wie ich. Wir wollten es beide. Wir hatten vor, so lange zu vögeln, bis wir zusammenbrechen.

Ich will es nicht einfach so vorbei gehen lassen. Wenn du erlaubst, werde ich den brieflichen Kontakt halten. Du brauchst nicht zu antworten. Du brauchst das wirre Zeug nicht einmal zu lesen, du solltest mich nur im Glauben lassen, dass du es tust.

Wenn du die Briefe während der Arbeit liest, stelle ich mir vor, dass eine Hand unter deinem Rock ist. Nimm sie mit nach Hause und verstecke sie, empfinde jedes Mal die Angst vor Entdeckung, wenn dein Mann am Versteck vorbei geht. Es ist die Angst, die ich auch habe, wenn meine Frau mich anschaut – als hätte ich einen Stempel auf der Stirn.

Du hast mir deinen Lieblingstraum erzählt, Kristin. Ich bin nicht dazu gekommen, dir meinen zu erzählen.

Aber ich träume auch erst davon, seit ich dich kennenlernte. Vorher waren es nur Anregungen, die ich aus Pornos bekommen habe – zum Beispiel, dass ich meine Frau mit einer anderen Frau überrasche. Diese Vorstellung hat mir immer einen Steifen gebracht. Oder ich stelle mir vor, es mit meiner

Sekretärin zu treiben, sie ist etwa in meinem Alter und eher unnahbar.

Aber wenn ich von dir träume, geht es bis ins kleinste Detail. Und weil du nicht meine Frau bist, kann ich dir davon schreiben, ohne Abscheu in deinen Augen befürchten zu müssen.

Es ist schwierig, der Frau, die man liebt, Dinge zu sagen, die sie vielleicht nicht mag. Sie könnte beleidigt oder gar angewidert sein, und sie wird dich vielleicht fortan mit anderen Augen sehen.

Doch du, dich kenne ich gerade gut genug, um mich zu trauen, dir davon zu erzählen, und nicht genug, um mich zu sorgen, wie du darüber denkst. Du kannst von mir denken, was du willst. Meine Lust auf dich ist real. Im Augenblick ist sie so ungefähr die einzig reale Sache in meinem Leben.

Ich sitze an meinem Schreibtisch, die Bürotür geschlossen. Im Vorzimmer sitzt meine Sekretärin. Mitarbeiter kommen herein und fragen, ob ich gestört werden kann. Sie gibt die Antwort, die ich ihr aufgetragen habe: Nein. Ich habe Arbeit zu erledigen, aber das ist mir scheißegal. Ich fühle wieder das Leben, jetzt, da ich dir schreibe.

Wir sind auf einer Verkaufstagung. Du sitzt zwei Reihen vor mir. Zuerst schaue ich dich an, weil du die einzige attraktive Frau in der Nähe bist. Weil der Vortrag langweilig ist, lasse ich meine Blicke schweifen – bis ich dich im Visier habe.

Mir gefällt deine Haarfarbe, ich mag deine Frisur. Mir gefällt deine Jacke. Du siehst nicht so gelangweilt aus wie alle anderen. Ich sehe dein Gesicht von der rechten Seite. Wenn du doch nur neben mir sitzen würdest.

Ich beobachte dich während der Kaffeepause. Du spürst die Blicke auf dir, aber du siehst in der Menge nicht, woher sie kommen. Als wir uns wieder setzen, suche ich mir einen Platz hinter dir aus, gleich links hinter dir.

Wieder ein Vortrag. Ich starre deinen Hinterkopf an und konzentriere mich so stark, als könnte ich dich damit zwingen, dich umzudrehen.

Kurz bevor die Lichter ausgehen, rutschst du auf deinem Stuhl herum und nutzt die Gelegenheit, über die Schulter zu schauen. Du willst wissen, warum dein Nacken glüht. Du scheinst verlegen zu sein, als du mich lächeln siehst. Ich reiche dir einen Zettel. Du nimmst ihn und drehst dich wieder um, gerade rechtzeitig, denn der Diavortrag beginnt.

Dein Kopf beugt sich über meinen Zettel. Du musst ganz tief hinunter gehen, um in der Dunkelheit meinen Text lesen zu können. Ich bekomme einen Steifen.

Ich beobachte deinen Hinterkopf. Ich ahne, dass du rot wirst, während du überlegst, wie du reagieren sollst. Aus Angst, mir die falschen Signale zu geben, traust du dich nicht, dich zu bewegen. Du sitzt wie erstarrt da, bis der Diavortrag zu Ende ist und wir ins Restaurant gepfercht werden. Ich blicke dich aus einiger Entfernung an, aber du schaust rasch weg.

Aber dann traben wir in den Tagungsraum zurück, und du sitzt am Ende einer Reihe. Ich sehe, wie jemand fragt, ob der Platz neben dir frei ist. Du verneinst. Ich setze mich neben dich, und du sagst nichts.

Die Lichter gehen wieder aus. Jemand hält einen Vortrag über neue Verkaufsstrategien, aber wir hören beide nicht zu. Meine Hand tastet sich unter deinem Rock vor. Du bist ganz nass. Du kommst in dem Augenblick, als die Lichter wieder angehen, und als du aufschreist, drehen sich hundert Köpfe nach dir um.

Es ist dir egal. Du sitzt da, steif in den Sitz gepresst, die Beine weit gespreizt, meine Finger noch in dir.

Täglich kreuzten sich Briefe über dem großen Teich. Kristin lächelte bei dem Gedanken, dass der Kurierzusteller heiße Hände bekommen musste, wenn er jeden Tag viele Seiten gebündelter Lust zustellen musste.

Das Leben hatte wieder einen Sinn. Ihre Hand schmerzte vom Schreiben, ihr Kopf schmerzte vom nächtlichen Wachliegen, wenn sie überlegte, was sie in ihrem nächsten Brief schreiben würde. Sie kannte keine Grenzen. Ihre Phantasien färbten die Luft über dem Atlantik blau.

Es war eine Affäre ohne Schuldgefühle. Ohne körperlichen Kontakt. Sie berührten sich selbst, wenn das Licht aus war, oder unter dem Schreibtisch oder auf der Bürotoilette. Sie zwängten sich in die Gedanken des anderen, trieben ihre Phantasien immer weiter und bauten letzte Hemmungen ab. Sie waren absolut ehrlich miteinander.

Kristin verwahrte die Briefe in einer Schublade auf, unten und ganz hinten. Sie wusste, dass Martin diese Schublade nie benutzte. Jedes Mal, wenn ihr Mann daran vorbei ging, empfand Kristin einen leichten Schauer der Erregung, gewürzt mit ein wenig Schuld. Es gab nichts, dessen sie sich schuldig fühlen müsste, aber trotzdem – sie hatte George Dinge erzählt und gebeichtet, von denen Martin keine Ahnung hatte.

Sie wollte auch nicht, dass Martin diese Dinge erfuhr, und daraus resultierte ein gewisses Schuldgefühl. Warum zögerte sie nicht, einem Fremden diese Heimlichkeiten zu gestehen, während sie nicht wollte, dass ihr Mann sie wusste?

Eigentlich war es traurig. Georges Lettern erregten sie mehr als alles, was Martin mit ihr anstellen könnte.

Sie wusste, dass etwas nicht in Ordnung war, als sie Martins Auto auf den Firmenparkplatz einbiegen sah. Das lag nicht nur daran, dass er sie überhaupt an ihrem Arbeitsplatz besuchte – er hatte nie Zeit dafür -, sondern sie erkannte es auch an seinem wilden Fahrstil.

Und dann erkannte sie das Bündel Briefe in seiner Hand, als er über den Parkplatz rannte, dem Eingang entgegen.

Ohne ein Wort stürmte er in ihr Büro. Er warf die Briefe gefächert wie ein Kartenspiel auf ihren Schreibtisch. Kristin ahnte, dass ihre Sekretärin große Augen bekam und sich auf ein Schauspiel freute, das Futter für Flüsterorgien versprach. Ohne den Blick von ihrem Mann zu wenden, stand Kristin auf und schloss die Tür.

»Ich habe irgendwas gesucht«, sagte er. »Und schau mal, was ich gefunden habe.«

Sie hatte seine Stimme noch nie so schneidend gehört. Kristin spürte, wie ihre Beine zu schwanken begannen. Sie setzte sich wieder.

»Du bist von deiner Verkaufskonferenz verändert zurückgekommen.«

»Es ist nichts geschehen.«

»Aber du wolltest es! Du bist mit ihm auf sein Zimmer gegangen!«

Das konnte sie nicht abstreiten. »Aber es ist nichts passiert«, wiederholte sie.

Er atmete schnell und schwer, und die Luft im Büro füllte sich mit der Hitze seiner Eifersucht. »Sieht er gut aus?«

»Martin, hör auf damit.«

»Sieht er besser aus als ich? Ist er reicher? Hat er einen besseren Job?«

»Martin ...«

Das Telefon schrillte. Unwillkürlich griff sie zum Hörer, aber er packte ihre Hand.

»Du tust mir weh«, murmelte sie.

»Erzähl mir von ihm«, verlangte er. »Was ist so Besonderes an ihm, dass du ihm Dinge erzählen kannst, die du mir verschweigst?«

»Es ist nicht... Ich meine, es ist ...«

»Glaubst du, ich würde deine lüsternen Gedanken nicht verstehen? Hältst du mich für zu langweilig und bieder, dass du mich nicht in deine schmutzigen Phantasien einbeziehst?«

»Ich ... Martin, bitte.«

Der Zorn in seinen Augen wich einem anderen Ausdruck, und in der nächsten Sekunde wusste sie, was es war: Unbändige Lust. So hatte sie ihren Mann noch nie gesehen.

Er bewegte sich aufs Fenster zu und zog sie hinter dem Schreibtisch weg. »Du hast geglaubt, mich entsetzen deine heimlichen Wünsche, was? Dass du beobachtet werden willst?«

Er drückte sie mit dem Gesicht gegen die Fensterwand. Unten auf der Straße herrschte reger Betrieb. Das Glas zitterte fast so stark wie Kristin.

»Ja, ich bin entsetzt.« Er presste sich von hinten gegen sie. Durch ihre und seine Kleider konnte sie seine Erektion spüren, die in die Kerbe ihrer Backen drückte. »Ja, du bist entsetzlich«, knirschte er, den Mund dicht an ihrem Ohr.

Sie meinte, Annes brennende Blicke zu spüren, als Martin ihren Rock hoch zog. Sie streckte den Hintern vor, als Martin mit einer Hand zwischen ihre Schenkel griff und den warmen, feuchten Slip zur Seite schob.

Die andere Hand zwängte sich zwischen Fensterglas und ihre gequetschten Brüste und zurrte an ihrer Bluse, bis die Knöpfe flogen.

»Ich habe dich noch nie so begehrt«, ächzte er.

Draußen vor der Tür unterdrückte Anne ein Stöhnen. Unten auf der Straße blieb – das erste Mal, dass Kristin das sah – jemand stehen und schaute herauf.

Kristin lächelte.

Mein Leben in Purpur

»Habe ich deine purpurne Bluse versaut?«

Ich hebe meinen schweren Kopf und sehe meine purpurne Bluse zerknittert auf dem Boden liegen. Sie ist klamm vom Schweiß und befleckt vom Sex; Überlauf unserer Liebe. Sie sieht wunderschön aus.

Meine Gedanken treiben, wollen meinen Körper auf jenem postorgasmischen, posttraumatischen Plateau treffen, wo lichte Augenblicke mit Liebe und Sex gefärbt sind. Ich denke an die Abenteuer, die ich in dieser purpurnen Bluse erlebt habe. Ich denke an das Elend, das ich hinter mir habe, an das verzweifelte Verlangen, unter dem mein Körper viele Jahre vor Kälte gezittert hat. Ich denke daran, wie die Bluse mich dahin gebracht hat, wo ich heute bin, und Wärme fließt zwischen meine Schenkel und strahlt über die ganze Haut. Ich fühle mich wieder unter den Lebenden.

Meine purpurne Bluse ist mit mir um die Welt gereist. Eingehüllt in die seltsame Farbe, habe ich Verführung und Unterwerfung erlebt, gefährliche Situationen und Kontrolle anderer. Per Anhalter durch die Kontinente, Experimente mit Männern und Drogen. Erbrochnes auf meiner purpurnen Bluse, ein Selbstmordversuch. In Lust und Liebe habe ich geschwelgt, und in meinen dunkelsten Tagen habe ich, allein und verdreckt, meine dunkelsten Geheimnisse entdeckt – jene, die ich vor mir selbst verbergen wollte. In dieser Bluse fand ich Zuflucht im Fegefeuer der Masturbation und – schlimmer noch – geriet ich in die Hölle einer Ehe mit dem falschen Mann. Und dann, gestern Abend, dies.

Von Anfang an geschahen außergewöhnliche Dinge, wenn ich die purpurne Bluse trug. Sie ist nicht besonders teuer gewesen, auch nicht zu weit ausgeschnitten, und ich bin auch nicht übermäßig schön. Aber in dieser Bluse fühle ich mich anders. Sie animiert mich immer wieder zu Erinnerungen.

Sie ist aus Baumwolle. Gute Qualität, weiche Baumwolle. Sie hat ein dezentes Muster aus kleinen, unregelmäßigen Vierecken. Der breite und lange Kragen läuft spitz zu, und die vielen kleinen Knöpfe sind aus Perlmutt. An den Seiten ist sie hoch geschlitzt.

Hinten ist sie ein wenig länger als vorne und streift gerade noch über meinen Hintern. Die Ärmel bauschen sich über meine Gelenke, was der Bluse fast ein fernöstliches Aussehen gibt. Sie ist weder weit noch eng, sie sitzt ganz gut und ist ein wenig tailliert.

Ja, sie steht mir gut, fällt leicht über die Schultern und umschmiegt meinen Busen. Aber es ist die Farbe, die den Leuten auffällt, ein seltenes malvenfarbenes Blau. Es war die Farbe meiner Seele.

Ich erinnere mich noch an den Tag, an dem ich sie gekauft habe, das ist fast dreißig Jahre her.

Dreißig Jahre!

Damals konnte ich mir gar nicht vorstellen, dreißig zu sein, geschweige denn fünfzig. Das Leben war mir schon so lang und wunderbar langsam vorgekommen. Hätte ich doch gewusst, wie die Jahre im Nu vergehen.

Ich hatte mein Studium abgeschlossen und arbeitete in einem Frauenbekleidungsgeschäft in der Kensington High Street. Es war mein letzter Tag, und ich war froh darüber. Ich hatte endlich einen Job in Modedesign gefunden, wo ich immer schon hatte arbeiten wollen.

Die Aufregung verzehrte mich (blinder Enthusiasmus der Jugend!), und ich beschloss, meinen letzten Lohn für die purpurne Bluse zu opfern, die ich seit einem Monat bewunderte.

Die anderen Frauen schauten zu, als ich sie anprobierte, und murmelten beifällig. »Die steht dir wirklich gut, Zoe«, stimmte die Geschäftsleiterin zu, und ihre gierigen Hände konnten nicht an sich halten, sie strichen über die kühle Baumwolle auf meinen Schultern. Sie stand hinter mir, als ich in den Spiegel schaute und ihr Lächeln sah.

»Können Sie sie nicht anbehalten? Ich bin sicher, das wird sich günstig auf den Verkauf auswirken.« Es war das erste Mal, dass sie mir etwas Freundliches gesagt hat.

Als ob sie die Freundlichkeit gleich wieder zurücknehmen wollte, sagte sie, ich sollte das Schaufenster säubern. Das ist ein Scheißjob, man muss auf Zehenspitzen an den kopflosen Puppen vorbei balancieren und Staub wischen und mit einem klebrigen Polierwachs alles auf Hochglanz bringen. Hausarbeit daheim ist schon schlimm genug, aber im Geschäft … Nun, es war mein letzter Tag, und ich wollte mir keinen Ärger einhandeln.

Ich stand hinter einer der Puppen und zupfte an der Jacke, die sie trug, als ich ihn auf der anderen Straßenseite gewahr wurde. Er starrte mich an. Mich? Oder die Jacke?

Mich. Er konnte den Blick einfach nicht abwenden, auch beim Überkreuzen der Straße nicht. Ich gab vor, beschäftigt zu sein, und nutzte die Puppe als Sichtschutz, aber ich fühlte seine Blicke, als er dicht vor mir stand, nur durch die Scheibe getrennt. Ich errötete unter seinen Blicken.

Er betrat das Geschäft und berührte meinen Rücken, als ob ich ihm bekannt wäre. Ich drehte mich um, und wir starrten uns einen stillen Augenblick lang schamlos an, bis er verwegen grinste. »Sind Sie Dekorateurin?«

»Ja«, log ich.

Er schaute auf meine Brüste, die er auf seiner Augenhöhe vor sich hatte, da ich im Schaufenster stand, und holte eine Karte aus der Tasche seines Jacketts. »Ich habe drei Geschäfte in Knightsbridge«, sagte er. »Ich möchte, dass Sie meine Schaufenster dekorieren. Wann sind Sie hier fertig?«

»Um sieben.«

»Ich komme um sieben vorbei. Wir genehmigen uns einen Drink und besprechen die Einzelheiten.«

Ich hob die Schultern. Meine mangelnde Gegenwehr schockierte und erregte mich zugleich. Ebenfalls die offenkundige Lust des Mannes.

Im Pub redeten wir nicht über Schaufensterdekorationen. Wir redeten überhaupt nicht viel. Er starrte auf meine purpurne Bluse, und ich starrte ihn an. Er hieß Asif, war Asiate und hatte schwarzes, welliges, schulterlanges Haar. Groß und schlank, samtene Augen, lange Finger. Sex im Lächeln.

Er hob den Blick und traf meinen, öffnete den Mund und beugte sich über die klebrige Tischplatte. Er berührte eine Ecke meines Kragens und sagte: »Ich will mit dir schlafen. Jetzt.« Er stand auf, und ich folgte ihm.

Wir gingen in den kleinen Park hinter der Kirche. Er zog mich grob am Handgelenk weiter, als suchte er eine ganz bestimmte Stelle. Seine Haut wirkte dunkler in der mondlosen Nacht. »Ich kann dich nicht sehen«, murmelte er und sah sich gehetzt um.

Plötzlich zerrte er mich über den Rasen und hinein in ein Blumenbeet. Er stieß mich mit dem Rücken gegen einen Laternenpfahl. »Ich muss dich sehen«, flüsterte er gepresst. »Ich will sehen, wie es dir kommt.«

Er packte mein Kinn mit einer Hand und presste seine dunklen Lippen auf meine. Ich öffnete meinen Mund.

Sein Mund, seine Zunge. Seine Hand auf meiner Brust. Sein Atem, warm in meinem Mund. Ich spürte, wie die Hitze in mir hoch kroch, spürte seine Hitze, als er seinen Schoß gegen meinen stieß. Ich hatte seit sechs Monaten keinen Sex mehr gehabt, seit mein Freund einen neuen Job in Amerika angenommen hat. Bisher hatte ich nicht darüber nachgedacht. Mir hatten meine Finger und meine Phantasien genügt. Jetzt wurde ich daran erinnert, was ich in diesen Monaten vermisst hatte. Es tat gut, wieder die Kraft eines Mannes zu spüren.

Er knöpfte meine purpurne Bluse auf und grub nach meinen Brüsten, er drückte sie zusammen, und seine Finger strichen ungeduldig über den Satin meines Büstenhalters. Er fummelte am Vorderverschluss herum, dann schob er die Hälften auseinander, schaute sich die Brüste einzeln an, als ob er in die Augen einer Frau schaute, die er liebte.

Dann tauchten seine Lippen zu meinen aufgerichteten harten Nippeln, er saugte und biss. Sein Kopf bewegte sich unter meiner Hand langsam von einer Brust zur nächsten. Meine Finger wuselten durch seine langen Haare. In meinem Schoß zuckte und juckte es, und trotz des schwülen Abends lief es mir kalt über den Rücken. Ich wollte seinen Penis, und ich hoffte, dass er so lang war wie seine Finger.

Sein Mund verließ meine Nippel, und sein Blick traf sich wieder mit meinem. Seine Stirn glänzte vom Schweiß, was ich im Schein der gelben Lampe über uns sehen konnte. Er schaute an mir hinunter und sagte: »Jetzt bumse ich dich.« Er presste einen Nippel, bis er hörte, dass ich den Atem anhielt. »Sag mir, dass du es willst.« Er beugte sich zu mir und biss mich in den Hals. »Sage es.«

»Ja, ich will.«

Seine Finger machten sich am Knopf meiner Hose zu schaffen, im nächsten Moment lag sie auf dem Boden. Ich trat aus ihr heraus, und er streifte mein Höschen ab, wobei seine Hände über die Innenseiten meiner Schenkel strichen. Er legte mich auf den Boden, kniete sich über mich, öffnete den Hosenschlitz und legte seinen langen Penis frei. Ich öffnete die Schenkel. Im Gelbschimmer der Laterne sah seine Haut purpurn aus.

Er rutschte auf den Knien zurück, stützte sich mit einer Hand auf dem Boden ab und stieß mit gewaltiger Kraft in mich hinein. Es war, als versenge er mich, mein Körper röhrte vor Erleichterung, es kamen animalische Laute aus meiner Kehle. Er trieb locker in mich hinein. Ich kam mir wie eine Schlampe vor, klatschnass, weit geöffnet für ihn auf der trockenen Blumenerde unweit der Kirche. Die Kirchenuhr fing in diesem Augenblick an zu schlagen, und er nahm den Rhythmus der Glocken für seine Stöße auf.

Schlagartig wurde mir für diesen kurzen Augenblick meine eigene Bedeutungslosigkeit bewusst; es musste am Glockengeläut liegen und an den Sternen, die ich über mir sah, und dieser Gedanke war ernüchternd und erregend zugleich. Ich zählte die Sterne, jeden, den ich sehen konnte, und meine Hände griffen in den trockenen Boden, dessen Kraft ich spürte und in mir aufnehmen wollte.

Ich lebte, und mit jedem Stoß dieses Mannes in mein Fleisch tat sich die Erde um mich herum auf, sie umfing mich wie ein Nichts, wie ein unerschrockenes Nichts.

Ich fühlte mich trunken, geistig entrückt, auf einer

anderen Ebene. Ich blinzelte, und der Moment war vorbei. Erst jetzt bemerkte ich, dass er immer noch in mich hinein stieß. Ich hatte meine Füße um seinen Nacken gelegt, und ich schrie. Er schüttelte sich in mir, und wir wurde bewusst, dass es mir nicht gekommen war. Verzweifelt ruckte ich von unten gegen ihn. Er rieb mit Daumen und Zeigefinger über meine Klitoris und schaute fasziniert zu, wie mein Kopf von einer Seite zur anderen schlug. Er stieß zu und rieb und zwickte, bis meine Schreie fast gewalttätig wurden.

Mein Körper gab nach, und nach einem kurzen Verharren brach er in wildes, unkontrolliertes Schütteln aus. Er zog sich zurück. Es tropfte auf meine verschwitzten Schenkel, als er sich über mich beugte und sein Gesicht dicht über meinem blieb.

»Das war aber heftig«, sagte er und strahlte.

»Ja«, sagte ich mit einem Seufzer und fragte mich, was in mich gefahren war. Ich hatte noch nie mit einem wildfremden Mann geschlafen. Ich hatte mich noch nie so ungezügelt benommen.

»Wer ist Jack?«, fragte er.

Meine Augenbraue zuckte. »Jack?«

»Du hast in deinem Orgasmus seinen Namen geflüstert.«

Jack war ein erbärmlicher, mieser Typ. Ich hasste ihn. Er bezeichnete sich selbst als Künstler. Er war ein arrogantes, faules, selbstsüchtiges Schwein. Er war mit meiner besten Freundin Rachel verheiratet und nutzte sie aus. Während sie arbeiten ging, flegelte er sich in der Wohnung herum und gab sich dem hin, was er ›Kunst‹ nannte, die hauptsächlich aus Nikotin, Alkohol und Fernsehen bestand. Ich habe Rachel oft gesagt, dass ich nicht verstünde, was sie in ihm sah.

Ich verabscheute ihn mit einer Leidenschaft, die fast

sexuelle Ausmaße annahm, und zwar vom ersten Augenblick an, als wir uns in der Kneipe des Studentenausschusses getroffen hatten.

»Starke Titten«, waren die ersten Worte, die er an mich richtete, als Rachel aufgestanden war, um am Tresen eine Runde zu bestellen. Ich wurde knallrot, während er mich anstarrte. Er zog so viel Vergnügen daraus, mich in Verlegenheit zu bringen, dass er sogar eine Erektion bekam – was er mich auch noch wissen ließ.

Als ich mich wieder gefangen hatte, war Rachel schon mit den Drinks zurück.

Ich stand auf, bedachte ihn mit einem Ausdruck größter Verachtung und ließ sie allein. Ich beobachtete ihn, wie er mit meiner Freundin umsprang, und Wut stieg in mir auf. Wie konnte er es wagen? Seine Arroganz nervte mich derart, dass ich hinaus an die frische Luft musste.

Am Tage nachdem ich meine purpurne Bluse gekauft und mich von Asif hatte bumsen lassen, ging ich zu Rachel und Jack. Ich wollte mit Rachel reden, wollte ihr mitteilen, dass mein sechsmonatiges unfreiwilliges Zölibat gestern ein Ende gefunden hatte. Und, obwohl ich es mir nicht eingestand, ich wollte das Gesicht sehen, das mir in den Sinn gekommen war, als ich im Blumenbeet auf dem Rücken gelegen hatte. Ich wollte wissen, warum ich in dem reinen Augenblick des Orgasmus meine Gedanken mit ihm besudelt hatte.

Rachel war nicht zu Hause. Unbehaglich wartete ich auf ihre Rückkehr. Ich spürte, wie Jack mich anstarrte, wie er mich still auslachte. Schließlich rückte er seinen Stuhl direkt vor mich. Er grinste mich dreckig an, aber ich hielt seinem Blick stand, ohne mit der Wimper zu zucken.

»Ich sehe Grasflecken auf deiner Hose, und dein

Gesicht glüht«, sagte er. »Jemand hat dich gerade aufs Kreuz gelegt, stimmt‹s?«

Ich schnaufte verärgert und wandte den Kopf, schaute zum Fenster hinaus.

»In dieser Bluse kommen deine Titten besonders geil zur Geltung.« Er zündete sich eine Zigarette an. »Ich wette, du hast phantastische Titten.«

Ich musterte ihn von oben bis unten. Er war hoch aufgeschossen und zu dürr. Er hatte dunkelbraune glatte Haare, die so geschnitten waren, dass sie ihm in die Stirn fielen. Sein eckiges Kinn war ständig von schmierigen Stoppeln bedeckt, ein dunkler Schatten auf der sonst fast durchsichtigen Gesichtshaut.

Er sah aus wie immer, als ob er seit Wochen nicht geschlafen und eine Diät aus Rothman's, Bier und Koffein durchgehalten hätte. Er hielt seine Zigarette auf eine aggressive Art und Weise, als wollte er sie als Waffe einsetzen. Er flegelte sich auf dem Stuhl herum, eine Pose, die ihm zu gefallen schien. Ich hasste ihn.

Und doch, aus einem idiotischen, krankhaften Grund, spürte ich den Drang in mir, meine purpurne Bluse aufzuknöpfen und ihm meine schönen Brüste zu zeigen, damit er sie genüsslich lecken könnte. Ich wollte den Reißverschluss seiner Jeans aufziehen, mich auf seinen Schoß schwingen und seinen arroganten machismo in die Weichheit meines Geschlechts versenken.

Statt dessen sagte ich: »Ich habe schöne Brüste, Jack, aber so traurig es auch für dich ist, du wirst sie nie zu sehen bekommen.« Es war eine schwache Replik, weit unterhalb meiner Fähigkeiten. Aber ich reagierte immer schwach in seiner Gegenwart. Er machte mich nervös.

»Beruhige dich«, höhnte er. »Und komm ganz langsam von deinem hohen Ross runter.«

Er machte sich über mich lustig. Die Wut über mich

selbst, dass ich ihn begehrte, kochte über. »Warum können wir uns nicht ganz normal unterhalten, ohne meine Brüste einzubeziehen? Ich kenne dich jetzt seit drei Jahren, Jack, aber ich habe dich noch nie ganz entspannt erlebt. Was ist los mit dir? Bist du wirklich so oberflächlich?«

Ich hatte ihn getroffen. Eine lange Minute lang starrte er auf seine Handfläche. Als er den Kopf hob, hatte sich sein Gesichtsausdruck verändert. Das Kantige war verschwunden, seine braunen Augen blickten sanft. Er sah mich an, und ich wusste, dass er mir irgendwas erklären wollte, aber in diesem Moment kam Rachel ins Zimmer.

»Zoe hat endlich einen gefunden, der verzweifelt genug war, sie zu bumsen«, sagte er gehässig und schlurfte hinaus.

Als ich vierundzwanzig war, dreieinhalb Jahre später, hatte ich Jack längst vergessen. Mein Leben war vollkommen: Ich arbeitete in Paris, ich liebte meinen Job, und ich war mit meinem reichen und charmanten Chef verheiratet. Dann, während eines einzigen verrückten Augenblicks, änderte sich alles, und ich stand ohne Zuhause, ohne Arbeit und ohne Ehemann da.

Mein Mann hatte mich dabei überrascht, wie ich es mit seinem Sohn auf dem Konferenztisch trieb. Ich trug dabei meine purpurne Bluse.

Ich ging zurück nach London. Rachel und Jack nahmen mich auf – und schleppten mich durch. Ich hatte den bequemen Ausweg einer tiefen Depression gefunden, hüllte mich in sie ein wie in eine Decke, die mich vor der Welt da draußen schützte. Ich hatte alles verdorben. Meine Ersparnisse zerbröselten rasch. Ich hatte jedes Interesse am Leben verloren.

Rachel war die einzige Person, die zu mir durchdrang, die ich an mich heran ließ. Ich kannte sie schon seit der Grundschule. Sie versuchte, auf mich einzuwirken, ich sollte mich zusammenreißen und wieder von vorn beginnen. Aber ich hatte keine Kraft und keine Lust mehr. Ich zog es vor, im Haus herumzulungern, bei ihrem Mann und mit meiner Depression.

Meine Beziehung zu Jack entwickelte sich auf eine seltsame, intensive Art. Rachel arbeitete den ganzen Tag. Jack, der in der Zwischenzeit ein halbwegs erfolgreicher Künstler geworden war, blieb zu Hause und malte. Ich schaute ihm zu, manchmal schweigend, manchmal unterhielten wir uns auch. Über alles. Wenn ich mit ihm allein war, verhielt er sich weniger arrogant als früher, ganz allmählich baute er den Wall seiner Überheblichkeit ab.

Doch sobald Rachel nach Hause kam, wurde er wieder zu dem zynischen, widerlichen Macho. Ich wusste so gut wie er, dass er damit unsere wachsende Nähe verbergen wollte – vor sich selbst wie auch vor Rachel.

Dann hatte Rachel die Idee, ein paar alte Freunde aus Uni-Tagen zum Sonntagsessen einzuladen. Sie glaubte, es würde mich aufheitern, sie wieder zu sehen. Himmel, warum sollte es mich aufheitern, von ihnen zu hören, wie erfolgreich und glücklich alle waren? Sie waren verheiraten, auf ihren Häusern lagen Hypotheken, sie hatten gute Jobs und waren schwanger.

Ich hatte nichts. Nur meine Depression.

Wir waren neun. Wie gewöhnlich war Jack unausstehlich, wenn er Zuhörer hatte.

»Deine Titten sehen stark aus in dieser Bluse«, sagte er. »Hol sie heraus und zeig sie den Jungs.«

»Verpiss dich«, fauchte ich, aber ein kalter Thrill bohrte sich durch meine Depression. Ich hatte die purpurne Bluse für ihn angezogen und gehofft, dass er sich daran erinnerte, wie er mich einmal in ihr bewundert hatte.

Die Erkenntnis, dass ich ihm gefallen wollte, erfüllte mich mit heißem Zorn.

Verdammt, er war verheiratet – er war mit meiner besten Freundin verheiratet. Wir hatten uns nie verstanden. Er sah gut aus, wenn man auf diesem ausgemergelten Typ ›Junkie, mit einem Bein im Grab‹ steht. Ich stand nicht darauf.

Und warum setzte ich beim Mittagessen im Garten meine Sonnenbrille auf, damit ich ihn ungestört beobachten konnte? Warum bückte ich mich tief über die Kühlschranktür, damit er in meinen Ausschnitt gaffen konnte? Anschließend lief ich ins Badezimmer und betrachtete mich in dieser gebückten Haltung vor dem Spiegel, damit ich sehen konnte, was ich ihm gezeigt hatte.

Am Nachmittag unternahmen alle einen Spaziergang, nur ich blieb zu Hause. Dann hörte ich einen Schlüssel in der Tür, und ich erwischte mich dabei, dass ich betete, er möge es sein.

»Hab meine Brieftasche vergessen«, sagte er atemlos. Dann wurde ihm wohl bewusst, dass er in meine Stille eingebrochen war, er schaute mich an und fragte: »Ist alles in Ordnung mit dir?«

Draußen war es mir zu heiß geworden, deshalb war ich wieder ins Haus gegangen. Jack fand mich im Wohnzimmer vor, wie ich mich aus dem Fenster lehnte und gedankenlos auf die leere Straße schaute. Ich lauschte dem Chaos in meinem Kopf.

»Mir geht es gut«, sagte ich, aber ich weinte. Ich weinte nicht wegen meines verpfuschten Lebens, sondern weil ich Jack haben wollte und wusste, dass ich ihn nicht haben konnte.

Ich hörte, dass er näher kam. Ich hoffte, er schaute sich meine Beine an. Ich trug einen kurzen Rock. Ich

musste meine Lungen daran erinnern, ein- und aus-
zuatmen.

»Was ist los, Zoe? Warum weinst du?«

Ich antwortete nicht. Meine Zunge war gelähmt.

»Zoe.« Er stand an meiner Seite. Seine Finger strichen behutsam über meinen Rücken. Die Baumwolle
klebte auf der Haut. »Zoe.«

Ich wandte langsam meinen Kopf. Seine Augen
blickten wieder anders, sanft und einfühlsam statt
spöttisch und gemein. »Was?«

»Ich bin nicht wegen meiner Brieftasche gekommen.«

»Ach?«

Es entstand ein langes, behagliches Schweigen, so
behaglich, dass ich mein ganzes Leben darin hätte verbringen können. Dann senkte sich sein Blick.

»Diese Bluse«, sagte er. »Ich habe dich immer schon
in dieser Bluse begehrt.« Er sah mir in die Augen. »Ich
habe dich vom ersten Augenblick an begehrt.«

»Ich weiß«, sagte ich. »Ich dich auch.«

Wir küssten uns. Endlich.

Langsam, alles ganz langsam. Er fasste mich an den
Schultern und zog mich vom Fenster weg, schob mich
an die Wand. Seine Hände nahmen meine Gelenke
und hob die Arme hoch über den Kopf, hielt sie dort,
während er mit den Fingern der anderen Hand über
meine Brüste strich.

Wir seufzten leise, er und ich. Ich schaute zu, wie er
die Bluse aufknöpfte und von meinen Schultern
schob, nachdem er meine Arme hatte sinken lassen. Er
blinzelte.

»Oh, Zoe.«

Ich schaute hinunter und sah, was er sah. Mein BH
war tief ausgeschnitten. Der Ansatz der Warzenhöfe
war sichtbar. Ich hatte den BH für ihn angezogen,
auch wenn ich wusste, dass er ihn nicht sehen würde.

Aber ich hatte gehofft, dass er ahnte, vielleicht an meinen Blicken erkannte, dass ich seine Augen, seinen Mund, seine Finger im Sinn gehabt hatte, als ich mich angezogen hatte.

Er spürte den kleinen Erhebungen sanfter brauner Haut mit den Fingern nach, während er beide Brüste mit seinen Händen umfing. Jede Brust war eine Handvoll. »Ich wusste doch, dass du wunderschöne Brüste hast.

Er zog meinen BH aus und führte mich zum Sofa. Er setzte sich, die langen Beine gespreizt, und ich stand halb nackt dazwischen. Er langte nach meinen Brüsten, streichelte und drückte sie, quetschte die Warzen und sah sie anschwellen. Er küsste meinen Bauch so zärtlich, dass eine Träne über meine Wange lief und auf sein Gesicht tropfte.

Er blickte auf und sah mich besorgt an. »Habe ich etwas Falsches getan?«

Wie konnte ich es erklären? Seit ich ihn kannte, hatte ich meine Schwäche für Jack geleugnet. Die Erleichterung, die ich jetzt empfand, da ich meine Gefühle nicht mehr unterdrücken musste, war überwältigend. Er hatte mich aus der Depression gezogen und mich geweckt; jetzt lebte ich wieder. Intensiv. Dankbar. Ich war mir selbst untreu geworden, aber ich war erleichtert.

»Nein«, versicherte ich ihm und strich ihm übers Gesicht. »Ich kann es nur nicht glauben. Du und ich.«

Er zögerte, seine Finger verharrten unsicher. Ich zog meinen Slip aus und schob seine Hand unter meinen Rock. »Fass mich an, bitte.«

Er entdeckte mich mit einer Einfühlsamkeit, die mich staunen und keuchen ließ. Ich kam das erste Mal nach ein paar Augenblicken, zitternd und weinend. Er schob zwei Finger zwischen meine geöffneten Lippen, und ich konnte mich selbst schmecken.

»Mach Liebe mit mir«, wisperte ich.

Er zog sich mit flüssigen Bewegungen aus. Sein blasser, hagerer Körper kam mir überraschend sinnlich vor. Ein langer Penis hob sich hart und federnd aus dem dunklen Busch. Er zog mich auf sich, und mein Rock rutschte über unsere Hüften. Sein schmaler Brustkorb und seine jungenhafte Zerbrechlichkeit ließen einen dicken Kloß in meiner Kehle wachsen.

Ich drückte ihn mit meinen inneren Muskeln, während ich mich hob und genüsslich sinken ließ. Meine Brüste hüpften gegen sein Gesicht. Er rieb mit der Zunge dagegen.

Unsere Vereinigung war unter meinem Rock verborgen, als ob sie etwas Heiliges sei – und das war sie auch. Ja, es fühlte sich richtig an, was wir taten. Der erste wirklich richtige Moment in meinem Leben.

»Ich liebe dich«, flüsterte er. Er biss in meinen Hals, als es uns gemeinsam kam, und wir stöhnten so laut, dass wir die anderen nicht eintreten hörten.

Rachel war zu diesem Zeitpunkt im zweiten Monat schwanger, und Jack tat das einzig Anständige und blieb bei ihr. Ich verhielt mich auch anständig und verschwand.

Aus der Depression wurde eine Obsession. Ich habe Jack nie wieder gesehen, aber ich sah ihn überall. Europa, Asien, Amerika – ich verließ England und floh in die Welt. Ich wollte der Fixierung auf Jack entfliehen, die mich im Würgegriff hielt. Ich sehnte mich nach einer einzigen weiteren Begegnung mit ihm, einen Augenblick der Freiheit für mich selbst.

Ich suchte Erlösung in den Armen von Männern, die mich an Jack erinnerten, die irgend etwas von ihm hatten, ich suchte Vergessen in den Klauen von Drogen und im einsamen Selbstbetrug der Masturbation.

Ich habe mich nie gut selbst befriedigen können, aber ich fand heraus, wenn ich meine purpurne Bluse und den kurzen Rock trug, wenn ich jeden Augenblick der Szene zwischen Jack und mir vor meinem geistigen Auge noch einmal abspulen ließ, konnte ich genug falsche Spannung aufbauen, um zu einem Orgasmus zu kommen.

Ich hockte auf meinem Bett wie damals auf dem Sofa, und ich durfte mich nicht berühren. Es musste sein Schaft sein, der mich rieb, sein Schaft als Vibrator oder als Griff meiner Zahnbürste. Die ganze Prozedur dauerte eine volle Stunde, und sie endete stets mit Tränen, die nichts mit meinem Orgasmus zu tun hatten.

Ich brauchte nicht allein zu sein. Es gab Männer, die mir sagten, dass sie mich liebten, und einige davon meinten es sogar ernst. Aber ich wollte sie nicht.

Ziellos trieb ich die nächsten Jahre umher, bis ich nach England zurück ging, irgendwie auf der Suche nach dem Sinn des Seins. Ich hörte, dass Rachel und Jack in den Staaten lebten. Ich versiegelte den Teil meines Gehirns, der die Liebe steuert. Ich hatte Arbeit, lebte allein und verlor mich in London.

Ich bin jetzt fünfzig. In den Jahren von damals bis heute habe ich noch einmal geheiratet, habe Kinder bekommen, mich scheiden lassen. Ich habe meine Kinder aufwachsen und ihre pubertäre Herablassung in Hass umschlagen sehen, und später, als sie das Haus verlassen hatten, habe ich ihren wachsenden Respekt und eine neue Liebe bei ihnen wahrgenommen. Sie haben jetzt ihre eigenen Familien, und einmal im Jahr, zu Weihnachten, wird mir ihre bedingungslose Zuneigung zuteil. Den Rest des Jahres lebe ich in abstumpfender Einsamkeit. Ich habe mich damit abgefunden. Das ist mein Leben.

Bis gestern Abend.

Ich leide an Schlaflosigkeit, und auch gestern Abend konnte ich nicht einschlafen. Ruhelos zog ich meine purpurne Bluse an (die mir immer noch passt) und versuchte zu masturbieren. Obwohl sich mein Vibrator summend und drehend und tanzend und singend alle Mühe gab, schaffte ich es nicht. Also stand ich auf und machte einen Spaziergang. Vielleicht war die frische Luft Balsam für meine rastlose Seele.

Ich spazierte meilenweit von meiner Wohnung in Battersea über die Brücke bis Earl's Court. Ich entdeckte ein kleines, schmieriges Café, dessen Neonleuchten ich schon von weitem sah. Ich setzte mich ans Fenster und schaute den Schwulen zu, die draußen flanierten. Eine Hand auf meiner Schulter ließ mich zusammen zucken.

»Ich habe dich überall gesucht«, sagte er.

Er war es!

Ich starrte ihn stumm an, während er mir in Zeitraffer sein Leben erzählte. Rachel hatte ihn kurz nach der Geburt des zweiten Sohnes verlassen, und seither hatte er mich gesucht.

Heute Abend war er auf der Eröffnung einer Ausstellung seiner Bilder gewesen, und als er mit einem Taxi nach Hause gefahren war, hatte er plötzlich einen Fetzen Purpur gesehen, eine Farbe, die seit unserem Kennenlernen seine wachen Stunden begleitet hatte.

Ich starrte ihn immer noch an. Silberne Fäden durchzogen seine braunen Haare, sein Gesicht war wettergegerbt, und sein Körper war fülliger geworden. Und trotzdem hatte er sich nicht verändert.

Ich schaute in sein Gesicht und erkannte eine Traurigkeit, die meiner entsprach, Ausdruck des Bedauerns wegen der vergeudeten Jahre. Wir lebten seit über zwanzig Jahren in dieser Stadt, nur ein paar Meilen voneinander entfernt.

Er berührte meinen Mund, nahm mich in sein Haus und liebte mich, bis die Sonne das Grau durchbrach.

Ich werde die vergangene Nacht nie vergessen. Die Nacht, in der er mich gerettet hat. Wir ließen das Licht an und hielten unsere Augen offen.

Wir standen auf dem Teppich im Wohnzimmer und schauten uns an. Er zog mich langsam aus und konnte nicht aufhören, jeden Teil meines Körpers zu berühren. Er streichelte meine Brüste, als ob sie immer noch fest und wunderschön wären. Wir legten uns hin, und er ließ seinen Kopf zwischen meinen Oberschenkeln ruhen. Er atmete mich ein. Er küsste mich dort so intensiv, als küsste er meinen Mund.

Später liebte er mich mit einer Inbrunst, die ich so lange entbehrt habe. Das Erkennen, dass das lange Darben ein Ende hatte, versetzte uns in Ekstase.

Heute Morgen, während er noch schlief, ging ich hinaus und kaufte Croissants fürs Frühstück. Ich trug eines seiner T-Shirts, ein altes, verblichenes Schätzchen, genau wie er. Es war sauber, aber es fühlte sich nach ihm an, roch nach ihm. Ich musste jede Sekunde auf dem Spaziergang zum Bäcker und zurück an ihn denken. Einige Male lachte ich laut und glücklich auf. Ich sang vor mich hin. Die Leute starrten mich an.

Ich schloss lautlos die Tür zu seinem Haus auf. Den Schlüssel hatte er mir gestern Abend schon voller Stolz und Freude gegeben. Er hatte Mozarts Requiem aufgelegt, es schallte laut, aber über dem Klang der Musik hörte ich ihn, oder vielleicht war es auch nur die Ahnung von ihm. Langsam kroch ich die Treppe zum Schlafzimmer hoch.

Ein weniger selbstbewusster Mann hätte sofort aufgehört oder wenigstens verlegen gelacht. Er nicht. Er lag auf dem Bett, und sein Oberkörper war von meiner purpurnen Bluse bedeckt. Sie war zugeknöpft, und er streichelte mit einer Hand seine Brust – meine Brust – durch die sanfte Baumwolle. Die andere Hand hatte den Ärmel meiner Bluse gegriffen und umschlang damit den steifen Penis.

Ich schaute zu, wie er masturbierte, und es war, als ob ich ihn masturbierte. Er sah mich in der Tür stehen, sah, wie ich in mein Höschen griff, und dann verströmte er sich auch schon über meiner purpurnen Bluse.

»Es war das einzige, was ich von dir hatte«, erklärte er. »Ich wurde wach, und du warst nicht da. Du warst so lange weg.«

Ich legte mich zu ihm ins Bett. Er zog mich aus und versenkte sein Gesicht wieder zwischen meinen Schenkeln. Ich lag auf dem Rücken, die Knie so weit gespreizt, dass ich die Spannung in den Lenden spürte.

Ich presste mich ihm entgegen, zeigte ihm, wie sehr ich seine Zunge, seine Lippen, seine Zähne brauchte. Er saugte alles aus mir heraus, leckte alles auf, schluckte und schluckte. Er leckte so lange, dass ich nicht mehr weiß, wie oft ich gekommen bin.

Mit einem einzigen Griff rollte er mich auf den Bauch. Er legte einen Arm um meine Mitte, hob mich hoch, und schon hockte ich auf allen Vieren da. Er stellte sich hinter mich auf den Boden und schob genussvoll in mich hinein, so tief, dass ich aufschrie. Er stach in meinen Körper, und das Wissen um die Realität seiner Stöße trieb mich immer höher. Er hielt mich an den Hüften fest, weil ich mich vor lauter Zittern und Zucken kaum noch halten konnte. Wieder kamen wir zusammen, und sein Stöhnen und Grunzen klang wie Musik in meinen Ohren.

Er brach auf mir zusammen und zermalmte mich

mit seinem schwitzenden Gewicht. Er zog heraus, und wir lagen still da, hörten der Musik zu, allein mit unseren Gedanken, zusammen in unserer Einsamkeit, nicht länger allein.

»Habe ich deine purpurne Bluse versaut?«

Ich hebe meinen schweren Kopf und sehe meine purpurne Bluse zerknittert auf dem Boden liegen. Sie ist klamm vom Schweiß und befleckt vom Sex; Überlauf unserer Liebe. Sie sieht wunderschön aus.

Ich wälze mich auf den Rücken und sehe dich an. Deine Blicke wandern nicht zu meinen Brüsten oder zu meiner Pussy, sie sind weiter auf mein Gesicht gerichtet. Ich spüre, wie meine vitalen Organe sich unter deinen Blicken verflüssigen. Jetzt, da wir uns wieder gefunden haben, kann ich ganz ehrlich zu dir sein? Kann ich mein verbranntes Inneres enthüllen?

Ich liebe dich, Jack.

Ich bin verliebt in dich. Ich war es immer. Viele Jahre war es mir nicht bewusst, habe ich es vehement geleugnet, und noch mehr Jahre habe ich verzweifelt versucht, es zu vergessen.

Jetzt weißt du es. Du spürst es an der Art, wie dich meine inneren Muskeln umklammern, wenn du in mir bist. Ich will dich nie wieder aufgeben. Ich will dich tiefer spüren. Ich will, dass du mir deinen Stempel aufdrückst. Fick mich, Jack, bis ich zu schreien anfange, bis das Bett nass ist von uns, bis wir ertrinken. Ich will von dir gefüllt sein. All diese Zeit habe ich mich ohne dich so leer gefühlt.

Ich will dir beim Malen zusehen und deine farbverschmierten Finger über meine Haut reiben, die vom Alter her zu welken beginnt. Ich will vor dir wach werden und dir beim Schlafen zusehen. Mitten in der

Nacht will ich zu dir rutschen und die Wärme deines Atems spüren, deinen Körper, deine Liebe.

In den Nächten meiner Schlaflosigkeit werde ich wach liegen und stumm weinen, und bittere Tränen werden mir übers faltige Gesicht laufen, weil ich an all die vergeudeten Jahre denken muss. Ich will, dass du aufwachst und weißt, was mich quält, ohne mich danach fragen zu müssen, dass du mich in deine Arme nimmst und drückst und festhältst, bis ich dein Herz im Rhythmus meines Herzens schlagen spüre und ich weiß, dass alles wieder gut ist.

Ich will mit dir auf Partys gehen und während der banalen Gespräche zu dir schauen, und ich fange deinen Blick auf, den Blick aus deinen dunklen Augen, und ich lese Liebe und Stolz und Sehnsucht in ihnen.

Ich will auch, dass du andere Frauen anschaust, auch jüngere Frauen, deren Körper knackig und fest sind und deren Augen mit dem glühenden Eifer der Jugend strahlen, denn wenn du dich dann zu mir umdrehst und mich anschaust, werde ich wissen, dass ich es bin, die du liebst, und das wird mein Leben vollkommen machen.

Ich will von nun an jeden Augenblick bei dir sein, bis wir sterben. Wenn du vor mir stirbst, werde ich den Rest meiner Tage weinen und lächeln, ich werde an dich denken und vor Dankbarkeit weinen, dass es dich auf dieser Erde gab.

Und wenn ich vor dir sterbe, nähere ich mich dem unendlichen Nichts mit dem Zorn und der Kraft eines Sturms, der die grauen Wolken vertreibt.

Auf meinem Sterbebett wird mir der reine, weiße Gedanke ein Trost sein, dass mein Leben nicht verschwendet war, weil ich dich kennengelernt habe, weil ich durch dich die wahre Liebe erfahren habe.

Dieser Gedanke wird die Seide in meinem Sarg sein, die Brise, die meine Asche über den sattgrünen

Rasen des Campus weht, wo wir uns das erste Mal gesehen haben.

Aber genug vom Tod. Jetzt leben wir unser Leben gemeinsam. Gemeinsam werden wir so tun, als hätte es die vergeudeten Jahre nie gegeben. Nur unsere faltige Haut und die Traurigkeit in unseren Augen wird die Wahrheit verraten.

ENDE

Erotische Romane

Sophie Andresky
Band 13 845
DAS LÄCHELN DER PAULINE

Becky Bell
Band 14 257
TALENT DER NACHT

Peter Benson
Band 12 913
SPRINGFLUT

Roxanne Carr
Band 14 242
DIE RÄCHERIN

Lucinda Carrington
Band 14 155
DER REITLEHRER

Sara Charles
Band 14 225
DAS INTERNAT

Sarah Copeland
Band 14 195
EHLANAS ERWACHEN

Portia da Costa
Band 14 173
CLAUDIA UND DER FREMDE

Erotische Romane

Bart Davis
Band 12 826
ALPTRAUM DER LÜSTE

Charles Devereaux
Band 13 365
DIE INDISCHE VENUS

Anne Félix
Band 14 402
DIE NACKTE VON OZYMANDIAS

Louisa Francis
Band 13 998
GOLDFIEBER

Jill Gascoin
Band 12 844
UNERSÄTTLICH
Band 14 363
HERMMUNGSLOS

Juliet Hastings
Band 13 919
APPASSIONATA
Band 14 275
DIE WEISSE ROSE
Band 14 335
CRASH KURS

Erotische Romane

Sakia Hope
Band 13 577
NO LADY
Band 13624
OUTLAW LOVER
Band 13 672
OUTLAW FANTASY

Sakia Hope / Georgia Angelis
Band 13 840
STROM DER GEHEIMNISSE

Vivienne LaFay
Band 14 307
DIE MALERIN

Roberta Latow
Band 13 712
GALERIE DER LIEBE
Bnd 13 852
LARAS ERWACHEN

Terry C. Miles
Band 14 360
Talentsucher

Karina Moore
Band 14291
WEIBLICHE LIST

Erotische Romane

Xanthia Rhodes
Band 14 188
ERUPTION

Pamela Rochford
Band 14 213
DIE BIBLIOTHEKARIN

Natasha Rostova
Band 14 373
VARIATIONEN

Michele Slung (Hrsg.)
Band 13 505
WIE JUWELEN AUF MEINER HAUT

Laura Thornton
Band 14 388
SASHA UND DIE LIEBENDEN

Marie-Claire Villefranche
Band 13 945
AMOUR, AMOUR
Band 14 152
BONJOUR, MON AMOUR

Katarina Vincenzi
Band 14 167
VIRTUOSO
Band 14 217
ODYSSEE

ANN GRANGER
WARTE, BALD
RUHEST AUCH DU
Ein Mitchell & Markby Roman

Statt Ruhe und Friede herrscht in Bramford zur
Zeit Baustellenlärm, und statt einer zarten
Romanze findet Meredith Mitchell eine Leiche,
halb einbetoniert in der Baugrube. Inspektor
Markby stellt Nachforschungen an, doch der Tote
bleibt ein Rätsel, und die Farmer der umliegen-
den Gehöfte hüllen sich in Schweigen. Hier ist
jemand mit diplomatischem Geschick gefragt,
jemand wie Meredith. Bald schon merkt sie, daß
sie mit ihren Fragen in ein Wespennest sticht. In
der Scheune der Familie Winthrop macht sie
schließlich eine erstaunliche Entdeckung – und
bringt sich selbst in höchste Gefahr ...

ISBN 3-404-14375-2

BASTEI
LÜBBE

›Seien Sie vorsichtig mit Ihren Wünschen. Sie könnten in Erfüllung gehen.‹

Die bildhübsche LuAnn lebt mit ihrem Töchterchen Lisa und ihrem nichtsnutzigen Lebensgefährten in einem heruntergekommenen Wohnwagen. Gefangen im Teufelskreis der Hoffnungslosigkeit, schlägt sie sich mit Gelegenheitsjobs durch - bis sie ein mysteriöses Angebot erhält: Ein Mann namens Jackson bietet ihr an, sie zur Hauptgewinnerin in der staatlichen Lotterie zu machen. Einzige Bedingung: Sie müsse genau das tun, was er ihr sage, und dürfe sich niemandem anvertrauen. LuAnn akzeptiert - und gewinnt. Aber dann erkennt sie, daß das Spiel mit dem Glück in Wirklichkeit tödlicher Ernst ist ...

ISBN 3-404-14348-5

DIE ELFTE PLAGE

ROMAN

JOHN S. MARR
JOHN BALDWIN

Mysteriöse Viruserkrankungen greifen in Amerika um sich. Nicht nur das FBI, auch der Virologe Jack Bryne ist einem Psychopathen auf der Spur, der in der Neuen Welt die zehn biblischen Plagen auf grauenerregende Weise Wirklichkeit werden läßt. Bryne ahnt nicht, daß er selbst in der Gefahr schwebt, das nächste Opfer des mysteriösen Killers zu werden – des einzigen Menschen, der Brynes dunkles Geheimnis kennt ...

›Das falsche Buch zum Schlafengehen.‹

Stern

ISBN 3-404-14361-2

BASTEI
LÜBBE